U1010729

读客

读客三个圈经典文库

经典就读三个圈　导读解读样样全

看得见风景的房间

[英] E.M.福斯特 著
（1879—1970）
王十九 译

读客三个圈经典文库

经典就读三个圈 导读解读样样全

江苏凤凰文艺出版社
JIANGSU PHOENIX LITERATURE AND ART PUBLISHING

图书在版编目（CIP）数据

看得见风景的房间 / (英) E. M.福斯特
(E. M. Forster) 著 ; 王十九译. -- 南京 : 江苏凤凰
文艺出版社, 2022.6
（读客经典文库）
书名原文: A Room with a View
ISBN 978-7-5594-5245-0

Ⅰ. ①看… Ⅱ. ①E… ②王… Ⅲ. ①长篇小说－英国
－现代 Ⅳ. ①I561.45

中国版本图书馆CIP数据核字(2020)第190605号

看得见风景的房间

[英] E. M.福斯特 著　　王十九 译

责任编辑　丁小卉
特约编辑　车　童　　黄　婧　　叶也琦
封面设计　刘小梅
责任印制　刘　巍
出版发行　江苏凤凰文艺出版社
　　　　　南京市中央路165号，邮编：210009
网　　址　http://www.jswenyi.com
印　　刷　河北中科印刷科技发展有限公司
开　　本　890 毫米 × 1270 毫米　1/32
印　　张　11.25
字　　数　261 千字
版　　次　2022 年 6 月第 1 版
印　　次　2022 年 6 月第 1 次印刷
标准书号　ISBN 978-7-5594-5245-0
定　　价　42.00 元

目录

第一部

第二部

三个圈独家文学手册

第一部

1

贝托里尼旅馆

“老板娘这样做太不讲道理了。”巴莱特小姐说道，“太不像话了。她答应了给我们朝南的房间，要看得见风景，还要紧挨着。结果倒好，两间都是北屋，朝向中庭，又隔得那么远。唉，露西！”

“这且不说，还有那一口东区土话！”露西说，陡然听到老板娘那侉声侉气的腔调，她越发不快了，“就跟在伦敦似的。”她的目光扫过分坐在餐桌两边的英国人；扫过成排的瓶子——透明的是水，红的是酒，在那些英国人之间传来传去；扫过挂在英国人身后、敦敦实实的镜框里镶嵌的肖像，一幅是崩殂的女王[1]，一幅是仙逝的桂冠诗人[2]；扫过英国教会的通告（由牛津大学文学硕士卡斯伯特·伊戈牧师[3]签发），那是墙上除了肖像之外仅

1 本书出版于1908年，这里的女王指1901年去世的维多利亚女王。——译者注（若无特殊标注，本书注释均为译者注。）

2 根据本书写作出版年代，这里提到的应是英国历史上第12位桂冠诗人阿尔弗雷德·丁尼生（1809—1892）。

3 伊戈牧师在伦敦负责过教区，移居佛罗伦萨后，主要牧养定居在当地的侨民和前来游览的英国观光客。有时候为表区别，小说叙述中会称他为“侨民牧师”（chaplain，牧养特定对象的专职牧师）。

有的装饰。“夏洛特，你是不是也觉得，我们说不定还在伦敦？我简直没法相信，五花八门的新奇事物就在门外。估计我是太累了。”

“这肉绝对是熬完汤剩下的。”巴莱特小姐说着，放下了叉子。

“我好想看看阿诺河呀。老板娘在信里答应给我们的房间，本来是可以俯瞰阿诺河的。这老板娘如此行事，实在是不讲道理！哎，太不应该了！”

“我随便找个犄角旮旯就能凑合了。”巴莱特小姐又捡起话头，“可是你的房间竟然看不见风景，这可太过分了。”

露西感到自己有些自私：“夏洛特，你可别惯着我。这还用说嘛，你当然也该俯瞰阿诺河。我是说心里话啊。但凡前面有了空房间——”

“就应该归你住。”巴莱特小姐接嘴说。她的旅行费用由露西的母亲出了一部分——对这份慷慨，她已经委婉地暗示好多回了。

“别别别，应该归你。”

“我坚决要求归你，不然你妈妈永远不会原谅我，露西。”

“她永远不会原谅的是我。”

两位女士的声音变得激烈起来，并且有点冒火——若是承认那可悲的真相的话。她们都有些不耐烦，于是打着谦让的幌子拌嘴。坐在她们近旁的人，有的就互相交换眼神，其中有一个家伙——在国外确实会遇到的那种没教养的家伙，从桌面上探过身来，竟然就这样硬生生地掺和到她俩的争执中。

他说道：“我那间看得见风景，我那间看得见。”

巴莱特小姐吓了一跳。通常在旅馆里，人家得打量她们一两天才来搭话，也因此经常等她们都走了才发现她们“够格”。她连眼皮都不用抬，就知道这个硬来插话的家伙没什么教养。他是个老人，体格粗蛮，白乎乎的一张脸刮得寸草不生，一双眼睛倒是挺大的。那眼睛里有一种孩子气的东西，不过那并非老小孩式的孩子气。那究竟是什么，巴莱特小姐没有留意，因为她的目光落到了他的服饰上面。这身打扮在她看来乏善可陈。没准儿他是想赶在她俩融入圈子之前，先来结识她们呢。于是在他发话之际，她就装出一副茫然的样子，随口说：“风景？哦，风景！风景可真是让人赏心悦目呀。”

“这是我儿子。”老人说，“他叫乔治，他那间屋子也看得见风景。”

“啊。”巴莱特小姐应了一声。露西正要开口，被她制止了。

“我的意思是，”他接着说，“你们可以住我们的房间，我们住你们的。我们换一下就好。”

游客中更有身份的人都震惊了，对新来的这两人感到同情。巴莱特小姐答话时，恨不得连嘴都不要张开：“真的很感谢。换房间就免了。”

“为什么呀？”老人两只拳头撑着桌面问道。

“因为这种事根本不用考虑，谢了。”

“这么说吧，我们不喜欢占——”露西刚开口说话，又一次被表姐制止了。

“可是为什么呀？”他不依不饶地问，“女人们爱看风景，男的又无所谓。”

接着他就像个调皮孩子似的，两只拳头把桌面砸得砰砰响，又扭头对他儿子说：“乔治，劝劝她们！”

“明摆着她们应该住我们的房间嘛。”当儿子的回答，“此外就没什么好说的了。”

说话的时候，他没有看这两位女士，可是他的声音里带着迷惑和忧愁。露西也凌乱了，不过她明白，她们已经陷入人们所说的“难堪”的窘境。随即她心里产生了一个诡异的念头：这些没教养的游客只要一开口，原先的争议就会被拉扯得又深又远，直到它不再与房间或风景相干，反而牵扯——哎，牵扯上一些风马牛不相及的事，从前她就意识不到这种事情的存在。此时此刻，那个老人简直就是在气势汹汹地责难巴莱特小姐：她为什么不肯换房间？她能有什么反对的理由？他们半小时就可以把屋子腾出来。

纵使巴莱特小姐老于世故、言辞巧妙，但面对这样粗蛮的举止，她也束手无策。要让这样一个粗俗的人感觉到受了冷落，那是不可能的。恼怒之际，她红着脸四下扫了一眼，仿佛在问：“你们都是这种人吗？”有两位身材矮小的老妇人远远地坐在桌子的那头，披肩搭在椅子靠背上。她们往这边瞅过来，那眼神分明在说：“我们才不是呢，我们可斯文了。”

“吃你的饭吧，亲爱的。”巴莱特小姐对露西说，接着又开始扒拉她批判过的那块肉。

露西嘀咕说，坐在对面的那些人太古怪了。

“吃你的饭吧，亲爱的。这家旅馆太糟糕了，明天我们换一家。”

她刚刚宣布了这个残忍的决定，立马又改了主意。屋子那头的门帘分开来，现出一位牧师。他身量富态却又颇具魅力，快步走向自己的用餐座位，同时笑呵呵地为他的姗姗来迟向众人致歉。

露西尚未把得体的举止学到家，她一下子站起来，嘴里嚷着：

“啊，啊，哎哟，这不是毕比先生吗！噢，真是让人高兴死了！嘿，夏洛特，别管房间有多糟糕，这下我们可得留下来了。哎呀！”

巴莱特小姐则要含蓄得多。她问候道：“久违了，毕比先生。估计您都不记得我们了，我们是巴莱特小姐和汉尼却奇小姐。上回那个特别冷的复活节，您给圣彼得教堂的教区牧师帮忙的时候，我们就在潭桥泉[1]。”

这位牧师一副在度假的模样，并不太记得这两位女士，尽管她俩对他记忆犹新。不过他还是欣然过来，坐到露西示意给他的座位上。

“见到您，我实在是太高兴了。”露西说。她正处在精神空虚的状态，若是她的表姐允许，她见到侍者也会很高兴的。“谁能料到，这世界可真小啊。再加上夏日大街，这就格外神奇了。”

“汉尼却奇小姐就住在夏日大街教区。”巴莱特小姐补了一句，“聊天的时候，她碰巧跟我提到过，您已经接受了当地的教区长职位——”

“是啊，上礼拜我从母亲写来的信中听说了这事。她不知道我在潭桥泉就认识了您。不过我当时就回信了，我在信里说：‘毕比先生是——’”

“没错。”牧师回答说，“我会在今年六月份搬到夏日大街的教区长住宅。能被委派到这样宜人的地区工作，是我的福气。”

“啊，我好高兴呀！我们家的宅子叫大风山庄。”

毕比先生欠身为礼。

---

1 潭桥泉，英国肯特郡著名的矿物温泉小镇，曾是最火的疗养休闲胜地，后来演变为中产阶级老小姐聚居区。在本书写作的年代，潭桥泉就是保守、消极的同义词。

“通常是我妈和我在家，还有我弟弟。不过我们很少能说动他去教——我是说，教堂离我们家挺远的。”

“露西，最亲爱的，让毕比先生吃饭吧。”

“在吃、在吃，谢谢，我吃得正欢呢。”

比起巴莱特小姐，他更喜欢和露西聊天。他想起来了，当时露西在弹钢琴，而巴莱特小姐也许还想得起他当时的布道。他问露西是否熟悉佛罗伦萨，随即从她滔滔不绝的回答中得知，她以前从没来过这里。指点新来者总是令人愉悦，何况他在这方面是一把好手。

“可别忽略了乡野风光啊。”他的忠告就这样结束，“第一个晴天的下午，要驱车上菲耶索莱山丘，到塞蒂尼亚诺兜一圈，或者诸如此类的。”

“别呀！”来自餐桌首席的一个声音叫道，“毕比先生，您这话可就不对了。第一个晴天的下午，您的两位女士一定得去普拉托[1]。”

“那位女士看起来消息挺灵通的。”巴莱特小姐悄声对她表妹说，“我们真走运。”

紧接着，不夸张地说，一条浩浩荡荡的信息洪流朝着她们汹涌而来。人们告诉她们，要参观什么地方，什么时候参观，怎样拦电车，怎样甩掉乞丐，牛皮纸制的吸墨纸要多少钱，她们将会多么喜欢这个地方。整个贝托里尼旅馆几乎是热情洋溢地认可了她们。不管她们看往哪个方向，友善的女士们都冲她们微笑，跟她们大声打招呼。那位消息灵通的女士的嗓门盖过了所有的声

1 普拉托，托斯卡纳大区下辖十省之一，在佛罗伦萨西北20千米左右，有酒神喷泉这一地标和一些中世纪的教堂、古堡遗迹。

音，她叫道：“普拉托！她们一定得去普拉托。那地方有一种迷人的邋遢劲儿，真是说不出的好。我爱死那个地方了。我迷恋那种摆脱体面束缚的感觉，你们是知道的。”

那个名叫乔治的小伙子瞥了一眼消息灵通的女士，随即再次闷闷不乐地盯着自己的盘子。显然，他和他父亲没有被接纳。在顺利融入圈子之际，露西还希望这父子俩能得到大家认可。他人遭到冷遇，并不能给她增加欢乐。于是她在起身离去时转过身来，向这两个遭到排斥的人怯生生地微微鞠了一躬。

那个父亲没有看见；他的儿子没有回以鞠躬，而是抬了抬眉毛，报以微微一笑，算是回应，但他的微笑显得有些疏离。

她赶紧跟上表姐，后者已然穿过门帘——那帘子可不光是布做的，看起来就很沉，老是打到人的脸。就在她们前面，不靠谱的老板娘站在那儿，向客人们鞠躬道晚安。她的小男孩埃内里和她女儿维克托莉雅，跟着她有样学样，用伦敦东区的口音来展现南方人的风度与亲善，那洋相也出得稀奇古怪。更怪异的是那间休息室，它竟试图跟布鲁姆斯伯里区的寄宿旅馆比试闲适情调。说真的，这还是意大利吗？

巴莱特小姐已然落座在一张用垫子塞得很紧实的扶手椅里，那椅子的颜色和外形都好比西红柿。她正在跟毕比先生交谈，说话的时候，她那狭长的脑袋前后晃动，缓慢而有规律，仿佛正在铲除某种看不见的障碍物。“我们对您不胜感激。”她说，“这开头一个晚上的印象实在太重要了。您到餐厅的时候，我们正遭受一种特别难堪的窘境呢。”

他对此表示遗憾。

“您是否知道，吃饭时坐我们对面的那个老人的名字？”

“爱默生。”

“他是您的朋友吗？”

“我们处得不错——住旅馆的时候一般都这样吧。”

“那我就不多说了。”

他只是象征性地劝了劝，她就又多说了些。

“我呢，可以这么说吧，”她和盘托出道，“是我小表妹露西的监护人[1]。我要是让她欠了我们压根儿不了解的人的情，那就不妥了。他当时的举止有点让人尴尬，但愿我的做法对大家都好。”

“你那样做是合情合理的。”他说。他显得体贴入微，过了一会儿，才又补充道：“话又说回来，我认为，接受了也不会有多大损失嘛。”

“损失当然不至于，可我们不能为此欠下一个人情。”

“他这个人相当古怪。”他又迟疑片刻，随后轻声细语地说，“我认为他是不会挟恩图报的。他有那种想什么说什么的本事——如果这能算本事的话。他有两个他自己并不看重的房间，

---

1 根据迈克尔·帕特森的《维多利亚时期英国生活简史》，当时的中产阶级家庭，给未婚的年轻姑娘当女伴护的最佳人选通常是姑娘的母亲，较少情况下是没有结婚的老小姐。女伴护需要洞悉世情，性格比较好，善于交往，不光要保护姑娘免遭同阶层或低阶层人的骚扰侵犯，还要陪着她，让配得上她的男人看见她，以此来增加结婚机会。未婚的年轻姑娘欠陌生男人人情，确实会被认为是极其尴尬的事。她若孤身出门就会被指责，若是单独和男人在一起，就可能被人鄙视，除非她有特别站得住脚的理由。若是她外貌出众，或者性格开朗（这两样露西占全了），还单独跟男人在一起，就更容易被人戳脊梁骨，甚至从此名誉败坏，婚姻无望，留给她的另一条出路就是成为老小姐。不过，露西的母亲是实在人，性子爽朗，并不太讲究这些，所以她本人对礼俗也不是太过在意。然而她表姐夏洛特一来对她负有责任，二来格外守礼，因此特别小心谨慎。——此处和后面的一些情节冲突，往往是基于维多利亚时期的这些社交规矩或表姐妹俩的想法及性情差异产生的。

同时他又以为你们会在乎。他连对你们客套一点都想不到，哪还能想到让你们欠下人情呢。要想懂得实话实说的人可真不容易啊——最起码，我觉得不容易。”

露西听得高兴，便说：“我当时就指望着他是心眼儿好，我真的一直、一直期望着，人们都是好心肠。”

“我觉得他就是这样的人，心肠是好，也讨人厌。差不多在任何值得一提的问题上，我跟他的看法都不一致，而且我估计——可以说我希望，你们和他之间也会意见相左的。不过，他这种人嘛，你会反对，却不会反感。刚到这儿的时候，他就把人们给惹毛了，这一点都不让人奇怪。他不通世故，也不懂礼节——我这么说，可不是指他粗鲁无礼——偏偏他还把他那些想法都说出来。我们差点就去跟那个扫兴的老板娘投诉他了，不过，幸亏我们又改了主意。”

“那我是否可以推测，”巴莱特小姐说，“他是一名社会主义者？”

对这个图省事的字眼，毕比先生倒是忍了，他的嘴唇却不免微微抽搐了一下。

“这样看来，想必他把他儿子也培养成社会主义者了？”

“我基本上不了解乔治，因为他还没学会聊天。他看起来人不错，我觉得他挺聪明的。当然，他父亲的习性他全都有，所以他很有可能也是个社会主义者。”

“咳，您可让我放心多了。”巴莱特小姐道，“也就是说，您认为我刚才该接受他们的提议吗？您是不是觉得我偏执又多疑呢？”

“哪儿的话。”他回答道，“我压根儿没这个意思。”

“可是，不管怎么说，我刚才的言行明摆着很无礼，我岂不是应该道歉？”

他有点烦了，回答说大可不必这样，随即起身走向吸烟室。

“我刚才很烦人吗？”他刚走出去，巴莱特小姐就问，“露西，你怎么没说话呀？我敢肯定他更喜欢年轻人，我想我没有一直霸占着他吧。我本来指望你来应付他这一晚上呢，就跟刚才吃饭的时候一样。”

“他人可真好。”露西不禁感慨道，“就跟我记忆中的一样。他好像在每个人身上都能看到优点，没人会真把他当成牧师的。”

“我亲爱的露琪亚[1]——”

“得了吧，你其实明白我的意思。再说你也知道啊，牧师笑起来一般是什么德行。毕比先生笑起来就跟正常人一样。”

“古灵精怪的丫头！你可真让我想起你妈来了，也不知道她会不会喜欢毕比先生。”

“她肯定会的，弗雷迪也会的。”

“依我看，大风山庄的每一个人都会喜欢他的。那里的人都挺跟得上时代的。我倒是习惯了潭桥泉的生活，然而我们这些人都无可救药地落伍了。”

“行啦。”露西情绪低落地说。

一层不满的阴霾袭上巴莱特小姐心头。然而这不满到底是对她自己、对毕比先生、对大风山庄的新潮人群，还是对潭桥泉的狭隘群体，她没法确定。她试图寻出这不满的根源，可是就跟往

1 露琪亚，露西的拉丁语变体。

常一样，她磕磕绊绊，理不清方向。巴莱特小姐尽力掩饰着不满之情，又说：“只怕你已经觉得我是个非常扫兴的同伴了。”

于是露西又一次想道：“我肯定是太自私了，不然就是太刻薄。我应该更体贴一些才是。这肯定让夏洛特极其不高兴，她已经够惨的了。”

那两位身材矮小的老妇人中的一位，之前有好一阵子，一直在亲切地微笑着。幸运的是，她这时候来到她们身边，问她能不能坐在毕比先生刚才坐的位置。获准坐下之后，她就细声细气地闲聊起来。她谈到意大利，说起决定来之前的犹豫和这次冒险令人欣慰的结果，提到了她姐姐身体状况的好转，以及，夜间关紧卧室窗户和晨起倒空热水瓶的必要性。她巧妙地引导种种话题，比起房间另一头围绕教皇党和皇帝党争辩得如火如荼的高谈阔论，这些话题也许更值得关注。在威尼斯那天晚上，她在卧室里发现了某种比跳蚤更糟、比别的却又稍好的东西，那可不是区区小事，而是一场真正的灾难。

“不过，你们在这儿就跟在英国一样安全，贝托里尼太太那可是地地道道的英伦味。”

“然而我们的房间里有一股怪味。”可怜的露西说，“我们都不敢上床睡觉呢。”

“唉，而且你们还朝着中庭。”她叹道，“爱默生先生刚才要是委婉一些就好了！晚餐那阵我们真替你们感到难受。”

“我觉得他也是出于好意。”

“那肯定没的说。”巴莱特小姐道，“毕比先生刚才一直数落我，怪我生性多疑。其实，我是为了我表妹才谢绝的。”

“那可不。”老妇人附和道。随即她俩凑在一起窃窃私语，说是对年纪轻轻的姑娘家来说，越是谨慎越好。

露西竭力作出娇羞状，却又不禁觉得自己是个大傻瓜。在家的时候，没人把她看得这么紧。换句话说，在任何情况下，她都没注意到有谁这么盯着自己。

“对老爱默生先生这个人嘛——我基本上不怎么了解。确实，他这人没有分寸。可是你注意到没有，有的人干的那些事最是粗鲁，与此同时，偏偏又显得——非常美好？”

“美好？”巴莱特小姐不解道，“美好和文雅不是一码事吗？”

“是个人可能都会这么想。”对方无奈地说，“不过我有时候觉得，世道人心太不容易看透了。”

她没有就所谓世道人心往深里说，因为毕比先生又来了。他看起来特别高兴。

“巴莱特小姐，”他喊道，“房间的事搞定了，我真高兴。爱默生先生刚才正在吸烟室说这事，我这不是才和你聊过嘛，就劝他再次提出换房间，他就让我来问问你了。他会非常开心的。”

“哎呀，夏洛特！”露西大声对她表姐说，“我们现在真得接受那两个房间了，那位老先生已经仁至义尽啦。”

夏洛特一声不吭。

过了片刻，毕比先生说：“恐怕是我管得太宽了，我得为我的干预道歉。”

他气得要死，转身便欲拂袖而去。直到这时候，巴莱特小姐才开了金口：“跟你的愿望比起来，最亲爱的露西，我自己的愿望不值一提。因为你的慷慨，我才到得了这里，我若是拦着你，不让你在佛罗伦萨随心所欲，那就实在太严苛了。如果你想让我把这两位绅士赶出他们的房间，那我就照你的意思办了。那么，毕比先生，麻烦您告诉爱默生先生，我接受他的好意，还要麻烦您带他来我这里，我好当面感谢他。”

说这些话的时候，她提高了嗓门。她的声音传遍了整间休息室，什么教皇党呀、皇帝党呀之类的争论，也都消失了。牧师腹中咒骂着所有的女人，鞠了一躬，这才带着她的口信离去。

“记住啦，露西，只有我一个人牵扯到这件事了，我可不希望你出面来接受。不管怎样，答应我吧。”

毕比先生回来了，有点紧张地说：“爱默生先生现在抽不开身，不过他的儿子来了。”

那个小伙子目光低垂，注视着三位女士，让她们感觉自己就像坐在地板上——她们的椅子实在太矮了。

“我父亲，”他说，“正在洗澡，所以您没法向他本人道谢了。不过，您若是有什么话要说，等他一出来，我就会转告他的。”

巴莱特小姐被洗澡这件事打败了，她那一肚子夹枪带棒的客套话只要一冒出来，横竖都不对头。小爱默生先生赢得了一次重大胜利，这让毕比先生很是欣慰，也让露西心中窃喜。

“可怜的小伙子！”他刚离开，巴莱特小姐就说，“就为了这么两个房间，他现在有多生他父亲的气啊！他为了维持礼貌也只能这样啦。”

“你们的房间半小时左右就可以换了。”毕比先生说。那之后，他若有所思地看了表姐妹俩一眼，就回到了自己的屋里，去细细地写下他那富于思辨性的日记。

“噢，天哪！”那位老妇人轻叹一声，随即打了个哆嗦，就好像天堂里所有的风都灌进了屋里似的，“先生们有时候就不明白——”她的声音渐渐消失，然而巴莱特小姐似乎心领神会。于是乎，一番对话就此进行下去，那些不太明白的先生是其中的主要内容。露西也不明白，只得去看书。她拿起贝德克[1]，把佛罗伦萨最重要的历史日期都记在心里，因为她决定第二天要玩个痛快。就这样，颇有收获的半个小时悄悄溜走，巴莱特小姐叹了口气，总算站起来说道：“我觉得现在可以去探一探了。不，露西，你别动啊。我来负责这次换房间。”

“你可真是把什么事都包了。”露西说。

“理当如此，亲爱的，这就是我的分内之事。”

“可是我想帮帮你。”

“不用了，亲爱的。”

夏洛特的精力多么旺盛！而且她又是这么大度！她一辈子都是这样，不过说真的，在这次意大利旅行中，她的表现与以前相比有过之而无不及。这就是露西的感受，或者说她是尽量这样想的。尽管如此，她心里还是有一种抵触情绪，让她疑虑：接受人家的好意时，能不能少绕些圈子，而是更痛快一点呢？无论如何，走进自己的房间时，她一点都不觉得开心。

“我想解释一下，”巴莱特小姐说，“为什么是我住最大的房间。当然按理说，我该把它让给你。可是我碰巧知道，这个房间本来是那个小伙子在住，而我敢肯定，你妈妈是不会乐意的。”

露西被她弄糊涂了。

“如果你要接受帮助，欠他父亲的人情，比欠小伙子的人情

---

1 原指19世纪德国出版商卡尔·贝德克出版的导游类图书，后来贝德克在英文中就指“观光指南”。

要得体一些。我是个懂得人情世故的女人，略有一点见识，我知道这一类的情形容易招来什么事。不过，毕比先生算得上是个担保人，谅他们也不会有非分之想。”

“我妈肯定不会在意的。”露西说，不过她也再次感觉到，这其中存在自己从未想到的、更大的隐患。

巴莱特小姐只是叹了口气，随即一边道晚安，一边带着誓死守护的姿态，紧紧地拥抱了她。这拥抱给露西带来了雾霾一样的窒息感，刚回到自己的房间，她就打开窗户，呼吸夜晚清新的空气，同时想起了那位好心肠的老人。正是他，让她得以看见阿诺河上的粼粼波光和掩映着圣米尼亚托大殿的柏树，也看见了月华流照之下，亚平宁山脉那被渲染得发黑的山麓丘陵。

在她自己的房间里，巴莱特小姐关严窗户，锁上房门，随即在屋子里巡视，查看壁橱都通往什么地方，以及是否有隐藏的地牢或密道。正是在这时候，她看见盥洗池上方钉着一张纸，上面潦草地画了一个巨大的问号，此外什么也没有。

“这是什么意思？”她一边琢磨着，一边借着烛光审视这东西。那问号一开始显得不知所云，接着渐渐地变得险恶、可憎又不祥，带着一种邪恶之意。她心中忽然涌起一种毁掉它的冲动，幸亏她又想起来，自己并没有权利这么做，因为那肯定是小爱默生先生的物品。于是她小心翼翼地把这张纸从钉子上取下来，夹到两张吸墨纸中间，免得弄脏了。那之后，她完成了对屋子的巡视，习惯性地深深叹了一口气，这才上床休息。

2

在圣十字大教堂，没有观光指南

所谓赏心乐事，就是在佛罗伦萨醒来，睁眼就在明亮空旷的房间里，地面由看起来干净实则不然的红色地砖铺就，彩绘天花板上有粉红的狮鹫兽和蓝色的小爱神在无数黄色的小提琴和巴松管之间嬉戏。同样令人心情欢畅的是，猛地把窗户开到最大，被不熟悉的挂钩夹到手指；探身到阳光下，对面就是优美的山丘和林木，还有大理石的教堂，而就在窗下不远处，阿诺河的河水拍击着路堤，汩汩地流淌。

河边那多沙的滩头上，男人们在用铁锹和筛子之类的工具干活。河面上有一条小船，也在勤勉地忙于某种神秘的事务。一辆电车从窗子底下冲过去，车厢里除了一位游客，再无旁人。不过在上下车的踏板上，却挤满了意大利人，他们宁可站着。一些小孩子试图吊在车尾，售票员就不带恶意地往他们脸上啐口水，想让他们松手。这之后出现了一些士兵——都是些模样标致，个头瘦小的男子。人人都背着用脏兮兮的毛皮盖着的行军背包，穿着为体格更加魁梧的士兵量体裁剪的军大衣。一些军官走在士兵旁边，看起来凶狠而粗蠢。几个小男孩走在士兵前方，一边行进，一边伴着乐队的节拍翻跟头。电车慢慢被这些人困住了，艰难地挪动，就像一条被困在蚁群中的毛毛虫。有一个小男孩跌倒了，同时又有几头白色小公牛从一座拱门中跑出来。事实上，要不是有个卖钮钩的老人支了个妙招，那条路说不定永远都没法疏通了。

就在诸如此类的庸常琐事中，也许会有许多宝贵时光偷偷溜走。游客来到意大利，本来是为了研究乔托[1]作品中笔触的艺术价值，或是罗马天主教会的腐败；回去之后，可能除了那一片蓝天和生活在这天空下的红尘男女，就再也想不起别的来了。也难怪巴莱特小姐会敲门进来，先是数落露西连门都不锁，数落她衣衫不整地探身出窗，接着又催她动作麻利点，不然这一天就要耗去一大半了。等到露西收拾好下楼，她表姐已然吃完早餐，正在听那位消息灵通的女士边吃面包边说话。

接下来就是一场拉锯式的交谈，还是原来那些话。巴莱特小姐终究是有那么一点点累了，觉得这个上午还不如用来适应一下环境。她问露西是否不管怎样都想出去。露西说宁愿出去，毕竟这是她在佛罗伦萨的第一天，不过，她当然可以一个人出去。巴莱特小姐可不能允许这种事发生，不用说，她是乐意陪着露西去任何地方的。哎呀，这肯定不行啦，露西愿意和表姐一起留下来。咳，别这样，这可不行！啊，没关系的！

就在这节骨眼儿上，那位消息灵通的女士插话了。

“如果你是在担心，会有格伦迪太太[2]那样的卫道士说闲话，

---

1 乔托·迪邦多内（1266—1337），欧洲近代绘画之父，佛罗伦萨画派创始人，作品以教堂壁画为主。

2 格伦迪太太，英国剧作家托马斯·莫顿喜剧《加快耕耘》中的人物，象征爱管闲事的卫道士。

那我可以保证，你根本就不必在意这类人。作为英国人，汉尼却奇小姐是非常安全的，意大利人都明白这个。我有一位好朋友，巴隆切利伯爵夫人，她有两个女儿。要是她没法让女仆送她们去上学，她就让她俩戴上海员帽去学校。这样所有人都会把她们当成英国人，你明白我的意思吧，她们把头发紧紧束在脑后时尤其如此。”

巴隆切利伯爵夫人的女儿的安全，没能让巴莱特小姐信服。她打定主意，要亲自带露西出去，反正她现在头疼得也不是特别厉害了。那位消息灵通的女士便说，她正要去圣十字大教堂待上一整天，如果露西愿意一起去，她会很高兴的。

“我要带你从后门那条脏兮兮又可爱的小路过去，汉尼却奇小姐。你若是给我带来好运，我们还会有一段冒险经历呢。”

露西说这样安排太贴心了，随即翻开贝德克那本观光指南，去找圣十字大教堂在哪儿。

“啧啧！露西小姐！但愿我们能很快把你从贝德克手里解救出来，他写的东西顶多沾点边，至于真正的意大利——他连梦都没梦见过呢。真正的意大利，是只有经过耐心的观察才能发现的。”

这话听起来非常有吸引力，于是露西草草吃完早点，兴冲冲地跟着她这位新朋友一起出发。总算要见到真正的意大利了，东区口音的老板娘和她办的那些不地道的事，也就像噩梦一样眼不见心不烦了。

拉维西小姐——这是那位消息灵通的女士的姓氏，往右拐了个弯，顺着阿诺河右岸那阳光灿烂的河滨大道走去。多么温暖怡人啊！可是从巷子里穿出来的风，刮在身上却又跟刀子似的，不是吗？那是感恩桥——特别吸引人，是但丁提到过的。那边就是圣米尼亚托大殿——既美轮美奂又引人入胜；那里的十字架还亲吻过杀人犯呢[1]——汉尼却奇小姐会记住这个传说的（不是真的；不过，大多数信息也都不是真的）。河畔的男人正在钓鱼。忽然，拉维西小姐飞奔到白色小公牛钻出来的那座拱门底下，旋即停下来，纵声大叫道："闻闻这味儿！真正的佛罗伦萨味儿！我跟你说，每座城市都有它自己的气味。"

"这味儿很好闻吗？"露西问，她继承了母亲对不洁之物的反感。

"人们来意大利，可不是为了讲究的。"回答她的是一句抢白，"来这儿的人是为了寻找生活。早上好！早上好！"拉维西小姐东一下西一下地不停鞠躬，"快看那架讨人喜欢的小酒车！瞧那个车夫盯着咱俩看的傻样，多么可爱又淳朴的人啊！"

就这样，拉维西小姐继续在佛罗伦萨城里的街道间穿行。她个子小巧，好动爱玩，活像一只小奶猫，尽管缺少小奶猫的那种优雅。跟这样一个伶俐又欢快的人在一起，对露西来说是很特别的经历。何况她还披着一件蓝色军用斗篷，正是意大利军官穿的那种，这又给她平添了一种喜庆之感。

"早上好！记住一个上了年纪的女人的忠告吧，露西小姐，对地位不如你的人以礼相待，你是绝对不会后悔的。那就是真正的民主，尽管我也是一个真正的激进派。瞧瞧，你现在给吓着了吧。"

---

1 拉维西小姐鄙视的贝德克观光指南上讲了这个传说：圣乔万尼·瓜尔贝托宽恕了杀害他哥哥的凶手，圣米尼亚托大殿内，祭坛上方那个小十字架便赞许地向他点头。拉维西小姐要么记错了，要么故意编造得更离奇。

“实际上，我还真没有呢！”露西嚷道，“我们也是激进派，彻头彻尾的激进派。我父亲以前一直都是投格莱斯顿先生的票，直到他对爱尔兰问题采取了那么可怕的措施，才不再支持他了。”

“懂了，懂了。所以你们现在都投靠到政敌那边去啦？”

“哎呀，别这么说——我父亲如果还活着，现在肯定又会投激进党的票了。还有，我说一件真事，上次选举期间，我们家前门的玻璃碎了，弗雷迪坚信那是托利党人干的。不过我妈说他是胡扯，那是流浪汉砸的。”

“可耻的行径！你们怕是住在工业区吧？”

“没有——我们家在萨里郡的山区，离朵金镇大约五英里，可以眺望维尔德地区的原野和丛林。”

拉维西小姐似乎很感兴趣，风风火火的步子也放慢了。

“多么风光宜人的地方，我对那地方可熟悉了。一些特别好的人都在那里扎堆呢。你认不认识哈利·欧特威爵士——一位货真价实的激进派？”

“确切地说，非常熟。”

“还有我们那位慈善家老巴特沃斯太太呢？”

“嗨，她租着我们家的一块地呢！好神奇啊！”

拉维西小姐抬头望着头顶那一线蓝天，咕哝道：“哦？你们家在萨里郡有产业？”

“跟没有也差不多吧。”露西赶紧说，生怕被当成一个势利鬼，“才三十英亩——也只有一座花园，还都在半山坡上，加上一些田地。”

拉维西小姐没有表示反感，而是接着说，这规模和她姨妈在萨福克郡的庄园正好差不多。意大利暂时退场了。她们试图回想起某位路易莎夫人的夫家姓氏，有一年她在夏日大街附近买了一座宅子，可她并不喜欢那房子，说起来也挺奇怪的。拉维西小姐刚刚想起那个姓氏，话到嘴边就停了下来，失声喊道："我的天！上帝保佑，救救我们吧！我们已经迷路啦。"

看来为了到达圣十字大教堂，她们确实已经用了太长的时间。明明在旅馆的楼梯平台窗口，就可以清清楚楚地看见它的钟楼。不过拉维西小姐倒是说过好几次，她对心爱的佛罗伦萨如何如何熟悉，露西不疑有他，也就一直跟着她走了。

"迷路了！迷路了！我亲爱的露西小姐，就在我们对政治说长道短的时候，我们拐错弯了。那些可恶的保守党人还不知道会怎么奚落我们呢！我们可怎么办哪？两名孤身女子，迷失在陌生的城市。喏，这就是我所说的冒险啦。"

露西很想去看看圣十字大教堂，便提议她们找人问路，这说不定会是个办法。

"啐，那可是胆小鬼才说得出来的话！还有啊，你可千万千万别去看你那本观光手册。把它给我，我不会让你拿着这东西的。我们就纯粹靠自己摸索吧。"

于是，她们没头没脑地闯过一条条棕灰色的街道，它们既不宽敞也不美观，这座城市的东部区域就在其间尽情展现出来。露西很快就对路易莎夫人的不满失去了兴趣，接着她自己也变得不满了。转瞬之间，她又心醉神迷，意大利活生生地呈现在她眼前。她站在圣母领报广场上，看着栩栩如生的陶釉中可爱到极点的圣婴，再多的廉价复制品都不可能让他们黯然失色。他们就悬停在那里，亮闪闪的肢体从施舍的襁褓中凸显出来，胖乎乎的白胳膊伸向雕镂成圆形的天穹。露西觉得，她从来没有看见过比这更美的事物了。可是拉维西小姐却沮丧地尖叫了一声，拖着她往前赶，说是她们的路已经走偏了至少一英里。

这时候已临近欧洲大陆式早餐通常开始的时刻，或者更确切地说，已快到结束的时候了。两位小姐在一家小店买了些热乎乎的栗蓉，因为它看起来极具当地特色。那东西尝起来有点像包着它的那张纸，也有一股子发油的味道。还有一种滋味，不清楚是什么了不得的玩意儿造成的。不过这点吃的让她们恢复了体力，她们胡乱走到了下一个广场。那广场宏伟壮阔，尘土飞扬。就在广场的另一边，耸立着一座黑白相间的建筑立面，丑陋得无以复加，拉维西小姐极其夸张地向它表示问候。这就是圣十字大教堂，她们的冒险结束了。

“稍等一下，让那两人先过去，不然我就得跟他们打招呼。我是真痛恨那种死板的寒暄。真讨厌！他们竟然也要到教堂里去。唉，这些出国旅游的英国人！”

“昨晚吃饭的时候，我们就坐在他们对面。他们已经把房间让给我们了，真是非常好的人啊。”

“瞧瞧他们那德行！”拉维西小姐嘲笑道，“他们就像两头母牛一样，在我的意大利一路践踏过去。我这话是很刻薄，可是我真希望在多佛港搞一种书面考试，把答题不过关的游客全都淘汰掉。”

“你要给我们出什么考题呢？”

拉维西小姐和蔼地把手搭在露西胳膊上，仿佛表示她无论如何都会得满分。她们就这样兴高采烈地走到了大教堂的台阶边，正要进去的时候，拉维西小姐忽地停下来，尖叫一声，猛地张开双臂，喊道："我那位地方色彩宝库来了[1]，我得去跟他说两句话。"

一眨眼工夫，她就撇下露西跑到广场上去了，身上的军用斗篷在风中猎猎飞舞。她追上一名白胡子的老头，开玩笑地拧了一把人家的胳膊，这才放慢了脚步。

露西等了将近十分钟，有些厌烦起来。她遭到乞丐骚扰，眼睛也被灰尘眯了，随即想起年轻姑娘家不应该在大庭广众之下逗留。她从台阶上下来，慢慢走到广场上，打算跟不同寻常的拉维西小姐会合。可是就在这个时候，拉维西小姐和她的"地方色彩宝库"也动了，两人姿态夸张地比画着，钻进一条巷子里就没影了。

露西大为愤怒，眼里涌出了泪水——这既是因为拉维西小姐甩掉了她，也是因为她的观光指南被拉维西小姐拿走了。她该怎么找到回去的路？她怎样才不会在圣十字大教堂周边迷失方向？她的第一个上午就这样完了，而她说不定再也不会来佛罗伦萨了。仅仅几分钟之前，她还是兴致高昂，高谈阔论得如同一名颇懂风雅的女子，而且心里颇为自信，觉得自己富有独创性。此时她进了教堂，只觉心头抑郁，满怀屈辱，连这座教堂究竟是方济各会还是多明我会士建造的都记不起来。

不用说，这座教堂肯定是一座了不起的建筑。可是它多像谷仓啊！而且还这么阴冷！教堂里有乔托的壁画是不假，面对那些画的笔触时，她也有本事感受到什么叫名副其实。可是谁来告诉她，哪些壁画是乔托的呢？她不屑一顾地四处走动，不肯为那些她不确定作者或日期的前人遗作浪费热情。甚至没有人来告诉

1 拉维西小姐关注地方色彩，试图通过与当地人的交往，了解更多异域风情。

她，砌在教堂中殿和耳堂内的那些墓碑当中，究竟哪一座才是真正优美的，也是因此最受拉斯金先生[1]称道的。

这时候，意大利那魔性的魅力对她生效了，她索性抛开获取信息的念头，心里反而快活起来。她渐渐揣摩出了那些意大利语告示的意思：禁止民众带狗入教堂的告示；敦请民众虑及健康，并对他们置身其中的这座神圣的华堂大厦予以尊重、切勿随地吐痰的告示。她观察那些游客，他们的鼻子就跟手里的观光手册一样红彤彤的，圣十字大教堂可真冷啊。她目睹了三名天主教徒——两名男童和一名女童那可怕的遭遇，他们互相泼圣水，以此开启虔诚生涯，随即往马基雅维利[2]的石棺走去。他们湿透的身上还在滴落冰冷的水珠，却因为洗礼显得神圣。三人的速度非常缓慢，总算走完那段对他们来说堪称漫长的道路，依次用手指、手绢和头颅触碰石棺，方才退回去。这样做是什么意思呢？他们如是再三，反复多次。露西这才明白，原来他们误把马基雅维利当成了某位圣徒，希望由此获得美德。惩罚立刻降临了。行经拉斯金先生大加赞赏的那些墓碑时，最为年幼的那名男童在其中一块上跌跌撞撞地走着，双脚被碑面雕刻的主教卧像给绊了一下。露西虽然是新教教徒，但还是冲了过去。然而为时已晚，那名男童已然重重地磕在了教士上翘的脚指头上。

“可恨的主教！”老爱默生先生怒吼道，他也冲过来了，

---

1 约翰·拉斯金（1819—1900），英国著名艺术评论家，画作和文学作品也备受推崇，其著作《佛罗伦萨七日游·第一日》描述了圣十字大教堂及里面的墓碑。他最欣赏的那块墓碑，被他誉为“14世纪全世界最美雕刻之一”，是天文学家伽利略的祖先伽利略·博尼图的。

2 尼可罗·马基雅维利（1469—1527），意大利政治思想家和史学家，著有《君主论》《佛罗伦萨史》《论李维》等。

“活着梆梆硬，死后硬邦邦！小娃娃，到外面的太阳底下去，用你的手轻轻触摸阳光吧，那才是你该待的地方。让人深恶痛绝的主教！”

听到这些无法理解的音节，看着这些可怕的人——他们拉他起来，掸掉他身上的灰尘，擦拭他的伤处，还叫他不要迷信——那个小孩子只是发疯一般地尖叫。

“瞧这小可怜！”老爱默生先生对露西说，“真是一团糟，这么点大的娃娃，摔伤、挨冻，还受了惊吓！可是你还能对教堂有别的指望吗？”

孩子的两条腿软得就像熔化的蜡，老爱默生先生和露西每次扶他站直，他立刻扯着嗓子尖叫着往下滑。幸亏有一位意大利女士跑来救场了，她本来应该是在做祷告的。凭着母亲独有的神奇手法，她让这小男孩的脊柱绷得直直的，膝盖上也有了力气。孩子总算站稳了，他一边蹒跚地走开，一边还在焦躁不安地叽里咕噜说着什么。

“您可真是一位聪明女人啊。”老爱默生先生说，“您的所作所为比全世界所有古迹的作用都还大呢。我和您信仰不同，可我真心信赖那些能让同胞快乐的人。在这天地万物之中，没有——”

他停下来，想找一个合适的措辞。

“没有什么。”那位意大利女士说完，就接着祷告去了。

“不知道她听不听得懂英语。”露西点醒道。

她满怀内疚，不再看不起爱默生父子二人了。她决意要对他们亲切一些，要直接爽快而不是拐弯抹角，而且，如果有可能的话，要谦和地提一提那两个舒适的房间，来抵消巴莱特小姐那番绵里藏针的客套辞令。

“那女人明白着呢。”老爱默生先生回答说，“不过你在这儿做什么呀？你是在参观这座教堂吗？参观完了没有？”

“没呢。”露西想起自己受的委屈，不禁大声道，“我跟拉维西小姐一起来的，说好全都由她来讲解的，可是刚走到门口——实在是不像话！她直接跑掉了，我等了好一阵，只好孤身一人进来了。”

“你为什么不能自己一个人来呢？”老爱默生先生说。

“就是嘛，你为什么不能？”他儿子说。这是他第一次跟这名年轻女子说话。

“可是拉维西小姐连我的观光指南也带走了。”

“观光指南？”老爱默生先生说，“我很高兴你计较的是那玩意儿。观光指南没了倒是值得不开心的。那确实值得在意。”

露西感到有点伤脑筋。她又一次觉察到某种新的意图，却不知它会把自己引向哪里。

“没有观光指南的话，”老爱默生先生的儿子说，“那你就跟我们一起好了。”莫非这就是那个意图想要引去的方向？她赶紧拿自己的尊严来当挡箭牌。

“非常感谢，但是我想都不能这样想。希望你们不要觉得我是跑来跟着你们的。我真的是来帮那个小孩子，同时也为昨晚你们好心让出房间感谢你们，但愿我没有给你们带来太多的不便。”

“亲爱的，”老人温和地说，“我觉得，你是在重复你从上了年纪的人那里听来的套话。你假装是个一言不合就会受到冒犯的人，可这不是你的本来面目。别再故意招人烦啦，你倒是跟我说说，你想看看这教堂的哪些地方。我们是真的很乐意带你过去的。”

然而，他这番话冒昧得令人厌恶，按说她本该大为光火才对。只是有时候，想乱发脾气并不容易，就好比另外的时候，同样艰难的是按捺脾气。露西没办法生气，老爱默生先生是一位老年人，因此年轻姑娘想必可以迁就他一点。另一方面，老爱默生先生的儿子可是个年轻人，因此她觉得，作为女孩子应该生这家伙的气，或者无论如何，她的不快要在他面前表示出来。所以她回答的时候，注视的是这个小伙子。

“但愿我没有显得太小心眼。我想参观乔托的壁画，哪些是他画的？请告诉我。”

儿子点了点头。他神色中带着一种不那么舒畅的满足，领头走向了佩鲁齐小堂。他身上透出一丝教师的味道，让她觉得自己就像还在上学的小孩子，刚刚只是答对了一个问题。

那座小堂里已经挤满了诚挚的会众，从他们中间冒出一个讲解者的声音，指点他们该如何膜拜乔托——要基于精神的准则，而不是世俗的评估。

“记住了啊。”他说，“这座圣十字大教堂的一些事迹，它是如何在文艺复兴的污染冒头之前，于中世纪精神最狂热的氛围中，纯靠信仰建成的。注意看，乔托在这些壁画中——可惜它们现在因为修复给糟蹋了——又是如何免受解剖学和透视法的陷阱干扰的。还有什么比这更壮观、更可悲、更优美、更真实的吗？在我们看来，跟一位真正能感知神意的人物相比，奇技淫巧起的作用是多么微不足道啊！”

“不对！”老爱默生先生叫道，他的嗓门在教堂里实在是大得离谱，“千万别去记这种说法！当真是纯靠信仰建成的吗！那也只能表明工匠没有得到合理的报酬。至于那些壁画嘛，在我看来没有一点是真的。瞧瞧那个穿蓝衣服的大胖子！他肯定得跟我一样重吧，然而他像个气球一样在往天上冲呢。”

他指的是那幅描绘圣约翰升天的壁画。小堂内，讲解者的声音变得磕巴了，这是可想而知的结果。听众有些不安地挪动着，露西也是如此。她已经认定，自己就不该跟这两个人待在一起，可是她仿佛中了他们的魔咒。他们是如此的一本正经，又是如此的荒诞不经，她都想不起该作何反应。

“约翰升天这事发生过吗？有还是没有？”

乔治回答道：“倘若真的有过升天这回事，那它就是这个样子的。我宁可自己爬上天堂，也不愿被一群小天使硬推上去。此外，如果我到得了那里，我希望我的朋友从里面探身出来，就像这幅壁画里的人那样。”

“你是永远都不会升天的。”他父亲说，“好儿子，你和我都会安息在生养我们的大地的怀抱里，而我们的名字必将消失，正如我们的成就必定长存。”

“众人之中，有些人只看得见空墓，却看不见圣徒升天，且不论这圣徒是谁。如果真的出现过升天这样的事，它确实就是那样发生的。”

“对不起。”一个冷到极点的声音说，“这间小堂小了点，容不下两批人。我们就不在这儿碍事了。”

讲解者是一位牧师，而他的听众多半也就是他所放牧的羊群，因为他们手中拿着的，除了观光手册，还有祷告书。这些迷途的羔羊鱼贯而出，默默无言地离开了佩鲁齐小堂。他们当中有两个人，正是贝托里尼旅馆内那两位身材矮小的老妇人——特蕾莎·艾伦小姐和凯瑟琳·艾伦小姐。

“别走啊！”老爱默生先生喊道，“地方大着呢，我们都能待在这儿。别走了！”

那一队人一声不吭地离开了他们的视线。

很快，隔壁的小堂里传来讲解的声音，讲述的是圣方济各的生平。

“乔治，我真觉得，那位牧师就是布里克斯顿的那位教区牧师。”

乔治走进隔壁小堂，随即又回来说：“说不定就是他，我是记不得了。”

“那我最好去跟他打个招呼，提醒一下他我是谁吧。他就是那位伊戈先生，可他为什么离开呀？是我们说话声音太大了吗？真是让人恼火。我该去跟他说声抱歉，你看呢？这样他没准儿就会回来了。”

“他不会回来的。”乔治说。

然而老爱默生先生悔恨交加，忙不迭地找卡斯伯特·伊戈牧师道歉去了。露西明明在专心地看一扇弦月窗，但还是听得见讲解再次被打断，听得见老先生焦急又咄咄逼人的声音，以及对方那简短又窝火的回答。他儿子把每一场小小的口角都看作天大的不幸，也竖起耳朵听着。

“我父亲几乎跟谁打交道都是那种后果。”他告诉她说，“他非要拼命去体贴别人不可。”

“我想，我们都挺拼命的。”她有些不安地笑了笑。

“这是因为我们以为这样就可以提升我们的人品了。可他对人好是因为他爱他们。然后他们就会看穿他的性情，接下来要么觉得受了冒犯，要么就是被他吓到。”

“那他们也太糊涂了！”露西嘴上是这么说，心里对“他们”却颇为认同，“我觉得，善行若是辅以善策——”

“这还要讲究谋略呢？”

他不屑地甩了一下脑袋，看来她提供了错误的解决办法。她看着这个特立独行的家伙在小堂里来回踱步的样子。作为一名年轻人，他的脸庞有些粗糙，而且——在被阴影笼罩之前，有些严厉。蒙上阴影之后，这张脸却又忽地变得温柔。她想象自己在罗马又会见到他，就在西斯廷教堂的天顶画里，抱着一大堆橡果[1]。他看起来很健康，肌肉发达，却给她一种阴郁的感觉，一种也许只有夜色才能消融的哀伤之感。这种感觉转瞬即逝。她竟然产生了如此微妙的想法，跟平时判若两人。这感觉源于沉默和她所不了解的情绪，在老爱默生先生回来的时候，已然消失无踪，于是她又能随意闲谈了，这才是她唯一熟悉的氛围。

“碰钉子了吧？”儿子平静地问。

“可是我们扫了不知多少人的兴呀，他们不肯回来了。”

“……充满与生俱来的同理心……善于发现他人的优点……对人类手足情谊的展望……”对圣方济各生平的讲解，零零星星地从隔墙那边飘过来。

“我们可别再扫了你的兴啦。”老人接着对露西说，“你参

---

1 西斯廷教堂天顶画可以按照《圣经·创世记》故事顺序分为九幅图，抱橡果的青年是第二幅图《神分光暗》角落中的装饰性人物。需要注意的是，对乔治的这个印象，表明他留给露西一种“天上的、脱离人间烟火的”视角。本书有一个隐性而重要的希腊神话结构，从本章开头的希腊神话中的怪兽格里芬（狮鹫兽）开始，就在逐渐呈现出来。

观过那些圣徒没有？”

“嗯。”露西说，“他们可真了不起。您知道哪块墓碑是拉斯金在著作中赞赏过的吗？”

他并不知道，不过他建议大家都猜猜看。乔治不愿意动弹，让她很是松了一口气，于是她和老人就在圣十字大教堂内漫步，这倒未尝不是快事。这座教堂虽然形如谷仓，它的仓壁内却也攒下了许许多多的好东西。教堂内有一些乞丐，得避开他们；还有本地导游，得从柱子后面绕着走，才能躲开他们。有个老女人牵着一条狗，此外还有东一个西一个的神父，带着谦逊的姿态，在成群的游客中间慢慢挪动着，想去主持他们的弥撒。不过老爱默生先生兴致不高。他留意着那位讲解者，认为自己害得人家没法好好讲，接着他又忧心忡忡地关注他儿子的一举一动。

“他干吗非盯着那幅壁画看不可？”他不安地问，“我可没看出那玩意儿有什么好。”

“我倒是喜欢乔托。”她回答道，“人们对他的笔触艺术价值的讨论，真的特别精彩。虽然我更喜欢德拉·罗比亚[1]雕塑的陶瓷娃娃那一类的东西。”

“你当然该喜欢了，一名孩童抵得上一打圣徒呢。而我的宝贝儿子则抵得过整个天国，不过在我看来，他却是生活在地狱里的。”

露西再一次觉得，这样谈下去很不适宜。

“就跟在地狱里一样啊。”他重复道，“他不开心啊。”

“噢，天哪！”露西说。

1 安德烈亚·德拉·罗比亚（1435—1525），意大利文艺复兴时期著名雕塑家，擅长陶瓷作品。

“他身强力壮又生龙活虎的，怎么能不开心呢？我还应该给他些什么？想想他是怎么长大的——害得人们以上帝之名彼此仇恨的迷信和无知，他可丝毫都没有沾染。都受过那样的教育了，我还以为他长大以后必定会幸福呢。”

她绝不是什么神学家，但她觉得他是个非常愚蠢的老人，而且毫无宗教信仰。她也觉得，她母亲可能不会喜欢她和这一类人说话，夏洛特更是会强烈反对。

“我们该拿他怎么办呢？”他问，“他来意大利是为了度假的，然而举止——像那样，就跟那个小孩子似的，本来应该开心玩耍的，却在墓碑上把自己磕伤了。啊？你说什么？”

露西什么都没说。

忽然他又说：“好了，别为这事犯傻啦。我并不要求你爱上我的儿子，但我确实觉得，你可以试着理解他。你跟他的年龄更接近，而你若是心态放松的话，我相信你会明白的。你说不定能帮到我呢。他跟女性接触太少了，而你又有这个时间。估计你会在这里待上几个星期吧？但是你得把心态放松，我根据昨晚的事情来判断，你是容易陷入混乱的。放松你的心态吧，从那些你搞不懂的想法中彻底挣脱出来，把它们摊开到阳光下，再去了解它们的意思。通过理解乔治，你可以学会理解自己，这样对你们两人都有好处。”

他这番话实在是太出人意料，露西不知该如何回答。

“我只知道他出了什么问题，却不知道为什么会这样。”

“什么问题？”露西惶恐地问，等着听一段悲惨遭遇。

“还是老问题，就是看什么事都觉得别扭啊。”

“都有什么事啊？”

“全天下的事。他这感觉其实也不能说是错的，那些事就是很别扭嘛。”

“唉，爱默生先生，您究竟是什么意思啊？”

他用的还是正常说话的腔调，所以她险些没听出他是在引述诗句[1]。他说：

“‘从渺远之处，从黄昏和黎明，

以及那十二阵风呼啸的天空；

生命的本源，欲抟造我，

吹来一缕生气：我陡然苏醒。’

“乔治和我都明白这个道理，可是这为什么让他痛苦呢？我们都清楚，我们御风而来，又要随风散尽；一切生命，也许只是永恒的平滑面上的一个疙瘩、一处褶皱、一点污迹。这为什么让我们不开心？我们不如互相关爱、努力工作、纵情玩乐呢。我可不相信这种‘全世界都很悲伤’的调调。”

汉尼却奇小姐表示同意。

“那就让我儿子也像我们这样想吧。让他懂得，在永恒的疑问[2]旁边，总会出现一个肯定的回答——可以说这肯定是转瞬即逝的，但它终究是一个肯定的回答。”

露西哑然失笑。说实在的，她不笑都不行：一个大小伙子满

---

1 该诗节选自豪斯曼（1859—1936）《西罗普郡少年》第32首开篇，这本书是福斯特在剑桥上学时，他的初恋梅瑞狄斯推荐给他的。这首诗有两个作用：一是将“十二阵天风”与露西的家大风山庄联系起来，通过风，在她和乔治之间形成某种共性；二是再次暗示故事里隐藏的希腊神话结构，将乔治与某个天上的神话人物类比（露西想象中的他也是在西斯廷天顶画上），露西则被类比成某个地上的神话人物。

2 永恒的疑问，这种说法受到苏格兰哲学家托马斯·卡莱尔（1795—1881）名著《衣裳哲学》的影响，该书第二卷第七章、第九章标题分别是《永恒的否定》和《永恒的肯定》。

怀忧伤，只因为这世界不合理，就因为生命是一处褶皱或者一阵风，要不就是一个肯定的回答，或者别的什么东西！

“真是不好意思。”她大声道，“您可以认为我没有同情心，其实——其实——”然后她换了一副庄重的口吻，“唉，其实您这儿子就是闲的。他就没有特别的爱好吗？嗨，我自己也有烦恼呢，可我只要往钢琴边一坐，通常也就能忘记这些烦恼了；而集邮则给我弟弟带来了说不完的好处。也许他在意大利待腻了。你们应该去阿尔卑斯山区或者湖区试试。”

老人露出难过的神情，伸手略微碰了她一下。她倒也没感到惊慌，觉得这是因为自己的劝告打动了他，他在为此表示感谢。确切地说，他不再让她感到惊慌了，她认为他是一个好心肠的家伙，就是有点傻傻的。她的感情充满了精神上的喜乐，其程度堪比一小时之前美学体验带给她的快慰，那会儿她还没失去观光手册呢。这时候，那位“亲爱的乔治”正跨过一块块墓碑，大步朝他们走来，那模样可怜又可笑。他走到边上时，脸庞被阴影遮住了。他说：“巴莱特小姐来了。”

“我的老天！”露西失声道。突然之间，她的好心情消失殆尽，并且再次换了一种新的态度来看待整个人生：“她在哪儿？她在哪儿？”

“在中殿里。”

“知道了。那两位爱嚼舌头又喜欢小题大做的艾伦小姐怕是已经——”她只说了半句就打住了。

“可怜的姑娘！”老爱默生先生不禁大为感慨，“可怜的姑娘！”

这正是她本人此时此刻的感受。惟其如此，她没法不加以反驳。

“可怜的姑娘？您这话可就让人听不懂了。放心吧，我倒觉得自己是个非常幸运的姑娘呢！我玩得特别痛快，现在快活极了！您又何必替我担忧？这世上的伤心事已经够多的了，您说是吧？再见了，非常感谢你们二位对我的关照。哎哟，是真的！我表姐确实来啦。今天过得可真愉快！圣十字真是令人赞叹的教堂呢。”

她又归她表姐拘管了。

3

音乐、紫罗兰与字母S

露西觉得日常生活相当混乱，偏巧她一打开钢琴，就会进入一个更牢靠的世界。这种时候，她不再是要么谦恭，要么傲慢；也不再是要么当个叛逆者，要么当个奴隶。音乐王国不是尘世中的国度，它愿意接纳那些遭到教养、智力或文化不约而同地排斥的人。演奏者本是凡夫俗子，一旦开始演奏，就轻而易举地升上九霄。而我们则抬头仰望，对他竟能撇下我们大感叹服，同时又想：但凡他把他的种种想象用人类的语言表达出来，把他的诸般体验用人类的行动加以演示，我们该何等地膜拜他和爱戴他！也许他办不到。可以肯定的是，他通常不会这么做，或者说极少这么做。露西就从来没有这样做过。

她根本就不是光彩夺目的演奏家。她的快板节奏完全没有串珠般的颗粒感，而她能找准的键位数目，就她的年龄和训练而言，只能说是可以接受。她也不是那种充满激情的年轻女子，不会在夏夜敞着窗子，把曲子弹得悲情十足。激情倒是有，想分辨清楚却没那么容易。在爱恨与嫉妒之间，在形象化演奏风格的种种情感内涵之间，这份激情游移不定。只有弹到她擅长的技巧时，她是真的悲惨，因为她很喜欢弹奏出胜利的情绪。至于是什么胜了以及胜过了什么，那就不是日常语言所能道尽的了。不过，贝多芬的一些奏鸣曲是白纸黑字的悲惨，这总没人能否认吧。可它们既能欢庆胜利也能哀叹绝望，全看演奏者如何决定，而露西早已决定，它们就应该喜气洋洋。

贝托里尼旅馆的这个下午，外面下着瓢泼大雨，她因而得以做她真正喜欢的事，午餐之后就去打开了那架罩着罩子的小钢琴。几个人在边上磨磨蹭蹭不肯走，夸她弹得好听，却见她毫无反应，便纷纷回屋，写日记的写日记，睡觉的睡觉去了。她没有理睬找儿子的老爱默生先生，没有理睬找拉维西小姐的巴莱特小姐，也没有理睬找烟匣子的拉维西小姐。就像每一位真正的演奏者一样，仅仅是琴键的触感，就让她心醉神迷：它们如同灵活的手指，温柔地抚摸着她自己的指头；正是通过这触感，而不光是琴声，她才真正地获得了满足。

没人注意到毕比先生，他坐在窗前，琢磨着汉尼却奇小姐身上这种不合理的因素，进而想起在潭桥泉的那次活动，当时他就发现了这一点。那是在上层阶级招待下层人士的一次演出中，座位上坐满了恭恭敬敬的观众，而教区的绅士淑女们则在教区牧师的主持下献唱、朗诵，或者模仿拔出香槟塞子的动作。预报的节目中有“汉尼却奇小姐——钢琴演奏——贝多芬”，而正当毕比先生还在纳闷是《阿德莱德》还是《雅典的废墟》中那支进行曲之际，他内心的宁静被《作品第111号》的开头数小节搅乱了[1]。在聆听序奏的全过程中，他心神不宁，因为只有听了快板主体，才

1 此处三首贝多芬作品分别是歌曲《阿德莱德》《土耳其进行曲》《C小调第三十二钢琴奏鸣曲》。

能理解演奏者想表达的意思。听到开始主题那强烈的轰鸣，他知道演奏正在变得异乎寻常。在预示着尾声到来的和弦部分，他听见了带着胜利情绪的锤击声。他很高兴她只演奏了第一乐章，因为他在听9到16那几小节的波浪式织体时，险些没法集中注意力。听众纷纷鼓掌，恭敬之意没有稍减。带头跺脚的正是毕比先生，他也只能做这么多了。

“她是谁呀？”过后他问那位教区牧师。

“是我这里一位教友的表妹，我对她选择的曲目并不满意。贝多芬的感染力总是太过直截了当，这首曲子若说有什么价值，就是令人不安。挑这样的东西来演奏，纯粹就是胡闹。”

“把我引荐给她吧。”

“她会很高兴的，她和巴莱特小姐对你的布道都赞不绝口呢。”

“我的布道？”毕比先生大声问，“她究竟为什么会去听我的布道？”

当他被引荐时，他就明白为什么了。汉尼却奇小姐一旦离开琴凳，便只是一名乌发如云、雪肤花貌的青春少女，她那张小脸还没完全长开呢。她喜欢听音乐会，喜欢住在表姐家里，喜欢冰咖啡和蛋白酥。他不怀疑她也会喜欢他的布道。然而在离开潭桥泉之前，他对郊区牧师说了一番话，此时露西合上钢琴盖，神情恍惚地向他走来，他便讲给她本人听了。

“倘若汉尼却奇小姐就像弹琴那样生活，这对我们和她本人来说，都是很让人兴奋的事了。”

露西立刻回归到日常生活中来。

“啊，听起来多有趣啊！有人跟我妈妈说过同样的话，不过她说，她相信我绝对熬不过一首二重奏的时间。”

“汉尼却奇太太不喜欢音乐吗？”

“她不把它当回事。她不喜欢一个人因为任何事而激动。她觉得我在音乐方面很愚笨。她觉得——我也不懂她怎么想。这么说吧，有一次，我说我喜欢自己的演奏胜过其他任何人的，她至今都揪住这句话不放。当然啦，我不是说我弹得好，我只是说——”

“这还用说嘛。”他说，不明白她为什么要专门来解释。

“音乐——”露西说，好像要试图概括一下。她没法把话说周全，只好心不在焉地看向窗外，看着大雨肆虐的意大利。南边的生活全都乱套了，全欧洲最优雅的国度也变成了一坨坨不成模样的湿衣物。街道与河流都显出浑浊的黄色，桥梁是暗浊的灰色，而那些山丘则是污浊的紫色。拉维西小姐和巴莱特小姐的身影隐没在山坳中的什么地方。她们专门选在这么个下午去参观高卢塔[1]。

“音乐怎么啦？”毕比先生问。

“可怜的夏洛特，她要被淋成落汤鸡啦。”这是露西的回应。

这样的雨中探险，也就巴莱特小姐才干得出来。等到回来的时候，她肯定是裙子也毁了，观光指南也被淋得稀烂，喉咙痒得咳个不停，而且又冷又累又饿，就跟个受难天使似的。要是换个晴好的日子，整个世界欢欣鼓舞，空气像美酒一样涌进嘴里，她却会窝在休息室里不肯动弹，说什么她都是老古董啦，对一个活力四射的女孩子来讲，可不是合适的游伴。

“拉维西小姐把你表姐给带歪了。我想，她希望在雨中发现

1 高卢塔，一座12世纪就存在的高卢人古建筑，位于佛罗伦萨南部的阿切特里山上，临近伽利略故居和阿切特里天文台，伽利略曾在此观月。

原生态的意大利呢。”

“拉维西小姐花样太多了。”露西咕哝道。这句评语并不新鲜，它其实是贝托里尼旅馆这伙人在定义方面取得的最高成就。拉维西小姐花样太多了——毕比先生对这话颇有些疑虑，不过这种犹疑多半会被归咎于神职人员的孤陋寡闻。正因为如此，加上别的理由，他就没有多嘴多舌。

“听说拉维西小姐在写一本书。”露西带着敬畏的腔调继续说，“这是真的假的？”

“他们确实这么传来着。”

“写什么的？”

“是一部长篇小说。”毕比先生答道，“涉及当代意大利。你去听听凯瑟琳·艾伦小姐的说法吧，在我认识的人中，她本人说话的本事最是让人打心底佩服。”

“我倒希望拉维西小姐亲口告诉我呢，我们刚开始是那么好的朋友。可是我觉得，那天上午在圣十字大教堂，她就不该拿着我的观光指南跑掉。夏洛特发现我其实是孤身一人，被这事给气坏了，因此我也忍不住对拉维西小姐有点不高兴。”

“不管怎么说，那两位女士已经和好了。”

巴莱特小姐和拉维西小姐堪称天差地别，他对这样两位女性之间突如其来的友谊颇感兴趣。她俩总是形影不离，与此同时，露西成了被冷落的第三者。拉维西小姐这个人，他相信自己是理解的，不过，巴莱特小姐有可能展示出其怪癖中尚未被人领教过的奇趣，尽管这未必有什么意义。莫非意大利诱使她放弃充当循规蹈矩的少女监护人了？这个角色可是他当初在潭桥泉时就分派给她的。他这辈子就爱琢磨不结婚的老小姐。她们就是他的研究对象，而他的职业为他这项事业提供了充足的机会。露西这样的姑娘看起来是招人喜欢，不过，出于一些相当深奥的原因，毕比先生对异性的态度有些疏离，只倾向于感兴趣而不是被迷住。

露西第三次说可怜的夏洛特就要被淋成落汤鸡了。阿诺河发了洪水，水面一直上涨，把马车留在前滩上的辙痕都冲没了。不过在西南方，现出了一道暗淡的黄色雾霭，它若不是意味着情况会更糟，就可能预示着天气会好转。她推开窗户察看，一股冷风旋即刮进屋子里，惹得刚从门口进来的凯瑟琳·艾伦小姐哀怨地叫了一声。

“哎呀呀，汉尼却奇小姐，你会着凉的！再说人家毕比先生还在这儿呢。谁料到意大利会是这样的？我姐姐也来了，她竟然都抱上热水罐啦。没有舒适用品，饮食也不怎么样。”

她有点难为情，侧着身子轻轻地走到他们跟前坐下。但凡屋里只有一个男人或者一男一女，她进屋的时候就觉得不自在。

“虽然我在屋子里关着门，我也能听到你那优美的琴声呢，汉尼却奇小姐。所有的门都关得严严的。说真的，这特别有必要。在这个国家，没有一个人有哪怕最起码的隐私观念，而且这种毛病一个传一个。”

露西得体地回答了她。毕比先生没法告诉这两位女士他在摩德纳[1]的奇遇：他还在洗澡，收拾房间的女仆就直接闯进来，嘴里满不在乎地嚷嚷道：“别介意啊，我都是老太婆了。”他只好换个对象来宣泄：“我很赞同您的想法，艾伦小姐。意大利人特别讨厌，他们到处打探，什么都看在眼里，没等我们自己知道想要什

1 摩德纳，意大利北部历史文化名城，号称名车之都，曾因“橡木桶事件”引发改变欧洲格局的战争。

么，他们就已经知道了。我们完全任凭他们摆布。他们看透我们的想法，预知我们的愿望。从赶马车的一直到——到乔托，他们把我们琢磨透了，而我恨的就是这个。然而在他们内心深处，他们却是——多么肤浅啊！他们对精神生活压根儿就没概念。那天贝托里尼太太对我感慨说：'嗬，毕比先生，您可知道我为孩子的焦郁（教育）受了多少罪！额（我）可受不了让一个物质（无知）的意大利人，来教我们家小维克托莉雅那些不能解释又想不明白的东西！'[1]她这话可真是说到点子上啦！"

艾伦小姐没听明白，却断定自己遭到了温和的戏谑。她姐姐原本想看到一名秃顶赤髯的神职人员展示出更美好的品质，因而对毕比先生微觉失望。确实，谁能料到，在如此雄赳赳的外表之下，竟然蕴含着宽容、同理心和幽默感呢？

在寻求补偿的心态中，她继续斜着坐在那里，而后她的动机终于显露出来。从她坐着的座椅底下，她摸索出一个锡黄铜制作的香烟匣子，上面用青碧色的粉末喷涂着姓名首字母"E. L."。

"那是拉维西的。"牧师说，"拉维西人不错，不过我倒希望她试试烟斗呢。"

"哎，毕比先生，"艾伦小姐且惊且笑道，"说真的，就算她抽烟这事很糟糕，也没有您想的那么糟。她是在心血之作被塌方冲走之后，几乎绝望了，才开始抽烟的。想必那会让此事更情有可原了吧。"

"什么样的心血之作呀？"露西追问。

毕比先生遂心满意地往座椅上一靠，随即艾伦小姐徐徐说出

---

1 原文中，毕比先生特意模仿了老板娘贝托里尼太太说英语的浓重口音和混乱语法。

这样一番话来："那是一部长篇小说——不过据我所知，恐怕不是一部写得多好的小说。有才之人滥用他们的才华，是多么可悲的事啊！而且我得说，他们几乎一贯如此。不管怎么说，她把快写完的小说供在阿马尔菲[1]那座卡普奇尼酒店的耶稣受难像跟前，自己却跑出去买墨水了。她说：'麻烦给我一点墨水好吗？'可是你知道意大利人有多磨蹭，她这还没买完墨水呢，放耶稣像的神龛就轰然倒塌，砸在海滩上了。最可悲的是，她一点也记不起自己都写过什么了。这事发生之后，这个可怜的人大病一场，然后就这样抽上了烟。还有个大秘密，不过我是很乐意告诉你们的，她正在写一部新的小说呢。那天她告诉特蕾莎和波尔小姐，她已经梳理好了所有的地方色彩资料——这部小说打算写当代意大利的故事，之前那部是历史小说。不过她得有了灵感才能动笔。为了找到灵感，她先是去了佩鲁贾[2]，接着又来了这儿——这话可千万、千万别传出去呀。就算经过了这么多波折，她现在还是这样兴高采烈的！我不禁会想，就算你并不喜欢他们本人，每个人身上也还是有值得欣赏之处的。"

艾伦小姐总是如此，明知道有些欠妥，还是要宽厚待人。一种精微的感染力，让她把这一席漫谈说得口齿噙香，听在人耳朵里，有一种不期而然的美妙，就好比从萧疏的秋林中偶然逸出的芬芳，令人追怀逝去的春日。她感觉到刚才的话几乎有点体谅过头了，便急急地为自己的宽容道歉。

"尽管如此，她有点太——我实在不愿意说，太不像个妇道

1 阿马尔菲，意大利南部那不勒斯海岸线上的一个悬崖小镇，风光独特优美，号称世界最美海岸线。

2 佩鲁贾，意大利中部旅游文化名城，也是著名的巧克力产地。

人家了。可是从爱默生父子到这儿以后，她的举止怪异极啦。”

艾伦小姐忽然抖搂出一桩逸事，毕比先生当即露出微笑。他知道，当着一名绅士的面，她就没法把什么都说出来了。

“汉尼却奇小姐，不知道你注意过那位波尔小姐没有，就是那位生着浓密的黄头发、爱喝柠檬水的女士。那位老爱默生先生，他总能把话说得非常奇怪——”

她做出目瞪口呆的样子，不肯再说了。毕比先生历来不缺乏社交智慧，便走出去吩咐上茶，她这才压低声音，匆匆忙忙地对露西继续往下说。

“胃。他提醒波尔小姐当心胃里的酸，他是这么说的——不过他可能用意倒是好的。我得说，我当时就失态得笑了出来。这事发生得太突然了。特蕾莎说的倒是真的，这绝不是什么好玩的事。可是问题在于，拉维西小姐确实被他提到S[1]这事给吸引住了，她说她喜欢直白的言语，而且喜欢接触不同层次的思想。她认为他们是旅行推销员——她用的词是‘货郎’，于是在整个用餐期间，她都试图证明，英国，我们伟大的、敬爱的祖国，依托的不是别的，正是商业活动。特蕾莎极为恼怒，不等奶酪上桌就离开了，边走边说：‘拉维西小姐，那一位可以比我更能驳倒您。’说完就向丁尼生爵士那张优美的肖像指了一下。然后拉维西小姐说：‘啧啧！这些维多利亚早期的人哪。’想想这叫什么话！‘啧啧！这些早期的维多利亚人哪。’我姐姐已经走了，我觉得我有

1 S是胃（stomach）的首字母。依照维多利亚习俗，跟身体私密有关的事物往往不适合在外人面前谈论，比如内脏、内衣，进了嘴（体内）的食物也不能公然或随意地吐出来，否则就是粗俗无礼。所以懂规矩的老小姐凯瑟琳·艾伦当着毕比先生说不出口，对露西也要用S来作为隐语。

责任说上几句。我说：‘拉维西小姐，我就是一个维多利亚早期的人。最起码，这就表示，我听不得丝毫对我们亲爱的女王的不敬之词。’那确实是极不友好的言辞。我提醒她，女王在明明不愿意的情况下是如何到爱尔兰去的，然后呢，我得说她整个人都愣住了，再也没有吭声。然而不幸的是，老爱默生先生在边上听到这些话，用他那低沉的嗓音大喊大叫道：‘此言极是，此言极是！因为她对爱尔兰的访问，我可敬重这个女人了。’这个女人！我看事情的眼光是极差的了，可是你瞧，我们都卷进了多可怕的纠葛中，全都是因为一开始提到了S。可是那还没完呢。饭后，拉维西小姐竟然跑来跟我说：‘艾伦小姐，我正要去吸烟室和那两个怪有意思的人聊聊，一起去吧。’不用说，我拒绝了这样不合时宜的邀请，可她竟然无礼到来教导我，说是跟他们聊天可以开阔我的思想，又说她有四个兄弟，都是上过大学的，除了在军队那个，一直都很注重跟那些旅行推销员交谈呢。”

“让我来把这个故事讲完吧。”毕比先生说，他已经回到房间了，“拉维西小姐问了波尔小姐、我本人，把每个人都问遍了，最后说道：‘那我就自个儿去了。’她确实去了。也就过了五分钟，她就拿着一个绿呢板子，悄悄地回来，开始玩单人纸牌游戏了。”

“究竟发生什么事了？”露西大声问。

“没人知道，也不会有人知道了。拉维西小姐永远也不敢说，而老爱默生先生则认为此事不值一提。”

“毕比先生，老爱默生先生这个人究竟好不好？我真的很想知道。”

毕比先生笑了笑，建议她自己来搞定这个问题。

“别这样啊，这问题太难啦。有时候他是那么糊涂，过后我也不跟他计较了。艾伦小姐，你觉得呢？他这人好吗？”

老妇人摇了摇头，很不以为然地叹了口气。毕比先生被她俩的对话逗乐了，故意将了她一军：“我还认为紫罗兰事件发生后，你肯定把他算成好人了呢，艾伦小姐。”

“紫罗兰？老天爷！谁告诉您那些紫罗兰的？这消息是怎么传开的呀？旅馆可真是造谣生事的鬼地方啊。不行，我实在忘不了伊戈先生在圣十字大教堂做讲解时，他们父子俩那种举动。唉，可怜的汉尼却奇小姐！跟这对父子搅和在一起，你真算是倒了大霉咯。不成，我的看法已经有很大的变化啦，我才不喜欢爱默生父子呢，他俩可不是好人。”

毕比先生不以为意地笑了笑。为了让爱默生父子融入贝托里尼旅馆的社交圈子，他已然略加推动，不过这番工夫是白费了，就只剩下他自己还肯对那父子二人好一点。拉维西小姐代表智力，对他们公然怀有敌意，现在可好，代表良好教养的两位艾伦小姐也跟着她有样学样了。巴莱特小姐正为欠了他们人情感到不舒服，简直就很难对他们客气。露西跟她们还都不一样。她略微对他提起过在圣十字大教堂的经历，他因此觉得，那父子俩已然进行了一番不寻常的尝试，说不定是商量好了的，为的就是来收服她，向她展示从他们自己的角度看到的世界，从而让她关注他们内心的悲欢。这种做法实在僭越了。他可不希望他们这点事还要靠一个年轻姑娘家来支持，还不如就让它失败呢。归根结底，他对这两个人毫无了解，在旅馆里开心也好，不开心也好，都不是什么大事。但是露西就要成为他教区的子民了。

露西顺带留意着外面的天气，最后说，她认为爱默生父子人不错。这倒不是说她如今对他们有什么别的了解。就连他们用餐的座位都被挪走了。

“可是亲爱的，他们不老是拦着你，叫你一起出去吗？”老妇人以话套话道。

“也就一次。夏洛特不想看到这种事，就数落了几句——当然啦，说得挺委婉的。”

“她这样做太好了。我们的规矩他们不懂，他们就应该去找跟他们一个阶层的人玩。”

毕比先生倒是觉得，爱默生父子已经自暴自弃了。他们已经放弃了打入社交圈子的企图——如果那算得上是一种企图的话，如今那位父亲几乎和儿子一样沉默了。牧师心想，是不是趁着父子俩还没离开，想办法让他们开心一天——也许可以组织一次远足，在陪伴周到的情况下把露西也叫上，让她对他们好点。像这样帮人筹备美好回忆，也是毕比先生的诸般重要乐趣之一。

说话间已是薄暮时分，天空比先前还亮堂一些。树木和山丘在雨后显得色泽鲜明，阿诺河也摆脱了浑浊的泥沙，开始泛起清辉。几处蓝绿色的条纹隐现在云层中，暗淡的光斑星星点点地投射在地面上，而圣米尼亚托大殿那湿淋淋的外墙正在落日余晖之中熠熠生辉。

“这会儿要出去可就太晚啦。”艾伦小姐以一种如释重负的口吻说，“所有的美术馆都关门了。”

“我感觉我应该出去逛逛。”露西说，“我很想乘环城电车去城里兜一圈——就站在挨着司机的上下车踏板上。”

她的两名同伴都露出严肃的神情。毕比先生觉得，巴莱特小姐不在的时候，就该由他对露西负责，便试探着说：“我们要是也能去就好了，不巧我还有几封信要写。你如果实在想孤身一人出去，是不是步行更合适？”

“亲爱的，意大利人什么德性，你可是知道的。”艾伦小姐说。

“那我也可能遇到一名司机，我的手势他全都能看明白！”

但是他们看起来还是不赞成，而她到底也还是同意毕比先生，说她只会稍微散散步，而且就顺着游客常去的那条街走。

“其实她根本就不应该出去。”他们从窗口看着她往外走，毕比先生说，“她自己心里也明白。依我看，这就是贝多芬弹多了。”

4

第四章

毕比先生说得没错，露西只有在弹琴之后，才会对自己渴求的东西那么清楚。她还不能真正欣赏到这位牧师的机智风趣，遑论艾伦小姐那些充满弦外之音的娓娓絮语。一味清谈太过单调沉闷，她想要的是轰轰烈烈的经历，而且她相信，若是她站在一辆电车那劲风扑面的上下车踏板上，说不定已经有了不得的大事发生在她身上了。然而她不可以去尝试电车，那样太不淑女了。凭什么呀？为什么那些特别惊天动地的事都很不淑女？夏洛特有一次对她解释了这是为什么。不是说女人比男人卑弱，而在于她们和男人不同。女人的使命是激励男人去建功立业，而不是亲自上阵厮杀。借助于长袖善舞的手段和清白无瑕的名声，一名女子可以间接地取得很大成就。可若是她本人也着急忙慌地跑去跟人争勇斗狠，那她遭到的首先会是敌视，接着就是鄙视，最终彻底无视。为了说明这个道理，古往今来的人可是写了很多诗篇。

在这位中世纪式的女子角色身上，有很多特性简直是永远不会消失的。恶龙都消失了，骑士也没影了，可她还滞留下来，在我们中间受到众星捧月般的对待。她在维多利亚早期的许多城堡中当家作主，是维多利亚时代早期歌曲吟唱的对象。在做完正事的空闲时间保护她，是体贴之举；当她为我们准备好晚餐，向她表示敬意，就是有风度。只可惜，这样的人也堕落起来了。在她心中，同样有种种新奇的渴望正在涌动。她也迷恋与大风大浪的搏斗，迷恋风云壮阔的宏伟风光，以及一碧万顷的大洋大海。她已经注意到了这个世界的疆域，其间的财富、美色和战争是何等丰盈——朝着渐退渐远的天空，这世界旋转着越飞越高，它就是一个光辉灿烂的外壳，核心处是炽烈的火。在那外壳表面上，男人们兴高采烈地四海为家，一面宣称是她激励他们这样做的，一面与别处的人们衷心欢聚；他们之所以快乐，并不是因为他们的威武雄壮，而是因为他们的机动与灵活。在这盛会散场之前，她也想抛下“永恒的女性”这个庄严的头衔，而作为生命短暂的自我，参与其中。

确切地说，这位中世纪女子是一个理想人物，并不能代表露西。她所受的训导是，感到有什么事需要认真考虑的时候，要举目仰视这位闺阁典范。她也并没有成体系的反抗思想。有时候，要是某个规矩让她特别不高兴，她就会违背，过后也许还会因为自己做了这种事而感到内疚。这天下午，她特别倔强，真的很想做点为她好的人不赞成的事。既然不可以去乘电车，她就去了阿里纳利商店[1]。

她在那里买了一张根据波提切利[2]名画《维纳斯的诞生》翻拍的图片。维纳斯本身是个缺憾，破坏了整个画面，不然这图片

1 观光指南上推荐的旅游纪念品商店，贩卖图书和翻拍的艺术品图片等。

2 桑德罗·波提切利（1445—1510），意大利文艺复兴前期佛罗伦萨画派最后一位画家，代表作有《春》和《维纳斯的诞生》。

得有多迷人啊，所以巴莱特小姐先前劝过她别买。（在艺术作品中，所谓缺憾，是指裸体）在这维纳斯之外，又加上了乔尔乔内[1]的《暴风雨》、佚名作者的《青年铜像》、西斯廷教堂的一些壁画，还有《刮汗污的运动员》[2]雕像等作品的图片。此时她感到心里的气消了一些，就又买了会士安吉利科[3]的《圣母加冕》、乔托的《圣约翰升天图》，德拉·罗比亚的一些陶塑婴儿，以及圭多·雷尼[4]画的一些圣母像。因为她的品位比较宽泛，她索性把毫不挑剔的嘉许普施给了所有的名家[5]。

尽管她购物已经花了将近七里拉，自由的大门却似乎仍然没有打开。她觉察到了自己的不满，这种觉察本身对她来说也是全新的感受。“这个世界上肯定充满了美好的事物。”她心想，“要是我能与它们邂逅该多好啊。”也难怪汉尼却奇太太会不喜欢音乐，声称它总是害得自己的女儿爱发脾气、不切实际，还小心眼。

“我什么事都没经历过呢。”她一面沉思，一面走进领主广场[6]，漫不经心地看着那些艺术奇观，如今她对它们已经比较熟悉

---

1 乔尔乔内（1477—1510），意大利文艺复兴时期威尼斯画派画家，其《暴风雨》是西方绘画中第一幅风景画杰作。

2 该雕像是利西普斯（生卒不详）的作品，他创造了八头身雕塑美学，是亚历山大大帝的御用雕塑师。

3 安吉利科（1387—1455），意大利文艺复兴早期画家，同时也是多明我会士，只为教堂作画。

4 圭多·雷尼（1575—1642），博洛尼亚画派画家，被称为“巴洛克时期的拉斐尔再世”。

5 这里一方面描述露西如何通过购物来发泄，一方面也轻微地讽刺她其实不懂美术作品，只能根据从观光指南上记住的名字乱买一气。

6 佛罗伦萨旧宫前的L形广场，为该城心脏地带，荟萃了众多雕塑杰作，如大卫像复制品、海神喷泉等。

了。这个大广场此时正在背光处，太阳出来得太晚，已经照不到它了。尼普顿[1]已经在朦胧的幽光中变得虚幻起来，一半是神，一半像鬼，他的喷泉梦幻般地飞溅到闲聚在其基座四周的人类和萨提尔[2]身上。佣兵凉廊显得像是同一个洞穴的三个入口[3]，洞中影影绰绰的有许多不死的神祇，看着前方广场上那些凡人的熙来攘往。这是属于非现实世界的时刻——亦即不熟悉的事物变得真实可感的时刻。在这样的时刻，在这样的地点，年长的人或许会觉得，他正在经历的这些已然够多，从而心满意足。然而露西却渴望有更多际遇。

她怅然凝视旧宫的钟塔，只见它从底下的黑暗中挺立出来，就像一根用磨砂金铸造的柱子。它看上去不再是一座塔，也不再由大地支撑，而像是某种无法到手的珠宝，在宁静的天空中律动。它璀璨耀眼，让她如中魔咒，等到她垂下眼帘开始往回走时，那夺目的光彩还在她眼前摇曳。

这时候果真发生了一件事。

佣兵凉廊边上，有两名意大利人一直在争吵。“五里拉。”他们大呼小叫地说，“五里拉！”[4]此时他们发生拉扯，其中一个

1 尼普顿，古罗马神话中的海神，对应古希腊神话中的海神波塞冬。这里指领主广场的海神喷泉。

2 萨提尔，古罗马-古希腊神话中一种半人半羊的森林神，与农业神弗恩并列，其中最著名的一位就是农牧之神潘。他们经常与酒神同游，往往也有情色隐喻。

3 领主广场上毗邻乌菲齐美术馆的凉廊，曾驻扎外国雇佣兵。它本质上是一个露天美术馆，陈设有切利尼的珀尔修斯青铜像等众多名家名作。

4 这是一个极其隐晦的对比和反讽。露西付出七里拉觉得自由的大门没有打开，两个本地男人五里拉就可以把自由的大门开到她无法想象的地步：他们在暗处从事了现场的男色活动。然而她并不懂。更多信息参见迈克尔·洛克研究佛罗伦萨社会风化的名著《禁忌的友谊》。

人的胸口上轻轻挨了一下子。他双眉紧皱，眼里带着感兴趣的神色，朝露西俯身下来，似乎有什么重要消息要交代给她。他张嘴欲说，立刻有一股红色的液体从他唇间涌出来，沿着他那胡子拉碴的下巴淌落。

一共就这么点事。一群人从暮色中冒出来，挡在了这个异乎寻常的人和她之间，随后把他抬到喷泉那里。乔治·爱默生先生刚好在几步之外，隔着那个人刚才所在的位置，遥遥地看过来。多么古怪！隔着东西看人。她刚刚看见他，他就变得模糊了。那座宫殿本身也变得模糊，在她头顶摇晃，轻柔、缓慢、无声无息地压在她身上，接着头顶的天空也随之塌了下来。

她心想："天哪，我这是怎么啦？"

"啊，我这是怎么啦？"她嘴里嘀咕着，随即睁开双眼。

乔治·爱默生仍然看着她，却不再隔着什么东西了。她先前抱怨过枯燥无聊，这下可好，一个男人被人捅了，接着另一个男人把她搂在了怀里。

他们正坐在乌菲齐拱廊的台阶上，肯定是他把她抱过来的。她说话的时候，他站起身来，开始掸掉膝盖上的尘土。她重复道："天哪，我这是怎么啦？"

"你晕过去了。"

"我——我非常抱歉。"

"你现在感觉怎么样？"

"好得很——完全没事了。"说着她就开始点头微笑。

"那我们回去吧，再逗留下去也没什么意思了。"

他伸手想拉她起来，她却假装没看见。喷泉发出的喧嚣之声兀自回荡在广场上——它们一直就没停过。整个世界显得黯然失色，失去了原来的意义。

“你可真是太好了！我本来说不定会摔伤的，可是我现在没事了。我自己就能走回去，谢谢你。”

他还是伸着手。

“哎呀，我的图片呢？”她忽然惊叫。

“什么图片？”

“我在阿里纳利商店买了一些图片，肯定是落在广场上了。”她小心翼翼地看着他，“麻烦你再行行好，帮我捡回来行吗？”

他又行好去了。等他刚转过身，露西立马站起来，发了疯一样地跑，顺着拱廊偷偷往阿诺河方向溜。

“汉尼却奇小姐！”

她停下来，一只手按着心口。

“坐着别动啊，你一个人回去可不成。”

“没问题，我可以的，太感谢你了。”

“不，你还不行。如果你能行，你刚才就正大光明地走了。”

“可是我宁愿——”

“那我就不去帮你捡图片了。”

“我宁愿一个人回去。”

他断然说：“那个人已经死了——很可能已经死了。坐下吧，等精神好了再走。”她有些不知所措，只得照他说的做了。“我回来之前你先别动啊。”

远远的，她看见一些戴着黑色兜帽的人，就像是梦里才会出现的形象。那座宫廷钟楼失去了白昼落幕之际的返照，融入暮色中的大地。等到乔治·爱默生先生从阴暗的广场回来，她该怎么跟他说话呀？再一次，那个念头出现在她脑海里——“天哪，我这是怎么啦？”那念头让她觉得，自己就跟那个垂死的人一样，越过了某种精神疆界。

他回来了，于是她说起那桩凶案。说也奇怪，这倒是个容易的话题。她谈论意大利人的性格；至于五分钟前让她晕倒的意外事件，她更是说得滔滔不绝。她本来身体不错，很快就克服了晕血的影响。不等他帮助，她就站起来，尽管心里恨不得生出翅膀直接飞回去，她还是脚踏实地地往阿诺河方向走。有个马车夫招手示意他们上车，他们拒绝了。

“而且那个凶手试图亲吻他，你说说——意大利人也太奇怪了吧！然后又向警方自首！毕比先生当时说，意大利人什么都明白，可我觉得他们非常孩子气呢。我表姐和我昨天在皮蒂宫[1]的时候——那是什么？”

他往水里扔了一样东西。

“你把什么扔下去了？”

“我不想要的东西。”他不耐烦地说。

“爱默生先生！”

“怎么了？”

“我的图片在哪儿呢？”

他不吭声。

“我想你扔掉的正是我的图片。”

“我是不知道该怎么处理它们了。”他大声说，他的声音听起来就像个焦虑不安的小男孩，她第一次对他产生了好感，“上面全是血。好啦！我很高兴我终于告诉你了。我们闲聊的时候，

1 皮蒂宫，位于阿诺河南岸的波波利花园，与领主广场的乌菲齐美术馆隔河相望。

我一直都在琢磨该怎么处理才好呢。”他指向阿诺河下游，“都给冲走了。”河水在桥底下打着漩涡，“我真的太不喜欢它们了，不过我经常容易犯傻，那会儿就觉得让它们漂流到海里似乎更好——我不清楚。也许我只是想说，它们让我心里发慌了。”然后那个小男孩渐渐转变成一个大人，“因为有一件非常重大的事发生了，我必须面对它，不能陷入混乱。这件事可不完全是指刚才死了个人。”

露西心中警觉起来，可不能让他再说下去了。

“它就这样发生了。”他重复说，“我要弄清楚它到底是什么。”

“爱默生先生——”

他皱着眉转向她，似乎她扰乱了他的玄想。

“进去之前，我想求你一件事。”

他们已经走近了旅馆。她停下来，把胳膊靠在堤岸的护墙上，他也跟着把胳膊靠了上去。有时候，一模一样的姿势中有一种魔力，这种姿势让我们联想到矢志不渝的情意。她慌忙把胳膊肘挪开，完了才说：“我的举止有些荒唐了。”

他却沉浸在自己的思绪里。

“我这辈子头一回感到这样无地自容，我想不明白自己是中了什么邪。”

“我自己也差点晕过去。”他说。不过她感觉到自己的态度让他厌恶。

“哎呀，那我真是抱歉极啦。”

“行了，没事了。”

“不过——这才是我要说的正题，你知道那些糊涂人都是怎么嚼舌头的——尤其是那些女的，我估计——你明白我的意思吧？”

“恐怕我不明白。”

“说白了，就是请你不要对任何人提起这个，不要提到我的愚蠢举止好不好？”

“你的举止？噢，明白了，没问题——没问题。”

“真是太感谢了。另外你可不可以——”

她没法把她的要求说得更露骨。阿诺河在两人下面奔流不息，随着夜色渐深渐浓，几乎被染成了黑色。他把她的图片扔到了河里，又告诉了她这样做的理由。她忽然觉得，要在这么个人身上寻找骑士风度，是注定不会成功的。他不会乱传闲话来伤害她。他为人可靠、聪明，就连心眼儿也不错。甚至有可能他对她的印象也很好呢。但是他缺乏骑士风度，他的想法如同他的行为，是不会因为敬重就有所改变的。跟他来一句“另外你可不可以”，然后就指望他把没说穿的意思自行补充完全，目光避开她露在外面的肌肤，就像那张美丽的图片中的骑士那样——这就是白费。她都被他搂抱过了，而他记得此事，正如他记得她在阿里纳利商店买的那些图片上沾染的鲜血一样。这并不完全是因为死了人，而是活着的人身上也发生了某种变化：他们的人生抵达了一个关口，此时性格开始对人产生明显的影响，孩提时代也开始朝着青年时代千差万别的道路迈进。

“好吧，非常感谢你。”她重复道，“这些事发生得实在太快了，人经历了这些，紧接着却又要回归从前的日子！”

“我是不会这样的。”

她心中焦虑，不由得追问下去。

他的回答让她疑惑不解："我可能会想经历更多，享受人生的乐趣。"

"可这是为什么呀，爱默生先生？你这话什么意思？"

"我是说，我希望真正地活一回呀。"

她再次把胳膊肘靠在护墙上，若有所思地注视着阿诺河。河水哗哗流淌，听在她耳朵里，如同意想不到的动人旋律。

5

一次愉快远足的诸般情形

“你永远都猜不透夏洛特会有什么反应。”这是露西全家公认的说法。得知露西的这次大胆外出，她表现得和颜悦色又通情达理，只听了个不尽不实的梗概也就罢了，甚至还得体地赞扬了乔治·爱默生对露西的关照。她自己和拉维西小姐也经历了一番冒险。在回来的路上，她俩被堵在了税卡[1]，那里的年轻官员显得既无聊又无耻，居然试图搜查她们的随身小包，看有没有藏着食品。这事本来会变得极为不堪，好在拉维西小姐不输给任何人。

无论是好是坏，露西只得独自一人面对她的难题。不管是在领主广场，还是之后在阿诺河堤岸的护墙边，她的那些朋友都没有一个看见她。倒是毕比先生在晚餐时注意到了她受惊的眼神，于是再次暗自评论了一句：“贝多芬弹多了。”然而他只是料定她准备好了要去冒一次险，殊不知她已然冒完一次了。这种没人管的感觉让她颇为苦恼。她都习惯了自己的想法受到别人的肯定，或者，不管怎么样，反对一下也好。不知道自己的想法是对是

1 当时设在意大利城市门口的关卡，会对食物征税。观光指南上对此也有提及。

错，这种感觉太可怕了。

第二天早餐时分，她采取了果断的行动。在两个出行计划中，她必须选择一个。毕比先生打算步行去高卢塔，同行的有爱默生父子和几名美国女士。巴莱特小姐和汉尼却奇小姐要不要一起去？夏洛特本人谢绝了，头天下午，她已经冒雨去过那里。不过她认为，这对露西来说倒是个极好的选择，因为露西不喜欢购物、换钱、取信，以及其他种种烦人的琐事——所有这些零零碎碎的事情，巴莱特小姐一定要在这个上午做完，而且她一个人也足以轻松应付。

"不，夏洛特！"露西诚心诚意地大声说，"毕比先生非常体贴，可我肯定要跟你一起去呀。我愿意这样啊。"

"那太好啦，亲爱的。"巴莱特小姐说着，开心得面色微红。见此情景，露西却羞愧得脸上滚烫。一直以来，她对夏洛特的态度多么恶劣啊！不过她马上就要改变了。这一天她都要真正地对她好点。

她挽起表姐的胳膊，两人沿着河滨大道出发。从奔腾的气势、咆哮的水声和发黄的颜色看来，这天早上的阿诺河简直就是一头雄狮[1]。巴莱特小姐非要把身体探出护墙，细细地观赏不可。那之后，她说了一句时常挂在嘴边的话，那就是："我多希望弗雷迪和你母亲也能看见这景象啊！"

露西走也不是，留也不是。夏洛特偏偏就待在她之前停留过的地方不肯走，这事让她感到心烦。

---

1 这里是对贝多芬音乐的暗示，表明露西心中的激情越发强烈。"狮子-阿诺"（Lion Arno）跟"列奥纳多"（Leonardo，勇敢的狮子）原文读音和含义都很相似，一指贝多芬音乐，一指达·芬奇名画，制造出音乐-美术（激情-神秘）之间的冲突与联系。

“瞧，露琪亚！哦，你是在找去高卢塔那拨人的行踪吧。我本来就担心你会后悔自己的选择呢。”

尽管自己的选择后果堪忧，露西并不后悔。昨天真的是一片混乱——反常又离奇，就是那种让人难以诉诸笔墨的事件。然而她有一种感觉，比起乔治·爱默生和高卢塔塔顶，夏洛特和她计划中的购物总要好些。她既然没本事解开这团乱麻，那就必须留神别再陷进去。对巴莱特小姐那些旁敲侧击的话，她是有本事毫不掺假地否认的。

可是，纵然她已经避开了主要角色，那个场景还是倒霉地盘桓不去。夏洛特对命运的捉弄毫无察觉，带着她从河边直奔领主广场。露西本来不会相信，那些石头建筑，诸如凉廊、钟楼、喷泉之类，会带有这样的宿命意味。就在那一刻，她懂得了记忆的阴影会是何等的阴魂不散。

恰恰就是在那个命案发生的位置上，正有人待着。当然那不是阴魂，而是拉维西小姐。她手里拿着一份晨报，生气勃勃地向她们打招呼。头一天发生的可怕灾难给了她灵感，她觉得这个事件可以写成一本书。

“啊，那我可得祝贺你了！”巴莱特小姐说，“你昨天那么绝望，紧跟着就来了这个！这可真是一件幸事啊！”

“哈！汉尼却奇小姐，你到这儿来可真是我的运气呢。对了，你千万要把目睹的事一五一十地从头讲给我听。”

露西拿着太阳伞一下一下地往地上戳。

“不过你可能不愿意说？”

“不好意思——若是不用我说你也能写出来，我觉得我还是别说了吧。”

两名年长的女子交换了一下眼色，却也说不上不满意。姑娘家感触深自然是合乎性情的了。

“不好意思的应该是我呀。”拉维西小姐道，“文人骚客向来是无耻之徒。我觉得，人心中的隐秘就没有我们不乐意窥探的。”

她雄赳赳气昂昂地朝着喷泉迈进，复又撤退回来，做了一些带有现实主义风格[1]的计算。接着她说，她八点钟就跑到广场来，一直在搜集素材呢。其中很多并不那么适用，不过，作家当然总是得进行再创作的嘛。至于那张引发纠纷的五里拉钞票，她会用一位年轻小姐来代替的，这样会加强悲剧气氛，与此同时，还能编织出一段精彩的情节呢。

“女主角叫什么名字呀？”巴莱特小姐问道。

“莉奥诺拉。”拉维西小姐说。她自己的名字叫埃莉诺[2]。

“真心希望她是个好人。”

这一迫切愿望自然是不会被忽略的。

“是什么情节呢？”

爱情、谋杀、绑架、复仇，这些加一起就是基本情节了。不过，当喷泉飞溅到晨曦中那些萨提尔身上时，这情节就会直接启动。

“我这样啰唆了半天，你们多包涵。”拉维西小姐最后说

---

1 这里是用现实主义来反讽拉维西小姐过度浪漫的构思方式，暗示她要写的是那种“浪漫主义”言情故事。

2 在意大利语名字中，埃莉诺（Eleanor / Eleonora）的简称就是莉奥诺拉（Leonora）。这里有两处文字游戏：一是用埃莉诺 / 莉奥诺拉（来自海伦，意思是“明亮的”）来影射露西（光），让书中书的女主角跟书中的女主角露西形成镜像关系；二是用莉奥诺拉（Leonora）跟之前的“狮子-阿诺”（Lion Arno）和之后的“列奥纳多”（Leonardo，勇敢的狮子）三者形成谐音。

道，“跟真正投缘的人聊天，实在让人停不下来。不用说，这还是最粗略的大纲。还会有大量的地方色彩，对佛罗伦萨和周边地区的描写，此外，我还会引入一些幽默的角色。另外我还是不择手段地跟你们剧透一下好了：我打算对其中那位英国游客狠一点呢。”

“哎哟，你这个缺德鬼！”巴莱特小姐嚷道，“我敢肯定，你心里想着的是爱默生父子吧。”

拉维西小姐狡黠一笑。

“我承认，在意大利，我同情的可不是自己的同胞啊。吸引我的是那些被忽视的意大利人，我要尽力描绘的正是他们的生活。因为我想重复并坚决指出，当然这也是我一贯持有的看法：像昨天那样的悲剧，可不会由于发生在底层生活中，其悲剧性就减弱分毫呢。”

拉维西小姐说完这些话，接下来便是一阵恰如其分的沉默。这之后，那一对表姐妹祝愿她的诸般努力都会取得成功，随即穿过广场，徐徐离去。

“她就是我心目中那种真正聪明的女人了。”巴莱特小姐说，“她最后那句话给我的感觉尤其真挚。她的那部作品肯定会是一部荡气回肠的小说。”

露西表示赞同。眼下她的当务之急是不要被写进那部小说里。她这天上午的预感准得出奇，她相信拉维西小姐刚才拿她试了一把天真少女的感觉。

“她是个摆脱了束缚的人，但只是从这个词最积极的含义上来说的。”巴莱特小姐慢条斯理地继续说，“只有浅薄之辈才会对她大惊小怪的。我们昨天长谈了一次，她信奉正义、真理和人情味，她还告诉我，她很看好妇女的命运——伊戈先生！哎哟，这可太好了！真是意外之喜呀！”

“啊，我可不觉得意外。”牧师淡然道，“我都观察你和汉尼却奇小姐好一阵啦。”

“我们刚才在跟拉维西小姐聊天呢。”

他的眉毛拧到了一起。

“我看见了。你们还真在聊啊？走开！我正忙着呢！”最后那句话是对一个卖全景图片的小贩说的，他正殷勤地笑着凑过来。“我正要冒昧地提个建议。你和汉尼却奇小姐是否愿意在这星期找个日子和我一起坐马车兜风——去山里转转？我们可以从菲耶索莱上山，然后经塞蒂尼亚诺[1]返回。那条路上有一个地方，我们可以下车，在山坡上游玩一个小时。从那里看到的佛罗伦萨风光美极了——比从菲耶索莱看到的老一套画面可要好得多，那正是阿莱西奥·博多维纳蒂[2]喜欢用到画里的景致。那位艺术家对风景有一种确定无疑的感悟能力。这可是非常明显的。不过如今谁还细看他钟爱的美景呢？啊，对我们来说，这个世界上的诱惑实在太多啦。”

巴莱特小姐从来没听说过阿莱西奥·博多维纳蒂，不过她知道，伊戈先生可不是一位寻常的牧师。他是当地侨民永居区的一员，这些人已经把佛罗伦萨当自己家了。他认识的那些绝不会拿着观光指南走来走去的人，他们已经学会在午餐后午睡，他们

1 菲耶索莱和塞蒂尼亚诺坐落于佛罗伦萨东北郊切切里山两侧，两个小镇之间步行距离6千米。山中有意大利特有的塞茵那石采石场，米开朗琪罗等众多雕塑家在此入行。

2 阿莱西奥·博多维纳蒂（1425—1499），意大利佛罗伦萨早期画家，他的《基督诞生》和《圣母子》采用了阿诺河河谷风光，被归入欧洲第一批以实景为背景的油画。

驱车到住旅店的游客听都没听说过的地方游玩，而且通过私人影响力进入那些根本不对普通游客开放的美术馆参观。他们享受着清静闲适的生活，有的住在带家具的公寓里，另外的则住在菲耶索莱山坡上文艺复兴时期的别墅中。他们阅读、写作、研究，还互相交流想法，由此对佛罗伦萨达成深刻的理解，或者更准确地说，透彻的感悟。而这一切，那些口袋里塞着库克[1]旅行支票的人根本就摸不到边。

所以说，能受到这位侨民牧师的邀请，可真是一件非常有面子的事。他放牧的羊群分为两个部分，他经常是其间唯一的纽带，而且他有一个本人坦承过的惯例，就是从他那些迁徙来的羊群中遴选大约当得起这份殊荣的羔羊，带他们去永居者的浪漫生活中熏陶几个小时。在文艺复兴时期的别墅里喝下午茶？这方面倒是一个字也没提起。不过若是真的能发展到那一步——露西会有多高兴啊！

若是在几天前，露西肯定会有同样的感觉。然而生命中的种种欢乐正在重新排序，跟伊戈先生和巴莱特小姐去山里兜风——哪怕是以当地住家中的茶会来收场，已经不再算是什么最了不起的事了。她附和着夏洛特的话，有些敷衍地表达了欣喜之意。只有听说毕比先生也会一起去时，她的感谢才多了几分真心。

“那我们就会是一个四人组合了[2]。”牧师说，“在这种劳碌奔波又众声喧哗的日子里，人迫切需要乡村和它蕴含的淳朴寓

1 托马斯·库克（1808—1892），近代旅游业先驱，创办了世界首家旅行社，首创可当现金使用的国际旅行支票。

2 这种组合通常是两男两女出行，每个男的要表现绅士风度，负责照料一名女伴。伊戈先生虽然古板、虚荣又爱卖弄，但也还是比较遵守维多利亚社会规范的。

意。走开！赶紧走，快走！啊，城市！它纵然美好，终究还是城市罢了。”

她们表示同意。

“就是在这个广场上——我是这样听说的，昨天发生了一起极为不堪的惨剧。对热爱但丁和萨伏那洛拉[1]的佛罗伦萨人来说，在这样的亵渎行为中，有一种不祥之兆——真是既不祥又丢脸啊。”

“确实很丢脸啊。”巴莱特小姐说，“惨剧发生的时候，汉尼却奇小姐正巧经过这里。一提到这事她就受不了呢。”她自豪地瞥了露西一眼。

“可是你当时怎么会在这里呀？”侨民牧师就像父亲一样慈爱地问道。

听到这句问话，巴莱特小姐最近的开明心态不觉间烟消云散。“您可别责备她呀，伊戈先生。都怪我，我当时没陪在她身边。”

“所以你当时是一个人在这里了，汉尼却奇小姐？”他的声音里既有同情，又有责备，同时还有暗示：透露一些悲惨的细节也并非不可以接受。他那张黝黑英俊的面庞悲天悯人地俯向她，以免听不清她的回答。

“差不多吧。”

“我们旅馆的一位熟人好心地送她回去了。”巴莱特小姐精明地隐瞒了护花使者的性别。

“那对她肯定也是一次可怕的经历吧。我估计，你们两个都完全没有——那桩惨剧不会就在你们眼皮底下发生的吧？”

1 吉洛拉谟·萨伏那洛拉（1452—1498），意大利宗教改革家，建立佛罗伦萨神权共和国，提倡简朴节欲。曾在领主广场制造“虚荣篝火”事件，焚烧大量书籍珍玩之类。后被教皇亚历山大六世绞死焚尸。

在露西今天注意到的种种事情中，最引人注目的是这一点：道貌岸然的人们非逮着血腥事件细嚼慢品不可的那种病态方式。乔治·爱默生当时谈论这个话题时，却显得纯真得不可思议。

“我想，他是死在喷泉边的。”这便是她的回答。

“那你和你的朋友呢——”

“当时在那边的凉廊上。”

“那肯定让你们少遭了很多罪。你们肯定没见到那些丢人现眼的照片，那些低俗小报把它们——这东西就是个出了名的滚刀肉；我明明就住在这儿呢，他心里清楚得很，可他就是要缠着我买他这些俗不可耐的破风景。”

那个卖图片的小贩无疑跟露西是一伙的——意大利永远跟年轻人串通一气，他也是同伙了。他忽然把兜售的图册伸到巴莱特小姐和伊戈先生面前，用一长串亮闪闪的教堂照片、名画翻拍和风景图片，把他俩的手绕到了一起。

“这太过分了！”牧师大声呵斥，愤怒地拍打在安吉利科修士的一张天使画像上，那天使应声开裂，小贩发出一声撕心裂肺的尖叫。这图册似乎比想象的要值钱得多。

“我愿意买——”巴莱特小姐开口道。

“别理他。”伊戈先生厉声说，于是他们快步离开了广场。

然而意大利人是绝不可能被无视的，当他感到委屈的时候就更不用说了。他对伊戈先生那莫名其妙的死缠烂打，越发地变本加厉起来；他发出的威胁声和哀诉声简直惊天动地。他求告露西，她就不能劝劝吗？他可是个穷光蛋啊——还有一大家子要养活，连一口吃的都要交税呢。他赖着不走，叽叽歪歪，他拿到了赔偿，嫌赔得太少，直到把他们脑子里的一切高兴的、不高兴的念头都消磨得一干二净，他才终于放过他们了。

话题顺理成章地转到购物上来。在侨民牧师的指点下，她们选购了许多难看得令人发指的礼物和纪念品——看起来像镀金的面团制成的花里胡哨的小相框；另有一些小相框要朴素一些，是用橡木雕刻的，带着支架；一本牛皮纸做的吸墨纸；一部同样质地的纸张印刷的但丁著作；廉价的镶嵌胸针，到今年圣诞节的时候，女仆们肯定分不出上面镶的宝石是不是真的；各种纪念章，各种坛坛罐罐，带纹章的碟子，发黄的艺术照片；《爱洛斯和赛姬》石膏像[1]，用圣伯多禄像来配对——所有这些东西，若是在伦敦买，花的钱倒还要少些。

这个收获满满的上午并没有给露西留下一点好印象。不知道为什么，拉维西小姐和伊戈先生都让她有点害怕。最奇怪的是，由于他们让她感到害怕，她也不再尊敬他们了。她觉得拉维西小姐未必是一位了不起的艺术家。她怀疑伊戈先生不是她误以为的那样虔诚且有修养。通过某种新的测试，他们遭到了审判，结果就是都不合格。至于夏洛特——至于夏洛特嘛，她倒还是老样子。对她好一点或许可以做到；要想真心喜爱她，却是绝无可能的。

“他就是个劳工的儿子罢了。我确实是凑巧才知道此事的。他自己年轻的时候，只是个修机器的。后来他定期给社会主义色彩的报刊写文章。我在布里克斯顿碰到过他。”

他们在谈论爱默生父子。

“如今这世道，有些人可真会往上爬呀！”巴莱特小姐叹了口气，用手指头触摸着一个比萨斜塔的模型。

1 很可能是意大利雕塑家安东尼奥·卡诺瓦（1757—1822）的名作《爱洛斯和赛姬》，原件藏于卢浮宫。

"通常而言，"伊戈先生回答说，"对他们这种成功，我只会心生怜悯罢了。对受教育和社会地位提升的欲望——在这一类事情中，也存在些许并不全然令人反感的因素。也有一些普通工人，我是非常乐意在佛罗伦萨见到他们的——尽管他们来了也什么都看不懂。"

"他现在当上记者了吗？"巴莱特小姐问。

"他可不是啊。他是通过亲事攀上了高枝。"

说这句话时，他的腔调大有深意，说完还叹了口气。

"哟，这么说，他还有老婆呢。"

"死啦，巴莱特小姐，死啦。我就不明白了——没错，我就是不明白啊，他怎么就这么无耻，居然能坦然面对我，还敢宣称跟我相识。他原先是在我负责的伦敦教区，那是很久以前的事了。那天在圣十字大教堂，他跟汉尼却奇小姐在一起，我让他碰了一鼻子灰。他自己心里得有点数：他也就只配碰钉子罢了。"

"您说的这叫什么话呀？"露西脸红脖子粗地嚷了一声。

"打回原形而已！"伊戈先生低喝道。

他试图改变话题。可既然他以如此戏剧化的方式争赢了，他在两名听众心中激起的关注也就远远超过了预期。巴莱特小姐心中充满了非常合乎情理的好奇。露西虽然希望永远不要再见到爱默生父子二人，却也不肯因为只言片语就谴责他们。

"您是说，"她问，"他是个不信教的人？我们可早就知道啦。"

"露西，亲爱的——"巴莱特小姐对表妹的颖悟表示了温和的责备。

"你们要是真知道所有事，我倒要大吃一惊了。那个小伙子姑且不提——当时还是个天真的孩子。天知道他受的教育和遗传的品性把他变成了什么样的人。”

“也许，”巴莱特小姐说，“那是我们不该听的事情。”

“直白地讲，”伊戈先生说，“确实是。我就不再多说了。”

第一次，露西顶撞尊长的想法化成言语脱口而出——这是她生平第一次。

“这不是跟没说一样！”

“我本来就打算尽量不要说的。”这就是他冰冷的回答。

他愤然注视着露西，露西也毫不示弱地对他怒目而视。她从柜台边转向他，胸脯剧烈地起伏。他盯着她蹙起的眉和猛然抿紧的嘴，她竟然不相信他说的话，这让他非常难堪。

“谋杀，如果你非知道不可的话。”他怒吼道，“那个人谋杀了他的妻子！”

“怎么杀的？”她立刻质问。

“反正就是他杀的。那天在圣十字大教堂——他们说我什么坏话没有？”

“什么也没说，伊戈先生——连一个字都没说呢。”

“咳，我还以为他们在你面前诽谤我呢。不过，恐怕你仅仅是因为他们的个人魅力就维护他们的吧。”

“我可不是在维护他们。”露西说着，忽然失去了勇气，像往常一样茫然失措起来，“他们对我来说又算得了什么。”

“您怎么能认为她是在维护他们？”巴莱特小姐说。这种令人不快的当众争吵让她相当不自在，那个店员很可能在听着呢。

“她会发现想维护他们没那么容易，因为在上帝看来，就是那个人谋害了他妻子。”

把上帝的名号也搬出来，真可谓语出惊人了。不过，侨民牧师其实是在拼命给自己的轻率言辞打圆场。一阵沉默紧跟着降临，按说它应该激起敬畏，却只是让人尴尬。于是巴莱特小姐匆匆忙忙买下那个比萨斜塔，径自往街上走去。

“我得走了。”他一边说，一边闭起眼睛掏出怀表。

巴莱特小姐感谢了他的帮助，又热心地说起不日一起兜风的事。

“兜风？哦，那就这么说好啦？”

露西只得重新拾起淑女风范，说了几句客气话，伊戈先生这才恢复得意之情。

“去他的兜风！”他一离开，姑娘就嚷道，“这本来就是我们跟毕比先生一起商量好的，哪来那么多事。他凭什么端着这样可笑的架子来邀请我们？不如请他来沾我们的光好了，反正都是各掏各的钱。”

巴莱特小姐原打算为爱默生父子发几句感慨，听了露西这番话，却又平添了一些心事。

“真是这样的话，亲爱的——如果我们加上毕比先生跟伊戈先生说定的兜风，真的就和我们要跟毕比先生约好的兜风是同一码事，那乐子可就大了。”

“怎么会呢？”

“因为毕比先生也请了埃莉诺·拉维西一起去呀。”

“也就是多一辆马车的事嘛。”

“何止啊。伊戈先生不喜欢埃莉诺，她自己也是知道的。得把实际情况跟大家说清楚。对他来说，埃莉诺标新立异得有点过头了。”

她们现在到了英国银行的报刊室里，露西站在屋子中间的书桌边，顾不上注意《笨拙》[1]和《图片报》[2]，只想着给脑子里盘旋的那些问题找到答案，或者不管怎样，把它们好好斟酌一下。原本熟悉的世界已然支离破碎，佛罗伦萨却冒了出来，它是一座有魔力的城市，城中居民所思所行的都是特别出格的事。凶杀；指控凶杀；女人贴在男人身上，对另一个男人却又很无礼——莫非这种事在当地大街上都是司空见惯的？佛罗伦萨那不加掩饰的美丽，除了愉悦眼眸（或许也迎合强权），是否还能唤醒种种激情，且不论好坏，又让它们达到快速满足？

快活的夏洛特，她惯常为鸡毛蒜皮的小事纠结个没完，却对大事一无所觉。她能猜出“事情会往哪里发展”，心窍之玲珑让人叹服，可是真到临近目标之际，她却明摆着视而不见。此时她正猫腰躲在角落里，拼命想从身上挂着的亚麻布包里抽出一张旅行支票。那小包像个饲料袋似的套在脖子上，跟她那童贞的身体一样被捂得纹丝不漏。有人告诉她，要在意大利随身带钱，这就是唯一安全的方式了；必须是在英国银行的院墙内，这包才可以打开。她一边掏摸着一边嘀咕：“要么毕比先生忘了告诉伊戈先生，要么伊戈先生跟我们说的时候忘记了，要么他们决定了索性不考虑埃莉诺——这种事他们基本上是做不出来的。反正不管哪种情况，我们都得做好准备。他们真心想请的人是你，叫上我只是因为抹不开面子罢了。到时候你跟那两位绅士一辆车吧，我和埃莉诺跟在后面，我俩坐一辆单马车就行了。不过实在是太费劲了！”

1 1841年7月17日创刊的漫画杂志，2002年停刊。

2 1869年12月4日在伦敦创刊的英文画报，1932年停刊。

“确实费劲啊。”姑娘郑重地回答，听起来颇有同情之意。

“你是怎么想的？”夏洛特折腾了一番，挣得满脸通红。她一面问，一面把衣服扣起来。

“我不知道自己在想什么，也不知道想要什么呀。”

“唉，露西！但愿佛罗伦萨没让你厌烦。你是知道的，只要你肯发话，我明天就会带着你走遍天涯海角。”

“谢谢你，夏洛特。”露西说完，开始琢磨夏洛特的这个提议。

书桌上有她的信：一封是她弟弟写来的，说的尽是体育运动和生物学；一封是她母亲写来的，看了就让人开心，只有她母亲写的信才有这效果。信中说到了番红花，买的时候以为是黄色的，结果开出了紫花；说到了新来的客厅女仆，她用泡柠檬水剩下的残渣去浇蕨类植物；说到了那些半独立式小别墅，它们在夏日大街有碍观瞻，让哈利·欧特威爵士感到痛心疾首。她回想起家里自由、快乐的生活，她在家可以做任何事，不过也从来没有经历过世事。那条穿越松林的小径、那干净的客厅、那萨赛克斯-维尔德林地的美景——全都如同美术馆中的名画一样浮现在她眼前，生动鲜明，历历可辨，却又令人感伤。总是要多经历世间风雨之后，远行的旅人才肯重新亲近这故园风景。

“都有什么消息呀？”巴莱特小姐问道。

“韦斯太太和她儿子去罗马了。”露西说起她最不感冒的那条消息，“你认识韦斯家的人吗？”

“哎呀，别走那条路回去了。我们永远都看不够可爱的领主广场呢。”

“他们都挺好的，韦斯家那些人。非常聪明——我心目中那种真正的聪明。你不渴望去罗马吗？”

“想得要命啊！”

领主广场尽是石头，其实也没那么好吧。这里没有草，没有花，没有壁画，没有亮闪闪的大理石墙或者温馨养眼的红砖。由于偶然的机缘——除非我们相信每个地方都各有其主导精神，那些让广场不那么寒碜的雕像，令人想到的不是童年时代的天真烂漫，不是青春期那美好的迷惘，却是成年以后刻意取得的成就。珀尔修斯和友第德，赫拉克勒斯和图斯内尔达[1]，他们要么建功立业，要么遭受磨难，而且他们虽然不死不灭，却是在历尽艰辛之后才获得永生，而不是那之前。正是在这里，而不只是在大自然的幽僻之地，英雄可以遇到女神，或者女英雄可能遇到男神。

“夏洛特！”姑娘忽然喊道，“我有主意啦。我们明天就离开这里去罗马吧——直奔韦斯家住的酒店怎么样？我可算知道自己想要什么了，我对佛罗伦萨已经腻了。不许拒绝，你才说过你愿意去天涯海角的！我们走吧！走啊！”

巴莱特小姐同样欢快地回答：“哎哟，你这个异想天开的家伙！试问，去山里的事可怎么办呢？”

她们结伴穿过美丽而破败的广场，笑着谈论那个不切实际的建议。

---

1 珀尔修斯，古希腊神话英雄，功绩之一是杀死蛇发女巫美杜莎。友第德，天主教和东正教《圣经》记载的犹太女子，在亚述大军入侵以色列时，色诱主帅何乐弗尼，夜半割其首，敌军溃败。赫拉克勒斯，古希腊神话中最伟大的英雄，功绩无数，死后成为大力神。图斯内尔达，日耳曼首领阿米尼乌斯的妻子，夫妻俩对抗击罗马帝国入侵都有很大贡献。

6

亚瑟·毕比牧师、卡斯伯特·伊戈牧师、老爱默生先生、乔治·爱默生先生、埃莉诺·拉维西小姐、夏洛特·巴莱特小姐和露西·汉尼却奇小姐坐马车玩赏风景，意大利人给他们赶车

在那个难忘的日子，赶车送他们去菲耶索莱的是法厄同[1]。这个小伙子毫无责任感，做起事来火烧火燎的，大大咧咧地赶着他主人家的马往到处是乱石的山上跑。毕比先生立刻就认出了他。不管是虔诚的中世纪还是对宗教产生怀疑的维多利亚时代[2]，都没影响到他；他就是在托斯卡纳赶马车的法厄同。他请求允许他在半路上搭载的人是珀耳塞福涅[3]。她身量颀长，脸色苍白，正携着

---

1 奥维德《变形记·卷二》开篇即讲述了法厄同的故事。他是太阳神之子，任性固执，驾着太阳神的金马车险些烧毁世界，被宙斯发出雷电击杀，尸体全身着火，掉入意大利的波河。

2 虔诚时代，指全民信教的中世纪；怀疑时代，指对宗教产生怀疑的维多利亚时代，以达尔文提出"进化论"为典型代表。

3 古希腊神话中农业女神之女，被冥王掳走。在《变形记》中，农业女神得到消息告到宙斯那里，发现女儿已经吃了七粒石榴籽，只好让她成为冥后，每年在地府（黑暗中）待几个月，直到春天归宁。珀耳塞福涅也跟阿芙洛狄忒争夺过象征春天的植物之神阿多尼斯，结果同样是让阿多尼斯每年在地府待几个月，春天再回到地上。

春天回娘家，由于还没适应阳光，她用手搭着凉棚；他说这是他的妹妹——珀耳塞福涅。伊戈先生表示反对，说是要防微杜渐，而且人应该提防非分要求。不过女士们出头说情了，于是在讲明这是一桩天大的恩惠之后，女神获准登上了马车，坐在男神身边。

法厄同立刻把左边的缰绳从她的脑袋上绕过去，这样他就可以搂着她的腰赶车了。她对此并不介意。伊戈先生背对着前进的方向而坐，根本看不见这一连串的非礼之举，只是继续跟露西聊着天。马车里的另外两名乘客是老爱默生先生和拉维西小姐。这是因为发生了一件可怕的事：毕比先生没跟伊戈先生商量，就把出游队伍的人数翻倍了。虽然巴莱特小姐和拉维西小姐计议了半天该让大家怎么坐，结果在关键时刻，马车一来她们就都昏了头，拉维西小姐钻进了露西的那辆车，而巴莱特小姐，则跟乔治·爱默生先生和毕比先生一起随后出发。

对可怜的侨民牧师来说，四人组合变成了这个样子，可真是不容易呀。文艺复兴时期别墅里的茶会，就算他曾经考虑过，如今也是不可能的了。露西和巴莱特小姐自有几分格调，毕比先生尽管不那么靠谱，倒也算是个能干人。可是一个三流女作者和在上帝看来谋害了自己老婆的报界人士——他才不会引介他们到任何一家别墅去呢。

露西优雅地穿着一袭白衣，紧绷绷地坐在这一车不安定因素中，心里颇为不安。她打起精神应付伊戈先生，对拉维西小姐谨言慎行，而老爱默生先生则让她满怀警惕。好在丰盛的午餐加上春困的影响使这位老先生一直在睡觉。她把这次郊游视为命运的安排，要不是有这么一件事，她肯定就能成功地避开乔治·爱默生先生了。他公然流露出希望继续密切往来的意思，她拒绝了，倒不是因为她有多讨厌他，而是因为她不知道这是怎么回事，同时又怀疑他知道原因。这种念头让她感到惶恐不安。

因为真正的大事——不管它是什么吧，并不是发生在佣兵凉廊，而是在阿诺河畔。因目睹死亡而举止失态，那是可以原谅的。然而事后还要讨论，从讨论演变到沉默，又从沉默发展到产生同感，却是做了错事。那可不是惊慌情绪造成的一时失误，而是整个的应对方式都有问题了。两人在暮色笼罩的水滨一起陷入的那种沉思，使得他们心照不宣地返回住处的那种不约而同之感，（她觉得）其中确实都存在可指责之处。这种罪恶感一开始还很轻微，她差点就加入了去高卢塔的小队伍。然而每一次避开乔治之后，她就越发感到非避开他不可。如今造化弄人，通过她表姐和两位牧师的作用，不等到她和乔治一起去山间游玩过，就容不得她离开佛罗伦萨。

这期间伊戈先生一直彬彬有礼地陪她说话，他们之间的小口角已经过去了。

“这么说，汉尼却奇小姐，你是在游历吗？莫非是为了研究艺术？”

“噢，天哪，我可不是——哎，真不是！”

“或许是为了研究人性吧。”拉维西小姐插话说，“像我似的？”

“咳，不是。我就是来观光的。”

“哦，是吗？”伊戈先生说，“你当真是来观光的？你若不计较我无礼的话，我们这些住客，有时候对你们观光客的同情可不是一点半点呢——像货物一样被人从威尼斯传递到佛罗伦萨，又从佛罗伦萨传递到罗马，扎堆住在旅馆或者酒店里，只要是观光指南没写的基本上都不知道，他们唯一操心的就是‘逛完’或‘看过’，然后好去别的地方。结果可好，他们把城市、河流和宫殿全都混为一谈啦。你知道《笨拙》上的那个美国姑娘吧，她是这么说的：‘对了，老爸，我们在罗马都见过什么啊？’她父亲则回答说：‘嗨，估计罗马就是我们撞见那条黄狗的地方吧。’你们的旅行不就是这样嘛。哈！哈！哈！”

“我很赞同您的看法。”拉维西小姐说，她好几次试图打断他这一番尖酸刻薄的俏皮话，“这帮盎格鲁-撒克逊游客啊，他们那种孤陋寡闻和附庸风雅，简直就是祸害。”

“说得是啊。瞧，汉尼却奇小姐，我们到了佛罗伦萨的英国人社区——它的规模可是相当大的[1]，虽说各人的情况肯定不尽相同——比方说，也有个别人是来这里做生意的，不过大多数人可都是来搞研究的。海伦·拉弗斯托克夫人目前就忙于研究安吉利科会士。我提到她的名字，是因为我们正好经过她的别墅，就在左边。不成，你得站起来才看得见——算了，别站起来了，你会摔倒的。那道浓密的树篱让她非常得意，里面的环境完全就是世外桃源，简直可以让人穿越到六百年前呢。有些评论家认为，她家的花园就是《十日谈》[2]发生的场景，这给她家的别墅增添了别样的魅力，你说是吧？”

---

1 在1900年前后，佛罗伦萨总人口20万，英国人社区有3.5万英国侨民，其中也确实有不少文化名人，但社区中相当一部分是遭到当时英国主流社会排斥的所谓“背德者”，尤其是1895年那场至今还有影响的“王尔德审判案”之后，短时间之内，一火车一火车的英国人跑到多佛港，大多数都是仓皇逃往佛罗伦萨的男人，他们怕的是自己也会因为有过一些特殊的经历而被抓起来坐牢，佛罗伦萨对他们来说不光是避难所，也是欲望天堂。

2 薄伽丘（1313—1375）以瘟疫期间的佛罗伦萨为背景创作的故事集。

“真的呢！”拉维西小姐叫道，“告诉我吧，在那个精彩的第七天[1]，他们是把故事场景安排在什么地方的？”

然而伊戈先生继续告诉汉尼却奇小姐，道路右边住的是研究某某事物的某某先生，是个美国人，还是最优秀的那种——这可太少见了！此外，还有几位谁谁谁住在山坡更下面一点。“你多半听说过她的‘你所不知道的中世纪’系列专著吧？他则正致力于研究纪密斯特·普里索[2]。有的时候，当我在他们那些优美的园子里吃下午茶时，隔着墙就能听见，电车载着满车又热又脏又愚昧的游客，正沿着新修的路嘎吱嘎吱地往山坡上爬呢。那些人是打算在一小时之内‘逛完’菲耶索莱的，以便他们可以宣称去过那里了，于是我就觉得——觉得——觉得他们对近在咫尺的事物可真是瞧不上眼啊。”

说这话的工夫，坐在车夫座位上的那一对正在毫不害臊地打情骂俏。露西感到一阵嫉妒。就算他们是有意地行为不检，能够这样做，对他们来说也是快事吧。这一路上，说不定只有他们才感到快活呢。马车颠簸得要死，旋风般冲上菲耶索莱广场，又穿过广场，驶上了去往塞蒂尼亚诺的道路。

“慢点！慢点！”伊戈先生说着，很是优雅地往头顶上方挥了挥手。

“好的，先生，没问题，没问题。”车夫轻声敷衍着，却又拿鞭子抽马。

此时伊戈先生和拉维西小姐在阿莱西奥·博多维纳蒂这个话

---

1 《十日谈》中的第七天，故事场景是女儿谷中月桂树掩映的湖畔，附近有泉水。

2 纪密斯特·普里索（1360—1454），拜占庭时代晚期著名的柏拉图主义者，对意大利文艺复兴有重大影响，美第奇家族接受他的思想，在佛罗伦萨重建了柏拉图学园。

题上争论起来。他是文艺复兴的一个诱因呢，还是文艺复兴的一种体现？[1]另一辆马车都被落到老后面了。随着马匹的步伐变成飞奔，爱默生先生那沉睡的魁梧身躯被甩向侨民牧师身上，就跟机器似的，一下一下地猛撞。

“慢点！慢点啊！”伊戈先生说着，用一种惨遭凌辱的眼神看着露西。

马车又出人意料地往前猛蹿了一下，他在座位上恼怒地转过身。法厄同为了亲到珀耳塞福涅，处心积虑地折腾了这一阵子，刚刚总算是得逞了。

紧接着就是一场小小的吵闹，据巴莱特小姐过后说起来，此事让人极为不快。马匹给勒停了，一对有情人被勒令从搂搂抱抱中分开，小伙子的小费算是没戏了，姑娘则必须立即下车。

“她是我妹妹啊。”他转过身来，哀怨地看着众人说。

伊戈先生不辞辛苦地指出：他就是个撒谎精。法厄同垂下头，倒不是因为被人指控这一事实，而是由于遭受指控的方式。老爱默生先生早就因为马车猛停被震醒了，此时宣称道，有情人是绝对不应该拆散的，又拍了拍他们的背以示嘉许。拉维西小姐虽然不肯和他结成统一战线，却觉得自己有义务拥护浪漫不羁的伟大路线。

“毫无疑问，我是不会干涉他们的。”她喊道，“不过我估计，我也得不到多少支持。我一辈子都在跟陈规陋习对着干，这就是我所说的冒险。”

“我们可不能屈从啊。”伊戈先生说，“我就知道他会耍花招的。他把我们当什么人啦，就跟我们是库克旅行社那种旅游团

---

1 博多维纳蒂当不了诱因，不具有代表性，所以才会沦为冷门画家。这两位只是在露西和老爱默生面前不懂装懂地卖弄。

似的。”

“那怎么能行！”拉维西小姐也说，她的战斗激情正在以肉眼可见的幅度消退。

另一辆马车已经从后面赶上来，通情达理的毕比先生当即吁请说，有了这次提醒，这一对小年轻肯定会举止规矩了。

“随他们去吧。”老爱默生先生请求侨民牧师，对这个人他是一丝敬畏之心也没有，“难道我们嫌快乐来得太频繁，它碰巧才降临到车夫座位上，就非得把它给轰走不可吗？这可是由一对恋人给我们赶车啊——没准连国王都会嫉妒我们呢，我们若是反而把人家给拆散了，这可比我知道的任何罪行都还要亵渎神明啊。”

此时巴莱特小姐的声音响起来，说是旁人都开始聚过来围观啦。

伊戈先生的毛病，与其说是个性太强，倒不如说是巧舌如簧，反正他是决意要让众人听一听他说话的本事。于是他再次把车夫给训诫了一番。意大利语在意大利人嘴里，那就是一脉水声低沉的溪流，间或冒出不期而然的飞瀑和巨石，以免它显得单调。与从伊戈先生嘴里讲出的这门语言最为类似的，莫过于一股毒汁四溅又尖啸不绝的喷泉。它喷射得越来越高，越来越急，而且越来越尖利刺耳，直到陡然间“咔嗒”一声响，仿佛被谁给一下子关了。

“小姐！”等到伊戈先生停止展示他的辞锋，车夫对着露西叫了一声。为什么他要找露西求助呢？

“小姐！”珀耳塞福涅用她那极为悦耳的女低音跟着叫道。她指了一下另一辆马车。这又是为什么呀？

两个姑娘大眼瞪小眼，这样僵持了一会儿。那之后，珀耳塞福涅就从车夫座位上下来了。

“总算打了个大胜仗！”马车再次启程之际，伊戈先生狠狠地拍了一下双手说。

“这算什么胜仗，”老爱默生先生说，“这是惨败吧。人家两个人快快活活的，你非把他们给拆散不可。”

伊戈先生闭上眼睛。他是没办法才坐在老爱默生先生旁边的，他才不肯跟这个人说话呢。那位老人睡醒之后精神抖擞，非常热心地谈论此事。他逼着露西同意他的看法，又大喊大叫地让他儿子支持他。

“我们这是想收买用金钱换不到的东西啊。他和我们达成的协议是给我们赶车，而且他正在赶。他的灵魂可不归我们管。”

拉维西小姐皱紧了眉头。当被你归类为典型英国人的角色，竟然说出不符合他性格的话时，那可真让人难以接受。

“他刚才就没有好好赶车。”她说，“他把我们给颠着了。”

“这话我可不接受，马车刚才就跟睡眠一样让人放松呢。哈！他现在开始颠我们啦。你能相信吗？他就恨不得把我们给扔出去，而且他这样做也绝对是合情合理的。再说了，我这人要是迷信的话，就连那个姑娘我也要怕她三分了。伤害年轻人可是不行的。你听说过洛伦佐·德·美第奇[1]吗？”

拉维西小姐被激怒了。

“我当然听说过！你说的是伟大的洛伦佐，还是被封为乌尔

1 美第奇家族号称“文艺复兴教父”，包括“文艺复兴三杰”达·芬奇、米开朗琪罗、拉斐尔在内的大量艺术家都受过他们资助和庇护，当地重要的艺术作品和建筑场馆往往与他们有关。家族最著名的人物是“伟大的洛伦佐”洛伦佐·德·美第奇（1449—1492）和科西莫一世·德·美第奇（1519—1574）。前者处在文艺复兴全盛时代，有《酒神颂》等诗文传世，两个儿子成为教皇，他的去世代表佛罗伦萨黄金时代的结束。后者给家族带来中兴，其雕像至今仍在领主广场。

比诺公爵的洛伦佐[1]，抑或是因为个子小被称为洛伦齐诺的洛伦佐[2]？”

“天知道。或许上天确实知道吧，因为我指的是写诗的那个洛伦佐。他写了一句诗——我昨天听见的，那句诗是这样的：‘不要抵制春天。’”

伊戈先生忍不住趁机卖弄他的博学。

“原句是Non fate guerra al Maggio[3]。”他咕哝道，“‘不要跟五月开战’才是正确的译文吧。”

“问题是我们已经跟它开战了。瞧见没有？”他指向阿诺河河谷，透过正在发芽的林木，可以看见它就在山下的远处，“春光灿烂五十里，我们才会爬到山上来春游。你以为大自然的春天和人生的春天有什么区别吗？可是我们倒好，赞美一个却贬低另一个，为两者适用于同样的法则而感到遗憾。”

没人支持他往下说。伊戈先生很快就打手势让马车停下来，领着这个小群体在这山上漫步。此时此刻，在他们和菲耶索莱的高地之间，横亘着一个山坳，它看起来就像一个极大的圆形露天剧场，里面满坑满谷都是台地形成的梯级和云雾缭绕的橄榄树丛。而道路依然循着弧形的走势逶迤而去，眼看就要延伸到一座拔地而起的山头上了。那座山头上少有人迹，空翠湿衣，处处都是灌木丛，稀稀

1 洛伦佐二世·德·美第奇（1492—1519），“伟大的洛伦佐”之孙，被他叔父教皇利奥十世封为乌尔比诺公爵，其女凯瑟琳为法国王后。

2 洛伦齐诺·德·美第奇（1449—1492），美第奇家族旁支，暗杀了家族最后一位嫡系统治者，亦即教皇克雷芒七世（利奥十世之弟）的私生子亚历山德罗·德·美第奇，致使科西莫一世以旁支入主，后被科西莫一世所杀。

3 伊戈先生的卖弄并不准确，原句实际上是“Non fate guerra il maggio”，乃是诗人波利齐亚诺（1454—1494）的诗句，意为“不要在五月开战”。该诗人曾被“伟大的洛伦佐”聘为家庭教师和秘书，影响了米开朗琪罗和波提切利等人的创作。

拉拉的又有一些高树。将近五百年前，正是这座山头吸引了阿莱西奥·博多维纳蒂。那位勤勉却声名不显的大师登上山头，也许是为了寻找入画的题材，也许是为了山行的乐趣。他就站在那里，把阿诺河河谷的风光和佛罗伦萨的远景尽收眼底，后来他就把这些景致画进自己的画作中，但效果并不好。可他所站的确切位置是哪儿呢？那就是伊戈先生现在希望解决的问题。拉维西小姐生性容易被疑难之事吸引，对这个问题产生了同样强烈的兴趣。

然而，就算你出门之前，没忘了把阿莱西奥·博多维纳蒂的画作都细细地看一遍，要记住它们，也不是那么容易的事。这且不说，山谷中的那些雾气越发增加了求索的难度[1]。一行人从一蓬草丛跳到另一蓬草丛，急着要聚在一起，却又渴望各走各的，这两种心思恰好势均力敌。最终他们分成了好几拨。露西紧紧跟着巴莱特小姐和拉维西小姐；爱默生父子返回去，和那两名车夫费劲地交谈；至于那两位牧师，想来他们也会有共同语言的，也就被一起落下了。

两名年长女子很快就撕下了一本正经的外表。露西对那种说是窃窃私语、其实清晰可闻的密谈已经习以为常了，她们正在这样议论的，并不是阿莱西奥·博多维纳蒂，而是这次出行本身。巴莱特小姐问了乔治·爱默生先生是做什么工作的，他竟然回答说是“铁路系统”。她非常后悔自己问了他这个问题。她完全没想到会是这样可怕的回答，不然她肯定就不会问了。毕比机智地引开了话题，而她呢，她则希望自己的发问本身不要太刺伤那个

1 尽管伊戈先生为了卖弄学识，针对博多维纳蒂做了功课，他还是犯了根本性的事实错误：画家作品里表现的是阿诺河河谷风光和比萨远景，不是佛罗伦萨远景。当天他永远也找不到所谓“确切的位置”。

年轻人的心。

“铁路系统！”拉维西小姐倒抽一口冷气，“我的天，我可要笑死啦！还用说，就应该是铁路系统啊！”她笑不可抑地说，“他活像个行李员——在、在东南铁路线上那种。”

“埃莉诺，快别说啦。”巴莱特小姐拽了她那乐不可支的同伴一把，“嘘！他们会听见的——爱默生父子俩——”

“我就是憋不住，就让我说几句坏话吧。行李员呀——”

“埃莉诺！”

“肯定没事啊。”露西插嘴道，“爱默生父子不会听见的，而且就算听见了也不会在乎。”

听了这话，拉维西小姐似乎并不领情。

“汉尼却奇小姐竟然在听我们说话呢！”她非常不高兴地说，“去！去！顽皮的小丫头！一边玩去！”

“唉，露西，你肯定是应该跟伊戈先生在一起的啊。”

“我现在又没法找到他们，而且我也不想去找。”

“你这样会得罪伊戈先生的，这次聚会就是为你组织的。”

“别再说了行吗，我情愿跟你待在一起。”

“我也觉得啊，这样不行。”拉维西小姐说，“这就跟学校里面搞的庆典似的，男女各在一边。露西小姐，你得离开我们。我们想谈点复杂的事情，不好让你听见。”

露西很固执。反正她在佛罗伦萨的日子都要结束了，只有待在那些对她来说无所谓的人当中，她才会觉得自在。拉维西小姐就是这么个人，单就这会儿来说的话，连夏洛特也是呢。要是刚才没有惹得她们来盯着她就好了。她俩都被她的话惹恼了，似乎铁了心要把她轰走。

“烦死我了。”巴莱特小姐说，“唉，要是弗雷迪和你妈妈在这儿该有多好。”

巴莱特小姐这番似是为他人着想的话，让她们完全失去了观景闲聊的兴致。露西也没有看风景。在顺利抵达罗马之前，她做什么都打不起精神来。

“那你就坐下吧。”拉维西小姐说，“瞧瞧，我这人多有远见啊。”

她满脸堆笑地取出两块四四方方的防水布，游客坐在潮湿的草地或冰冷的大理石台阶上时，可以用那东西来防护身体。她坐了一块防水垫。谁去坐另外那块呢？

“露西坐吧。别犹豫，露西去坐啊。我坐地上就行了。真的，我的风湿病好几年都没犯啦。如果感觉到它真要发作，我站起来就好了。我要是让你穿着白亚麻裙子坐在湿地上，想想你妈妈会是什么感受啊。”她重重地坐到看起来格外潮的那一块地面上，“就这样吧，大家都安顿得舒舒服服的了。反正我的衣服是棕色的，就算比较薄一点，它也不会太显脏。坐下吧，亲爱的，你太为别人考虑了，你都不怎么顾着自己呢。”她清了清喉咙，“得了，用不着担心，这又不是着凉。这只是最轻微的咳嗽，反正我都咳了三天了。它跟我坐在湿地上压根就没什么关系。”

对这种情况只有一种处理办法。也就过了五分钟，露西便动身去找毕比先生和伊戈先生，她已经被那块防水坐垫彻底打败了。

她特意找那两名车夫说话，他们正瘫坐在马车里抽雪茄，熏得车上的垫子都散发着烟味。那个在珀耳塞福涅身上揩油的家伙是个瘦削的年轻人，皮肤被太阳晒得黝黑黝黑的，他起身招呼露西，像待客的主人一样彬彬有礼，又像熟识的亲戚一样轻松自然。

“在哪儿？”露西着急地想了一阵，好歹想起了一个词。

他脸上露出得意之色。他当然知道在哪儿，又没有多远。他胳膊一画，就把四分之三的地平线给画进去了。他应该是觉得他确实知道在哪儿吧。他用手指头按了按额头，又朝她伸过来，就好像那指尖扎出了肉眼可见的知识精华，正在缓缓滴落。

看来还得再费些口舌。“牧师”用意大利语怎么说来着？

“好人们[1]在哪儿呢？”她总算憋出一句。

好？那些高贵的人，跟这个形容词怕是沾不上边！他把抽着的雪茄给她看。

“一个——比较——小的。”这是她的下一句话。她想说的是：“这雪茄是毕比先生——他是那两个好人中块头较小的那个——赏你的，对不对？”

她的感觉照例是对的。他把马拴到一棵树上，踢了它一脚，让它老老实实站着，随即拍打两下马车算是除尘，抿了抿头发，重新整理一下帽子的形状，又捋了捋自己的小胡子，连十五秒的时间也没用到，就已经准备好给她领路了。意大利人生来就会认路。似乎整个大地不是像地图一样在他们眼前铺开，而是一个平放的棋盘，他们则持续注视着在上面移动的棋子和那些方格。找地方谁都办得到，然而论起找人的本事，那就是上帝赐予的天赋了。

他只停下来一次，摘了些极为娇艳的蓝色紫罗兰送给她，她满心欢喜地道了谢。跟这个普普通通的男子在一起，这世界变得美丽而率真。她第一次感受到了春天的消息。他的胳膊优雅地画过地平

1 这个推动情节的多义词“好人”含义比较模糊，可以说是“当家人/负责的男人”，用来指牧师并不算错。不过它还有另外两个具体含义：“丈夫”和“称呼平民的头衔”。两层意思组合在一起，就只能指向乔治了。

线方向。就像别的事物一样，那边的紫罗兰多到漫山遍野。她想不想去看紫罗兰呢?

“可是好人们……”

他鞠了一躬。理应如此，好人们优先，紫罗兰暂且靠后吧。他们分开林间那些低矮的植物，步履轻快地前行，这些东西却变得越来越茂密。他们离那座山头的边缘越来越近，阿莱西奥画里的风光悄无声息地铺展在他们周围，然而灌木丛形成的棕色网罗，却把美景分割得支离破碎。他专心地抽着雪茄，同时留神拽住那些柔软的树枝。她则为自己摆脱了沉闷无聊而欢呼雀跃。每走动一步，每一根细枝，对她来说都意义非凡。

“什么动静？”

从他们身后远处的树林里传来一个声音。是伊戈先生的声音？他耸了耸肩。有时候，意大利人的无知，比起他们的所知更显得惊人。她就没办法让他明白，他们有可能已经跟牧师们错过了。此时那片风光总算渐渐有了模样；蜿蜒的河流、金色的原野和环绕的群山，都依稀可辨。

“那不就是嘛！”他兴奋地喊道。

就在这时候，地面忽然塌了，她尖叫一声，从树林中跌了出去[1]。光与美包裹着她，她已经掉到了一小块开阔的台地上，从这一头到那一头，整片地上都开满了紫罗兰。

“勇敢点儿啊！”她的同伴大声说，此时他站的地方比她站

1 冥王哈迪斯（普鲁托）抢劫珀耳塞福涅时，地面裂开，带她进入冥府。这里相似的细节再次表明，神话结构继续起作用，露西就是象征古希腊神话中的珀耳塞福涅。车夫法厄同和搭便车的当地姑娘珀耳塞福涅，与露西和乔治这一对象征性的珀耳塞福涅和法厄同，形成投射关系。所以，车夫吻到了他喜欢的人，乔治也要吻到他喜欢的人；车夫和女伴亲吻后被拆散，乔治和露西亲吻后也要被拆散。

的地方高了两米左右，“大胆爱吧。”

她没有回答。在她脚底下，地面倾斜成一道陡坡，突兀地映入眼帘。无数的紫罗兰汇集成潺湲的小溪，汇聚成浩浩荡荡的河流，交汇成气势磅礴的瀑布，顺着斜坡奔腾倾泻，用汹涌的蓝色浇灌着山腰，绕着一株株林木回旋激荡，在一个个洼地里积聚成一汪又一汪潭水。所经之处，飞溅起星星点点的蓝色泡沫，遍布在绿草丛中。只是别处的紫罗兰再也没有这么繁密了。这块台地就是泉水之眼，万流之源，美正是从这里喷射而出，去润泽大地。

那个好人正站在这蓝色的泉眼边缘，像个随时准备下水游泳的人。然而他不是她期待的那个好人，而且他是孤零零一个人。

一听见她跌落的动静，乔治就转过身来。他凝视着她，惘然了片刻，就像一个刚刚堕入凡间的人，遇到了一个从天上掉下来的她。他看见她春风满面，他看见花海中翻腾起蓝色的波浪，拂拍着她的衣衫。他们上方的灌木丛已自行合拢，他快步迎上去吻了她。

不等她说出话来，甚至还没等她恢复知觉，一个声音就呼唤起来：“露西！露西！露西！”那一阵生机盎然的静谧，被巴莱特小姐惊破了。她站在那里，冲着那一大片流淌的蓝色，现出棕色的身影。

7

他们回来啦

整个下午，在山上山下，似乎都有人在玩一种复杂的游戏。至于是什么游戏，玩家之间究竟是如何站队的，露西比较迟钝，一时也看不出来。伊戈先生遇见她们时，眼里颇有询问之意，夏洛特不停地东拉西扯，让他始终没法打探。老爱默生先生忙着找儿子，听人说了该去哪儿找。毕比先生显出一副热心的和事佬模样，收到要求去把人都聚拢来，准备返回。人人都感到晕头转向，有点迷茫。潘已经来到他们中间了——不是伟大的牧神潘，这两千年来，他一直都被埋在地下；[1]而是那个小神潘，他掌管人际的纷争和不成功的野餐聚会。毕比先生跟每个人都走散了，独自吃掉了野餐篮里的东西，他带饮食来，原本是想让大家惊喜一下的。拉维西小姐跟巴莱特小姐走散了。露西跟伊戈先生走散了。老爱默生先生跟乔治走散了。巴莱特小姐则丢了一块防水布。而法厄同则玩砸了

1 根据神话，诸神不死，而牧神潘是唯一死去的神。有众多作品描绘潘死去之后，世间暗淡无光。

整场把戏[1]。

最后这个事实无可抵赖。他爬到车夫座位上，竖起衣领，一边瑟瑟发抖，一边预告说坏天气转眼就到。“我们马上就出发吧。”他对众人说，“那位少爷要走回去。”

“全程走路啊？那他要走好几个小时吧。”毕比先生说。

“明摆着的。我都跟他说了，这样做很不明智。”他不肯正视任何人，也许这失败让他觉得格外丢人吧。只有他一个人用尽了十八般武艺来巧妙地耍花招，而其他人十成本事未必发挥出了一成。只有他一个人猜透了究竟是怎么回事，并且忖度自己希望事态如何发展。五天前，露西从一个垂死的人口中得来的消息，只有他一个人领会到了。半生都在坟墓里度过的珀耳塞福涅——她也能领会这消息。这些英国人可做不到。他们对事情了解得总是太慢，而且往往有可能太迟了。

一名马车夫的想法，无论如何公允，也很难影响到他的雇主们的生活。在跟巴莱特小姐作对的那些人中，他最是精明，不过其危险程度也最不值一提。一回到城里，他本人、他的眼力以及他所了解的一切，都不会再困扰到这些英国女士了。当然，此事令人极为不快。她看见了他那顶着一头黑发的脑袋就在灌木丛中。他说不定会在小酒馆里编排这件事。可是话说回来，我们这些人跟那些小酒馆能有什么牵连呢？真正的威胁还是在旅馆的休息室里。巴莱特小姐由马车拉着，追着正在消失的太阳往山下

1 露西的意大利语虽然很差，她说找“好人”的时候用的是复数，显然是指两位牧师。车夫法厄同带她到落单的乔治身边，尽管可以把误解当借口（“好人”的几个意思造成了歧义），但意大利语中这个词的复数和单数有根本差别，经不起深究。所以这名车夫就是故意要把戏。

跑，此时她心里琢磨的，正是旅馆休息室里的那些人。露西坐在她旁边，伊戈先生坐在对面，总想引起她的注意，他隐隐约约有些怀疑。他们谈起了阿莱西奥·博多维纳蒂。

大雨和黑暗同时来袭。两名女士挤成一团，缩在一把并不足以遮风挡雨的太阳伞底下。突然亮起一道闪电，拉维西小姐本来就神经兮兮的，立刻从前面那辆马车里发出尖叫。又一道闪电划过，露西也尖叫了一声。伊戈先生非常娴熟地教导起她来。

“勇敢点，汉尼却奇小姐，要勇敢，要信主。依我看，对风雨的这种恐惧里面，包含着几乎称得上渎神的想法。难道我们当真以为，所有的这些云团，整个这一场对雷电之力的宏伟展现，仅仅是为了抹杀你我就弄出来的？”

“不——怎么可能——”

“哪怕从科学的观点来看，我们不遭雷劈的机会也是非常大的。那些钢制的餐刀是唯一有可能招来雷电的东西，它们可都在另一辆马车里呢。再说了，不管怎样，我们比步行回去可是安全了不知道多少。勇敢点吧——要勇敢，要信主啊。”

隔着围毯，露西感觉到了表姐的手爱怜地按了按自己。有时候，我们如此需要同情，以致我们不在乎它究竟意味着什么，或是过后得为此付出多大代价。因为这次及时的肌肉活动，巴莱特小姐的收获，比起她花几个钟头来说教或盘问的成果还要大。

往佛罗伦萨方向走了一段距离，两驾马车停下来，她便重复了那个动作。

“伊戈先生！”毕比先生叫道，“我们需要你的协助，帮我们翻译一下好不好？”

“乔治！”老爱默生先生大声嚷嚷着，“问一下你们的车夫吧，乔治走的哪条路？这孩子怕是迷路了。搞不好他会没命的。”

“您去吧，伊戈先生。”巴莱特小姐说，“行了，别问我们的车夫了。我们的车夫根本没用。去帮帮可怜的毕比先生吧。那个老人都快要急疯啦。”

“他说不定会死的！[1]”老人叫道，“他说不定会死的！”

“可不就该是这种表现吗？”侨民牧师下车之际说道，“他那种人，一旦在现实中碰壁，精神崩溃是在所难免。”

“他都知道什么了？”她俩刚逮着单独说话的机会，露西就悄悄问，“夏洛特，伊戈先生知道多少啊？”

“什么都不知道，最亲爱的，他什么也不知道呢。不过——”她指了指车夫，“他可是什么都知道的。最亲爱的，我们是不是最好让他闭嘴？我来吩咐他好不好？”她掏出钱包，“跟这些下层人士牵连在一起太可怕了。他全看见了。”她用观光指南敲了敲法厄同的背，说道，“安静！”随即给了他一个法郎。

“好的。”他说完就收下了钱。有了这赏钱，他这一天的结局算是跟往常一样了[2]。可是露西作为一个完全不知人间疾苦的凡俗女郎，却对他感到很失望。

前方路上传来轰然巨响。暴风雨击中了电车轨道上方的电线，一根大电线杆砸到地上。他们要是没停下马车，说不定已经被砸伤了。他们情愿认为，这是天意安排，才保全了大家的性命，于是乎，时时刻刻把生命变得丰饶的爱与真诚，在百感交集

1 此处继续戏仿古希腊神话结构。法厄同驾驶太阳神金马车之后，被宙斯用雷电击杀。老爱默生先生也担心儿子（象征法厄同）被雷劈死。

2 车夫本来该有小费，因为搭车女子事件，被伊戈先生剥夺了。夏洛特这次行贿，补上了小费的亏空。

之中化作滔滔洪流爆发出来。他们下了马车，他们互相拥抱。过往的不堪言行都得到了谅解，被人宽恕和宽恕他人同样令人欣喜。就在那一刻，他们释放出了海量的善意。

年长的人很快恢复了常态。就算在情绪达到顶点的时候，他们心里也很清楚，这样的举止与男子气度或淑女风范大相径庭。拉维西小姐估计，就算他们刚才继续前行，也不会赶上这一事故。伊戈先生含含糊糊地念了一段让自己平心静气的祷告。不过那两名车夫，沿着阴暗污秽的漫漫长路驱车前行之际，他们一路上都在向树精和圣人们祈祷，而露西也向她表姐敞开了心扉。

“夏洛特，亲爱的夏洛特，吻吻我吧。再吻一下。只有你才是懂得我的，你明明警告过我要当心，可我却——我还以为我那是在成长呢。”

“别哭呀，最亲爱的。我们慢慢说啊。”

“我一直是又固执又愚蠢的——比你知道的还要差劲，差劲多了。有一次就在河边——哎呀，不过他那次可没死。他不会被雷劈死吧，你说呢？”

这个念头搅乱了她的忏悔。实际上，她们这一路上的暴风雨是最猛烈的。可她刚刚差点遇险，就以为每个人都肯定是处境险恶了。

“估计不会吧。我愿意永远祈祷，别发生那样的惨剧。”

“其实他当时——我觉得他当时是被吓了一跳，就像我那次那样。不过这次可不能怪我，希望你会相信我。我只是失足掉到紫罗兰花丛中去了。不，我要真正地说实话。我也有一点点不好的地方。我那时候冒出了一些傻乎乎的念头。当时的天空，嗯，是金色的，而大地是一片蓝色，就在那个瞬间，他看起来就像是从书里走出来的人似的。”

“从书里？”

“比如英雄——天神，反正就是女学生的那种胡思乱想。”

“然后呢？”

“可是，夏洛特，后来发生了什么你是知道的。”

巴莱特小姐没作声。确实，她差不多都听全了。出于那么一种直觉，她心疼地把她的小表妹拉到自己身边。在整个回去的路上，露西发出一声声长叹，身体也不停地颤抖，怎么都没法平息。

“我想说实话。”她对表姐耳语道，“要做到完全的坦诚，实在是太难了。”

“别烦恼了，最亲爱的，你先静一静再说吧。临睡前到我的房间里，我们再好好谈谈这事吧。”

于是她们手挽着手重新进了城。姑娘发现，旁人的激烈情绪都已平息，这让她感到非常震惊。暴风雨已经停了，老爱默生先生也就没那么担心他儿子了。毕比先生已然恢复了愉快的心情，而伊戈先生则已经在冷落拉维西小姐了。也只有对夏洛特一个人，她才是有把握的——夏洛特，她这副外表掩盖了多少见识和爱意啊。

难得要自我剖析一次，整个漫长的晚上她几乎都在为此高兴。她想得更多的不是发生了什么事，而是她应该如何讲述这件事。她的全部感受，她那时不时冒出来的勇气，那些让她感觉到反常的欢愉的种种瞬间，她那莫名其妙的不如意，都要细细地在她表姐面前袒露出来。然后，在只有天知地知的情况下，她俩要全盘梳理这一切的心事，并且挨个加以解释。

“谢天谢地！”她心想，“我就要懂得我自己了。那些平白无故冒出来又让我搞不懂的事，再也不会来让我烦心啦。”

艾伦小姐请她弹钢琴，她断然拒绝了，此时她觉得演奏是小孩才干的事。她紧挨着表姐坐着，后者正以值得称道的耐心，听人讲述一段弄丢了行李的冗长经历。听完之后，夏洛特讲了一个更为啰唆冗长的故事，那是她自己弄丢行李的亲身经历。这样耽搁起来，露西险些发狂。她试图打断这没完没了的故事，或者无论如何让它进展得快一些，结果都是白费力气。一直等到很晚，巴莱特小姐才找到了自己的行李，这才得以用她那惯常略带自责的腔调说：“好啦，亲爱的，我总算是准备好去贝德福德郡[1]了。到我房间来吧，我帮你好好刷一刷头发。”

房门郑重地关严了，一张藤椅摆到姑娘面前。巴莱特小姐跟着就来了一句：“这么说吧，你打算怎么办？”

这个问题让露西猝不及防，她压根就没想过要采取什么措施。她所指望的，不过是尽情地袒露自己的感情罢了。

“你打算怎么办啊？最亲爱的，这可是关键，只有你自己才能决定。”

雨水顺着黑色的窗子往下流淌，这个大房间里又湿又冷。五斗橱上，离巴莱特小姐的无檐帽不远，一点烛火瑟瑟缩缩，在插严的门上投下恐怖怪诞的黑影。一辆电车在黑暗中轰隆隆地开了过去，露西忽然感到莫名的悲伤，尽管她很久以前就擦干了眼泪。她抬眼看着天花板，那里的狮鹫兽和巴松管看起来了无生气又模糊不清，却正是昔日欢乐的残影。

“快四个小时了，一直在下。”她勉强开口说。

---

1 贝德福德郡（Bedfordshire）首音节是床，简称是多张床（Beds），去贝德福德郡可以作为上床睡觉的幽默说法。

巴莱特小姐没接这话茬。

“你打算怎样让他守住秘密呢？”

“你是指车夫吗？”

“傻丫头，什么车夫啊。我说的是乔治·爱默生先生。”

露西开始在屋子里走来走去。

“我就没明白。”末了，她说。

她明白得很，只是她不再想着要完全说实话了。

“你打算怎样去阻止他到处乱说？”

“我有一种感觉，说闲话这种事他是永远也干不出来的。”

“我倒也想宽宏大量地看待他，可是不幸得很，他这种人我早就见识过啦。他们那一堆风流韵事，怎么肯烂在肚子里。”

“一堆风流韵事？”露西脱口叫道。那个可怕的复数让她不禁大皱眉头。

“可怜的傻丫头，你还以为这是他第一次干这种事啊？快过来听我说吧，我不过是从他自己说的话里得出的这个结论。你记不记得那天午餐的时候，他跟艾伦小姐争辩说，喜欢一个人就是喜欢另一个人的另一条理由？”

“记得。”露西说。那个说法让她当时颇觉畅快。

“好了，我可不是什么假正经，也没必要骂他是个下流种子。可他就是彻头彻尾的没教养，这是明摆着的。你要给他找借口的话，我们就把这个归咎于他那可悲的身世和教育好了。不过我们在关键问题上毫无进展。你打算怎么办呢？”

露西脑子里掠过一个念头，她要是早点想到这个，自己拿定了主意，搞不好都已经说服她表姐了。

“我打算去找他谈谈。”她说。

巴莱特小姐叫了一声，声音里那种惊慌是装不出来的。

“你看，夏洛特，你对我的好——我是永远都不会忘的。可是——你也说了，这是我的事。纯粹是我和他之间的事。”

“所以你就打算去哀求他，去乞求他不要四处说吗？”

“怎么可能，这又不是什么难事。不管你问什么，他都会回答的，要么是，要么否。然后事情就结束了。我以前是一直有点儿害怕他，不过现在我一点儿都不怕了。”

“可是我们替你害怕呀，亲爱的。你这么年轻，又不通世故，还一直生活在那么些正派人当中，你就没法理解男人能坏到什么地步——你就没法理解，要是女人没有同性跟在身边保护她的话，他们能有多残忍，能怎样以欺侮她为乐。就拿今天下午来说吧，要是我没及时赶到，会发生什么事呢？”

“不知道。”露西沉重地说。

她声音里的某种东西，让巴莱特小姐抑扬顿挫地咬着每个字眼，重复了自己的问题。

“要是我没找到你们，会发生什么呢？”

“我不知道。”露西再次回答。

“他侮辱你的时候，你打算怎样应对？”

“我都来不及考虑，你就来了。”

“没错，可是你现在能不能告诉我，你当时会怎么做呢？”

“我会——”她克制住自己，话说到一半就停下来了。她走到湿漉漉的窗前，极目望进夜色。她就不知道自己当时会怎么办。

“别站在窗口了，亲爱的。”巴莱特小姐说，“当心让人家看见你。”

露西顺从了。她现在处于她表姐的掌控中，是她自己开始了这种谦卑的基调，她没办法改变了。她俩都没有再提她刚才的建议，诸如她应该去跟乔治谈谈，不管是什么事，都要跟他一起解决。

巴莱特小姐却又哀怨道："唉，我多希望有个真正的男人在这儿啊！你我二人，我们不过是两个弱女子罢了。毕比先生根本就指望不上。要说伊戈先生呢，可是你又不信任他。唉，我多希望你弟弟在这里啊！他是还年轻，可是我知道，亲姐姐受辱，会把他变成一头真正的雄狮的。感谢上帝，骑士风度终究没有死绝，还是有一些男人能够尊重妇女的。"

说话之间，她把戒指挨个拔下来，这东西她戴了好几个。她把那些戒指成排地套在针垫上，接着往两只手套里都吹了吹气，然后说："要赶早班火车时间是有点紧，不过我们总得试试吧。"

"什么火车？"

"去罗马的火车啊。"她一丝不苟地检查自己的手套。

这通知传达得轻描淡写，姑娘接受得也毫不在意。

"去罗马的火车几点开？"

"八点。"

"贝托里尼太太会不高兴的。"

"那我们也得忍受。"巴莱特小姐道。她可不想说，她已经预先跟老板娘打过招呼了。

"她会让我们付一整个星期的房钱吧。"

"估计她就会这样。不过，我们住进韦斯家的酒店就会舒服多了。他们那里的下午茶不都是免费的吗？"

"是倒是，不过酒类要另计。"说完这话，她就不动弹也不言语了。在她疲劳的双眼看起来，夏洛特的身影不停地抽搐和膨胀，就像睡梦里的鬼影子。

她们开始整理衣物，准备打点行李，因为她们如果想赶上去罗马的火车，时间已经很紧迫了。听完训诫之后，露西开始在两个房间来回奔波，比起微妙的责罚，借着微弱的烛光收拾行李要让她不自在得多。夏洛特知道一些实用的点子，却心有余而力不足，她跪在一个空空的行李箱边上，徒然地想用厚度和大小都不同的书在里面铺出平整的一层来。她发出三两声叹息，因为这种弓着腰的姿势让她感到脊背生疼，而且她也觉得，纵然善于跟人周旋，自己也到底是在变老。姑娘进屋时听见她的叹息，顿时被一股冲动感染了。这股冲动不知从何而来，她只是觉得，倘若她能给予和接受一些人性之爱的话，烛火就会烧得更旺，收拾行李会更容易，这世界也就会更幸福了。这样的冲动在那天之前也产生过，但从来没有像现在这样强烈。她在表姐身边跪下来，搂住了她。

巴莱特小姐也回以温柔而又热情的拥抱。然而她可不是什么蠢女人，她心里如明镜似的，露西并不喜爱她这个人，只是借她来宣泄自己的爱罢了。因为，过了好一阵子，她开口的时候，用的是那种感觉天都要塌了的语气。

“最亲爱的露西，你要怎样才肯原谅我？”

露西立刻警觉起来，根据过往的惨痛教训，她可知道“原谅”巴莱特小姐意味着什么。她的感情冷却下来，抱得也不那么紧了，跟着就问：“夏洛特，亲爱的，你什么意思？说得就跟我有什么需要原谅你似的！”

“你有好多事要原谅我，而且我也有好多事要原谅自己。我老是惹你生气，我很清楚。”

“可是，没有啊——”

巴莱特小姐进入了她最喜爱的角色，也就是一名未老先衰的诉苦者形象。

“啊，可这都是真的！我觉得啊，我们这次结伴旅行，远远不像我希望的那样一帆风顺。我早该知道这样是不行的。你需要一个更年轻、更健壮而且更情投意合的人，我太无趣又太守旧啦——只适合帮你整理行李罢了。”

“别再这么说了——”

“我唯一的安慰是，你好歹找到了更对你口味的人，这样才能经常留我看家。一位淑女该如何行事呢，我倒也是有过一些狭隘看法的，不过我希望没有过多地把这些观念强加给你。不管怎么说，这两个房间你是想要就搞到手了。”

“你千万别再说这些了。”露西柔声道。

她还残留着一丝希望，但愿她和夏洛特可以全心全意地爱对方。她们继续不声不响地收拾行李。

“我真没用。”夏洛特说，她没有去捆自己的箱子，却在跟露西捆箱子的那些带子较劲，“我没本事让你玩得尽兴，搞砸了你妈妈交代的任务。她对我一直都这么大方，闹出了这么一桩丑事，我是永远也没脸去见她了。”

“可是我妈会理解的。这次的问题又不能怪你，而且它也算不上是一桩丑事吧。”

“确实怪我，也确实是丑事。她永远都不会原谅我的，而且这样做也合情合理。就比方说吧，我有什么资格去跟拉维西小姐交朋友呢？”

“你完全有资格啊。”

“就因为我是冲你才来这儿的吗？如果说我惹你生气了，那我对你疏于照顾也同样是事实。等你告诉你妈妈时，她会跟我一样把这事看得清清楚楚。”

露西出于胆小怕事的心态，想亡羊补牢，便说：“我妈为什么非知道这事不可呢？”

“可是你什么都告诉她的吧？”

“我想想，往常我还真的是这样。”

“那我可不敢破坏你们之间的信任，母女天性，这种信任可是神圣的。除非你觉得这种事对她说不出口。”

姑娘怎么受得了这种羞辱：

“按说我是该告诉她。不过，为了不让她责怪你，我就不告诉她了。我保证，我是心甘情愿的。不管跟她还是跟别的任何人，我永远都不会提到这件事的。”

她的承诺给这番拐弯抹角地拉扯了很久的对话带来了一个戛然而止的结尾。巴莱特小姐利落地在她两边脸颊上分别轻吻了一下，道了晚安，就打发她回自己的房间了。

刹那之间，原先的麻烦成了次要的问题。可能乔治从头到尾的做派都显得像个浪荡子吧，可能那也会是她对他的最终看法。但就目前来说，她既不觉得他无辜，也不想谴责他。她并没有形成判断。恰恰是在她就要对他形成看法的节骨眼儿上，她表姐的意见强行介入进来，于是，从那之后，掌控局面的就一直是巴莱特小姐；甚至是现在，都还能听见她那叹气声从隔墙裂缝里传来的巴莱特小姐；实际上既不逆来顺受，也不曲意逢迎，更谈不上自相矛盾的巴莱特小姐。她早就像一位了不起的艺术家那样精心布好了局。在一段时间内——确实，好几年呢，她都显得漫无目的，可是最终呈现在这姑娘眼前的完整图景，描绘的竟是一个心如死灰、无情无欲的世界，生活在其中的年轻人急不可耐地折腾，直到他们学乖为止——那是一个忸忸怩怩的世界，其间充斥着防范与藩篱，如果我们可以根据那些最爱使用这两样手段的人来判断的话，这些东西或许可以规避邪恶，却又似乎于人无益。

在这世上已知的种种憋屈事里，正在折磨着露西的是最伤人心的那种：她的真诚，她对同情和爱的渴求，都被精明老练地利用了。这样的委屈可没那么容易就忘得了。从今往后，若不经过反复权衡和谨慎思考，她绝不会向人吐露心事，免得碰一鼻子灰。而且，受到如此不公正的对待，有可能给心灵造成极为严重的影响。

旅馆门铃响了，她往窗口走去。没等走到窗前，她又犹豫起来，转身吹灭了蜡烛。这样一来，她瞧见了下面有个人站在雨中，他往上看的时候却没看见她。

他要回房间就得经过她门前，她倒是还穿得整整齐齐的。她忽然想到，自己可以偷偷溜到走廊里，只是跟他说一声，在他起床之前她就要离开了，还有，他们之间那非同一般的往来也就到此为止了。

她究竟有没有胆量这样做，始终都没得到证实。就在这个节骨眼上，巴莱特小姐开了她自己房间的门，只听见她说："我有一句话，想去休息室里跟你说，爱默生先生，请吧。"

他们的脚步声很快又响起来，又听见巴莱特小姐说："晚安，爱默生先生。"

他那粗重、疲惫的喘息就是唯一的回答了。女监护人已经履行了她的职责。

露西大声喊了出来："不会是真的吧，这不会全都是真的吧。

我不想这么混乱，我好想快快长大。”

巴莱特小姐敲了敲墙壁。

“马上睡觉去，亲爱的。你可要抓紧一切时间休息。”

第二天一早，她们动身去了罗马。

第二部

8

中世纪气质

大风山庄客厅的窗帘都拉拢了，因为地毯是新的，得遮起来，免遭八月的太阳烤晒。那窗帘颇为厚重，几乎垂及地面，光线隐隐透进来，变得柔和而斑驳。看见这情景的如果是诗人——此时一个都不在场，他说不定会引用雪莱的"生命就像色彩缤纷的玻璃穹顶"[1]，或者会把窗帘比作落下的闸门，用以抵御难以承受的天国热浪。帘外是炽烈的阳光，帘内虽然还是看得见亮光，但它好歹被调节到了人体能够承受的地步。

两个讨人喜欢的人坐在屋里。其中一个——他是个十九岁的小伙子，正在研究一本小小的解剖学手册，偶尔瞟一眼放在钢琴上的一根骨头。他时不时地在椅子里晃动一下身体，长长地吐出一口气，抱怨一声，因为天气太热而书上的字又太小，何况那个人体结构图画得非常糟糕。他母亲正在写信，硬要一次又一次地把她写下来的话念给他听。而且她还几次三番地从座椅上站起来，拉开窗帘，害得地毯都被一缕阳光晒到了，然后再来一句：

1 出自雪莱1821年悼亡诗《哀济慈》第52节，该诗模仿了古希腊诗人比翁的《哀悼阿多尼斯》。

“他俩还在那儿呢。”

“他们哪儿不在呀？”小伙子说。他是弗雷迪，露西的弟弟，“我跟你说吧，我都看恶心了。”

“看在上帝的份儿上，感到恶心就离开我的客厅，好吗？”汉尼却奇太太叫道。她希望用只承认字面含义的方式来治治孩子们说俚语[1]的毛病。

弗雷迪不动窝，也不回嘴。

“估计就要有个最终的说法了。”她猜测道。若是无须过多恳求就能让儿子开口，她倒是很想知道他对此情形的看法。

“早该这样了。”

“我很高兴塞西尔这次又来向她求婚了。”

“那他岂不是都求三回了？”

“弗雷迪，我真觉得你说话的方式很刻薄。”

“我又不是成心的。”他赶紧补充道，“可我真觉得，露西在意大利就该把这事给说死了。我不清楚姑娘们都怎么行事，但她以前肯定没有把这个‘不’字说到位，不然她现在怎么还得再费口舌。对这整件事——我也说不清楚，我实在觉得很不舒服。”

“你真这样觉得吗，亲爱的？真有意思！”

“我觉得啊——算了不说了。”

他接着研究他的解剖学手册。

“正好听听我给韦斯太太写的信吧，我这么写的：‘亲爱的韦斯太太。’”

“行吧，妈妈，你都跟我说过了。信写得挺好的。”

---

1 弗雷迪用的sick（恶心）在俚语中意为“厌烦”，他妈妈故意理解成相对正式的含义“生病导致的恶心”。

“我这么写的：‘亲爱的韦斯太太，塞西尔刚才就此事征求了我的同意，只要露西愿意，我自然是高兴的。不过——’”她停止了念信，“我其实觉得挺滑稽的，塞西尔居然会来征求我的同意。他一直主张要废除陈规陋习，父母都要靠边站，诸如此类。等事到临头，不问过我，他就没法跟露西开口。”

“不问过我也不行啊。”

“你？”

弗雷迪点点头。

“你什么意思？”

“他也征求了我的同意。”

她惊讶道：“他这人可真怪啊！”

“有什么怪的？”这个家的儿子和继承人说，“凭什么就不能来问问我的许可呢？”

“对于露西、姑娘们或者别的事，你都懂些什么啊？你究竟是怎么说的？”

“我跟塞西尔说：‘要么娶她，要么别烦她。反正不关我的事！’”

“你这话可帮了大忙！”她自己的答复虽然措辞更正常一点，然而实际效果其实是一样的。

“要命的是这个。”弗雷迪开口说了一句。

他没好意思说出要命的究竟是什么，随即他又继续忙他的事了。汉尼却奇太太走回窗前。

“弗雷迪，你得来一下。他们还在那儿呢！”

“我觉得，你不该老是那样偷看。”

“怎样偷看！我连自己家窗外面还看不得了？”

不过她还是回到了写字台前，经过儿子身边时说：“还在看第322页呢？”弗雷迪不耐烦地哼了一声，立马翻过两页。有那么短短的一刻，两人都不吭声了。就在帘外不远处，随着两人的长谈，喁喁私语从未停过。

“要命的是，我对塞西尔说了一些特别不该说的话。”他紧张地吸了一口气，“他不满足于我的‘同意’，那个我确实表示了——意思就是，我说‘我可不在乎’。嗯，他对此感到还不满足，想知道我是不是高兴得要疯了。事实上他是这么说的：若是他娶了露西，对她和大风山庄来说岂非都是天大的好事？然后他想要一个回答——他说这会让他更有底气。”

“希望你当时给了一个谨慎的回答，亲爱的。”

“我回答说：‘不可能’。”小伙子说着，恨得直磨牙，“得！听了他那屈尊俯就的话，我心里的火噌噌地往上蹿！我就是忍不住——非说出来不可。我必须说不可能。他根本就不该来问我。”

“真是不可理喻！”他母亲嚷道，“你觉得自己特别圣明、特别真诚吧，可实际上那只是讨厌的自作聪明。你觉得像塞西尔这样的人真会把你的话当回事？他当时就该打你。你怎么敢说不可能？”

“哎呀，求你别说了，妈妈！赞成他的话我说不出口，就只好说不可能了。我勉强笑了一下，就像自己说的话不能当真一样，然后，塞西尔也笑了笑，我就走开了。也许根本就没什么，可我现在觉得那么说不合适。行了，说都说了，求你让我清静一会儿，让你家的小爷们儿干点正事。”

“那不行。”汉尼却奇太太带着深思熟虑的神情说，“我偏不让你清静。你明知道他们在罗马的时候发生的那些事。你明知道为什么他在这里，可是你还要故意侮辱他，还想把他从我的家里轰出去。”

“我根本就没这样的想法！”他辩解道，“我只是让他知道我不喜欢他。我并不恨他，可我就是不喜欢他。我担心的是他会跟露西说。”

他发愁地盯着窗帘。

“好吧，我倒是喜欢他。”汉尼却奇太太说，“我认识他母亲。他人好，又聪明又有钱，人脉又广——讨厌，你没必要踢钢琴！他人脉极广。我还要说一次，才不管你爱不爱听呢：他人脉特别广。”她停下来，就像才预演了一番该怎么把人夸上天似的，不过看样子她似乎还没说够。她追加了一句：“而且他真的是风度翩翩啊。”

“直到刚才他问我之前，我还算喜欢他的。我估计是因为看着他搅了露西回家待的第一个星期吧。再加上毕比先生说过的一些话，他不知道塞西尔和露西的事。”

“毕比先生？”他母亲尽量不动声色地说，“我不明白毕比先生是怎么掺和进来的。”

“毕比先生说起话来很古怪，你是知道的，旁人永远搞不懂他究竟是什么意思。他说：‘韦斯先生就是一位理想的单身汉嘛。’我可警觉了，便问他是什么意思。他说：‘哦，他就跟我一样——比我还要超然呢。’我怎么问他都不肯再说了，不过他这话让我开始琢磨起来。最起码，自从塞西尔追求露西以来，他从来就不怎么讨人喜欢——我也说不清楚。”

“你永远都说不清楚，亲爱的。不过我可以。你是在嫉妒塞西尔吧，因为他可以让露西不再给你编织真丝领带。”

这个解释好像还真是那么回事，弗雷迪试图接受下来。然而在他的脑海深处，却潜藏着一丝隐隐约约的疑惑。塞西尔夸人身体健壮的时候夸得有点过火了，是因为这个吗？塞西尔就由不得别人自在说话，总爱惹得人用上他那种腔调。这很让人厌烦，是因为这个吗？而且塞西尔是那种从来不肯戴别人帽子的人。弗雷迪并没有意识到自己看人有多么透彻，就此打住了。他肯定是嫉妒了，不然他不会因为这么幼稚的理由就不喜欢一个人。

“这样写如何？”汉尼却奇太太大声道，“‘亲爱的韦斯太太，塞西尔刚才征求了我的同意，如果露西愿意，我会很乐意。’然后我在信纸上端加了一句，‘我跟露西也是这么说的。’我得把这封信再抄一遍——‘我跟露西也是这么说的。可是露西似乎还没怎么想明白，而如今的年轻人肯定要婚姻自主。’我写那句话是因为我不想让韦斯太太觉得我们太落伍。她喜欢参加讲座，解放思想，也不管她们家那些床底下一直积着厚厚一层灰，电灯开关上尽是女仆的脏指印。她把她们家公寓搞得让人睁不开眼睛——”

“假如露西和塞西尔结婚，她会住城里的公寓，还是住到乡下？”

“别这么没头没脑地打断我。我刚念到哪儿了？噢，对了——‘年轻人肯定要婚姻自主。我知道露西喜欢你儿子，因为她什么都告诉我，而且他第一次向她求婚时，她就从罗马写信回来跟我说了。’不行，我要把最后那句划掉——那句话看起来姿态放得太高了。我写完‘因为她什么都告诉我’就结束了。还是说把那一句也划掉？”

“也划掉吧。”弗雷迪说。

汉尼却奇太太把这句话留着了。

“那么整封信就这样了：‘亲爱的韦斯太太，塞西尔刚才征求了我的同意，如果露西愿意，我会很乐意，我跟露西也是这么说的。可是露西似乎还没怎么想明白，而如今的年轻人肯定要婚姻自主。我知道露西喜欢你儿子，因为她什么都告诉我。但是我不知道——’”

“有人来了！”弗雷迪喊道。

窗帘分开了。

塞西尔的第一个举动就是因为不耐烦。他受不了汉尼却奇家的这种习惯，他们坐在黑咕隆咚的地方就是为了不费家具。他想都没想就把窗帘往两边一拉，让它们顺着帘杆滑落到两侧。阳光涌了进来，一个露台展现在眼前。许多别墅都建有这种露台，两边栽些树，上面放一把乡村风格的粗木椅，再弄两片花圃。但是大风山庄坐落在俯瞰萨赛克斯-维尔德林地的山脊上，这露台就被槛外风光装点得跟画似的。坐在那把小椅子上的露西，仿佛坐在一块绿色的魔毯边缘，飘浮在这颤巍巍的世界上空。

塞西尔走进屋里。

鉴于他在故事里出场这么晚，对塞西尔这个人必须立刻工笔细描一番。他身上有一种中世纪气质，就像一尊哥特式雕像。他身材颀长，举止优雅，肩膀刻意地端得平平整整，脑袋很有分寸地昂得比常人的视线略高，就好比给法国大教堂看大门的那些难以取悦的圣徒像。尽管教育良好、颇有本钱、身体健全，他还是深受某种恶魔的影响。对这种恶魔，现代世界理解成害羞，而中世纪的人因为见事不明，则尊之为苦行主义。哥特式雕像让人联想到禁欲，正如古希腊雕像带有享乐的意味，也许这就是毕比先生的意思。而忽略了历史和艺术的弗雷迪，在他无法想象塞西尔戴别人的帽子时，很可能表示的是同样的意思。

汉尼却奇太太把信留在写字台上，走向这名年轻的泛泛之交。

“哎哟，塞西尔！”她激动地喊道，“啊，塞西尔，你得赶紧告诉我！”

“鸳盟初订[1]。”他用意大利语说。

母子俩眼巴巴地盯着他。

“她同意了。”他说。不过，这么一件事用英语赤裸裸地说出来，那声音听在他耳朵里，让他因为羞耻而脸红，又因为快乐而微笑，显得多了一丝人情味。

“我太高兴了。”汉尼却奇太太说。与此同时，弗雷迪伸出一只被化学试剂染黄的手。他们希望自己也懂意大利语，因为我们那些表达赞同和惊奇的说法跟无关紧要的场合绑得太死，以至于我们害怕把这些词语用到真正的大事上。我们只好变得有那么一丝附庸风雅，或是求助于记忆中的《圣经》字句。

“欢迎你成为我们家的一员！”汉尼却奇太太说着，冲着家具把手一挥，“真是个喜庆的日子啊！你肯定会让我们家露西幸福的。”

“但愿如此吧。”年轻人说完，抬眼看向天花板。

“我们这些当妈的——”汉尼却奇太太假笑着，旋即意识到自己举止做作、多愁善感而又夸夸其谈——这一切都是她最讨厌的。为什么她就不能像弗雷迪那样呢？他就那么直愣愣地站在屋

1 原文借用曼佐尼小说《鸳盟初订》的标题，这部作品在意大利与《神曲》齐名。

子中间，摆出非常厌烦的脸色，那姿态简直说得上帅气。

“嘿，露西！”塞西尔喊道，因为他们这天越聊越没劲了。

露西从椅子里站起来，穿过草坪，冲着他们微笑，就像要叫他们去打网球似的。然后她看见了弟弟的神态。她的嘴唇不由自主地张开，随即她抱住了他。他说：“你可要小心了！”

“不吻我一下吗？”她母亲问道。

露西也亲了她一下。

“你带他们去花园里，把一切都告诉汉尼却奇太太，好不好？”塞西尔提议说，“我要留在这里，写信告诉我妈。”

“我们跟露西一起去？”弗雷迪说，就跟接受命令似的。

“对，你们和露西一起去吧。”

他们走进阳光下。塞西尔看着他们走过露台，款步而下，消失在视线中。他们会往下走——他非常熟悉他们的习惯，穿过灌木丛，穿过打网球的草坪和种了天竺牡丹的花圃，一直走到菜园里。而就在那里，当着那些土豆豌豆的面，这么大的事就要被议论起来了。

他宽容地笑了笑，点起一支烟，回想起通往这个幸福结局的前尘往事。

他认识露西好几年了，只不过当她是一个碰巧喜欢音乐的普通姑娘而已。他还记得在罗马的那天下午，当她和她那个可怕的表姐出其不意地出现在他面前，请求他带她们去圣伯多禄大教堂时，他心里那种沮丧之感。那天她看起来就像一名典型的观光客——动不动就尖叫，缺乏品位，因为舟车劳顿还有点憔悴。然而意大利在她身上产生了奇迹。它赋予她以光，而且——对此他感到尤其难得，它也赋予她以影，他很快就在她身上发现了一种令人愉快的含蓄。她恍如列奥纳多·达·芬奇画中的女子，我们喜爱她不肯讲述的那些事情，超过了喜爱她本人的程度。毫无疑问，那些事情跟尘世无关。列奥纳多笔下的任何一名女子，都不可能跟“凡人俗事”这类庸常因素产生牵连。时间一天天过去，她确实令人极为惊奇地成长起来。

渐渐地，他从居高临下的客气慢慢过渡，即使没有变得热情难禁，最起码达到了一种强烈的心神不宁状态。还在罗马时他就暗示过她，他俩说不定会是不错的一对。对他触动极大的是，面对这个暗示，她并没有跟他一刀两断。她的拒绝明确而温和。在那之后——正如那个讨厌的说法所言，她对他跟以前完全一样。三个月后，在意大利的边境，在百花盛开的阿尔卑斯山间，他用直接而传统的语言再次向她求婚。比起以前，她越发让他想起列奥纳多的名画来，她那被晒黑的脸上有嶙峋怪石投下的阴影。听完他的话，她转过身，站在他和阳光之间，身后是无边无际的原野。他坦然地陪着她步行回去，完全没有遭到拒绝的追求者那种感受。他最在乎的那些东西并没有受到影响。

所以他如今再一次向她求婚，而她则带着那种始终明确而温和的态度答应了。她没有忸怩作态地解释自己为何迟疑，而是直接表示她爱他，愿意尽最大努力让他幸福。他的母亲也会很高兴，她劝过他再次向露西求婚，他一定要给她写一封长信来报告此事。

塞西尔看了一眼自己的手，看有没有沾染弗雷迪手上的化学制剂，然后走向写字台。在那里，他看见了“亲爱的韦斯太太”后面是许多删改痕迹。他没有再往下看，赶紧避到一旁，略事犹豫之后，另外找个地方坐下，借着膝盖用铅笔写了一封便笺。

随后他又点燃一支烟，这支烟感觉就没有第一支那么美妙了。他琢磨着该怎么把大风山庄的客厅打造得更有特色。有了那样的景观，这间客厅本来应该是很棒的屋子，可惜带着托特纳姆宫廷大街商品的印记。他几乎能想见舒尔布雷德公司和梅珀公司的运货车开到门口，然后将这把椅子、那些上了清漆的书架以及那张写字台卸下来。那张写字台让他想起汉尼却奇太太的信。他不想看那封信——那种东西从来不会对他构成诱惑，不过他仍然有些担心。她之所以在跟他母亲议论他，还得怪他自己。他想要她支持自己第三次努力去赢得露西；他想感受到其他人——不管他们是谁——都赞成他的举动，这样他才征求了他们的同意。汉尼却奇太太对他倒是客气，但是对根本性的问题感觉迟钝，至于弗雷迪——“他只是个小毛头而已。”他是这么认为的，“我代表了他所鄙视的一切。他干吗想要我当姐夫呢？”

这几位汉尼却奇是值得尊敬的一家人，不过他开始认识到，露西是由一种别样的陶土制成的。也许——他没把话说得太死，他应该尽快把她引介到更投合她性情的圈子里去。

“毕比先生来了！”随着女仆的通报，夏日大街的新任教区长被引了进来。由于露西从佛罗伦萨写回来的信对他大加赞赏，他一到任就跟人们相处得挺好的。

塞西尔向他打招呼，同时细细地打量他一番。

“我是来吃下午茶的，韦斯先生。你估计我吃得到吗？”

“我看行。这里吃的倒是总会有的——快别坐那张椅子。小汉尼却奇放了根骨头在那里呢。”

“啐！”

“理解。”塞西尔说，“理解。我也不知道为什么汉尼却奇太太要纵着他这样。”

这是因为塞西尔是把骨头和梅珀公司的家具分开来看待的。他就没想明白，这两者结合在一起，它们就会把这个房间激发得像他渴望的那样鲜活起来。

“我来吃下午茶，也扯扯闲话。你说这算不算新闻啊？”

“新闻？我不明白您的意思。”塞西尔说，“什么新闻啊？”

毕比先生的新闻，其性质可大不一样，他喋喋不休地说起来。

“我上这边来的时候遇到了哈利·欧特威爵士。我完全有理由认为我是第一个知道的。他从弗莱克先生那里买下了茜茜和阿尔伯特！”

“当真？”塞西尔说着，尽量镇定下来。他陷入了一个多么荒诞不经的误会！一名牧师，同时也是一位绅士，会有可能以这样轻率的方式提到他订婚的事吗？不过他还是有些生硬，而且，尽管他问了茜茜和阿尔伯特是谁，他还是觉得毕比先生是个相当粗鲁的人。

“真是个不可原谅的问题！在大风山庄待一个星期了，竟然还没见过茜茜和阿尔伯特，它们是修建在教堂对面那两座半独立屋嘛！我可要让汉尼却奇太太说说你了。”

“我对地方事务迟钝得要死。”年轻人懒懒地说，“我连教区委员会和地方政府委员会的区别都记不起呢。说不定就没什么区别，也可能这些名字我都没说对吧。我到乡下纯粹是为了看望朋友和欣赏风景。我实在太疏忽了。只有在意大利和伦敦这两个地方，我才不觉得多亏别人担待着，我才生存得下去。”

毕比先生被茜茜和阿尔伯特引起的剧烈反应搞得有点烦，决定换个话题。

“让我想想啊，韦斯先生——我记不清了，你是做什么职业的？”

“我没有职业。”塞西尔说，“这是我堕落的又一个例证。我有一个非常站不住脚的看法——那就是只要我没有麻烦别人，我就有权利做我想做的事。我知道我应该挣别人的钱，或者致力于做我丝毫不感兴趣的事，然而不知怎么回事，我一直没能开始。”

“你很有福气。”毕比先生说，“这是极好的条件了，能当个富贵闲人。”

他的看法相当狭隘，可是他看不出该怎样回答才比较自然。正如一切有固定职业的人必然会这样想，他觉得别人也应当有固定职业。

“很高兴您认同我。我不敢面对那些积极进取的人——比方说，弗雷迪·汉尼却奇。”

“啊，弗雷迪人挺好的，你说是不是？”

“好得不得了。正是他那个类型的人把英国搞成了现在这个样子。”

塞西尔觉得自己很奇怪。为什么偏偏在这一天，他这样不可救药地唱反调？他竭力想恢复正常，就热情地问候毕比先生的母亲，一位他谈不上特别敬重的老妇人。然后他恭维牧师，赞扬他开通的思想，以及他对哲学和科学持有的开明态度。

“其他人都去哪儿了？”毕比先生总算说，“我坚决要求在晚祷之前吃到下午茶。”

“只怕安妮就没跟他们说您在这儿吧。在这个宅子里，你头一天上门，就会听见仆人们的好多、好多事。安妮的缺点是，她明明听得清清楚楚，却要你再说一遍，同时用脚踢椅子腿。玛丽的缺点——我不记得玛丽都有些什么缺点了，但是它们很严重。我们要不要去花园里找找看？”

“我可知道玛丽的缺点。她爱把簸箕竖起来放在楼梯上。”

“尤菲米娅的缺点是，她不肯，根本就不肯，把板油切得足够小。”

两人都笑起来，气氛变得缓和多了。

“弗雷迪的缺点嘛——”塞西尔继续说。

“啊，他的缺点可就太多了。除了他妈妈，旁人谁能记得起弗雷迪的缺点呢。不如试着说说汉尼却奇小姐的缺点吧。那倒是有限得很呢。”

“她可没有缺点。”年轻人带着庄重的诚意说。

“我很同意。目前她是没有缺点。”

“目前？”

“我倒不是悲观。我只是想起了自己最得意的关于汉尼却奇小姐的见解。她钢琴弹得那么热情奔放，生活得却这么沉静内敛，你觉得合理吗？我怀疑总有一天，她在两方面都会非常精彩。她内心中的水密舱会崩溃，音乐和生活会交织在一起。于是我们认为她非同凡俗的好，或是超出常人的坏——也有可能过于大胆，以致好或坏都不足以形容了。”

塞西尔发现他这位同伴有点意思。

“而就她现阶段的生活而言，你觉得她还不够令人赞叹吗？”

“这么说吧，我得承认我只是在潭桥泉见过她，她在那里的时候不算出众，在佛罗伦萨也见着了。从我来到夏日大街以后，她一直没在家。你是在罗马和阿尔卑斯山见到她的，是不是？噢，我忘了，你肯定是以前就认识她了。确实，她在佛罗伦萨也不够出色，但我一直相信她会变得不同凡响。”

“以哪种方式呢？”

谈话越发热络起来，两人在露台上来回踱步。

“我可以同样轻而易举地告诉你，她下一步会采取什么步调。这纯粹就是一种感觉，她已经找到了翅膀，而且打算飞翔了。我可以给你看我的意大利日记中的一幅美妙的画：汉尼却奇小姐像一只风筝，巴莱特小姐正拽着风筝线。第二幅：风筝断线啦。”

那幅画确实在他的日记里，却是等到他用艺术家的视角来看待事情之际补画进去的。在佛罗伦萨期间，他自己也偷偷地拽过风筝线。

“然而那风筝线就没断过吗？”

“没有。我或许没有见到汉尼却奇小姐飞起来，却肯定听说过巴莱特小姐摔下去。”

“它现在已经断啦。”年轻人用低沉、颤抖的声音说。

旋即他意识到，在宣布订婚消息时，所有那些傲慢、愚蠢、低劣的方式，都比不上他用的这种那么糟糕。他诅咒了自己爱用比喻的毛病。他给人的暗示会不会是，他就是那天上的一颗星，而露西正在忙不迭地往上飞，这样才够得着他呢？

“断了？你指什么？”

“我的意思是，”塞西尔生硬地说，“她就要嫁给我了。”

牧师忽然感到一种强烈的失望噬咬着自己，他一时情不自禁，连说话的声音都变了。

“我很抱歉。我必须向你道歉。我完全不知道你和她是恋爱关系，不然我绝不会用这样无礼、浅薄的方式议论她。韦斯先生，你应该阻止我的。”同时他看见露西本人就在花园里。没错，他就是感到失望。

塞西尔自然更愿意听到祝贺而不是道歉，他的嘴角耷拉下来。在这世上，难道他的订婚就会招来这样的待遇？当然了，把这世界视为一个整体时，他很鄙视它。每个有思想的人都应该这样。这差不多就是对个人教养的验证。可是，在遇到这世间那些没完没了的卑微的尘埃时，他还是肯体恤对方的。

有时候，他也有本事变得非常气人。

“抱歉，我吓到您了。”他淡淡地说，“恐怕露西的选择并没有得到您的认可呢。”

“那倒不是，但是你应该阻止我的。我跟汉尼却奇小姐相识未久，对她了解非常有限。也许我就不该和任何人这样随意地议论她，和你更是不该了。”

“您是觉得有什么话说漏嘴了吗？”

毕比先生控制住自己的情绪。说真的，韦斯先生有那么一种本事，能把人挤兑到一种极其令人恼火的境地。他被逼得用起了职业带来的特权。

“没有，我可没有说过任何不谨慎的言语。在佛罗伦萨我就预料到了，她那安静、平淡的少女时代必然会结束，而现在它已经结束了。我非常模糊地意识到，她有可能迈出影响深远的一步，而如今她已然采取了行动。她已经知道了——请让我直言不讳地谈论此事吧，就像我刚开始的时候那样毫无顾忌。她已经知道了爱上一个人是什么滋味：一些人会告诉你，这是我们的世俗生活给予的最重要的体验。”此时他该向正在走近的三个人脱帽致意，他便这样做了。“她是通过你才知道的。”如果说他的声音还带着布道腔，现在也显得真心实意起来，“但愿你用心谨慎，让她的这些知识对她有所裨益。”

“非常感谢！”塞西尔用意大利语说。他向来不喜欢神职人员。

“您听说了没有？”汉尼却奇太太一边艰难地爬上坡地花园，一边朝牧师嚷道，“嗨，毕比先生，您听说这消息了吗？”

弗雷迪此时竟是满脸喜色，用口哨吹起了《婚礼进行曲》。年轻人不大会去批判既成事实。

“我还真听说了！”牧师大声说。他望着露西，当着她的面，他没办法继续扮演牧师角色了——无论如何，做不到问心无愧。“汉尼却奇太太，我打算做我向来应该做的事，只是通常来说我都是不情愿的。我想要祈求上帝，把每一种福分都赐给他们，无论庄严的还是轻快的，无论宏大的还是细微的。我想要他们作为丈夫和妻子，也作为父亲和母亲，生活永远都极致的美满，极致的幸福。现在我想吃下午茶了。”

“您这吃茶的要求真准时。”那位太太当即回答，“您怎么敢在大风山庄这样一本正经的？”

他也换上了她那种轻快的腔调。于是再也没有庄严的祝福，再也没有援引诗歌或经文来装场面的种种表现。他们当中谁也不敢或者不能再做出一本正经的样子了。

订婚是影响力如此强大的事件，以致或早或迟，它会把所有提及它的人都拽进这种喜气洋洋又诚惶诚恐的情绪中。不在场的时候，单独待在各自的房间里，毕比先生，甚至弗雷迪，都可能再次持批评态度。但是在订婚仪式现场，当着彼此的面，他们都真心实意地觉得兴高采烈。它有一种奇异的魔力，因为它不只控制嘴唇，甚至还左右心灵。最贴切的类比——若是拿一个重大事件与另一个进行比较的话，莫过于某种陌生宗教的神庙在我们身上产生的魔力了。站在外面时，我们嘲笑或反对它，或者顶多有所感怀。一旦进了神庙里面，虽然那些圣徒和神祇都不是我们所信奉的，我们还是要变成真正的信徒，以防真正的信徒会来到现场。

就这样，经过这个下午的种种试探和疑虑，他们收拾起心情，平静下来，迎接一场其乐融融的茶会。就算他们是在装模作样，他们也并不自知，何况他们这快乐的伪装完全有可能生根，进而变成衷心的欢喜。安妮把每一个盘子都像结婚礼物一样摆放在桌子上，这让大家都热情高涨。她踢开客厅的门之前，对他们发出微笑，他们可不能被这笑容给比下去了。毕比先生开心地大声说笑。弗雷迪妙语连珠，把塞西尔戏称为“准你输”——把他这个“准女婿”当成自家人的双关语[1]。汉尼却奇太太既滑稽又富态，大有可能成为一位还不错的丈母娘。至于露西和塞西尔，那座神庙正是为他们而建造的，他们也加入了这个欢乐的仪式，却又像虔诚的信徒应该的那样，等待着某种更神圣的欢乐神庙显露真容。

1 原文用读音相近的fiasco（惨败）双关fiancé（未婚夫），影射塞西尔之前求婚屡战屡败，这次总算成功。

9

露西作为艺术品

订婚之事宣布几天后，汉尼却奇太太叫露西和她的“准你输”一道参加了邻近的一场小型花园茶会。这是自然而然的事，她有意昭告人们，她家姑娘就要嫁给一个像模像样的男人了。

塞西尔岂止是像模像样，他看起来人品清贵，鹤立鸡群。看着他那颀长的身躯形影不离地跟在露西身边，看着他那张年轻标致的容长脸随着露西跟他说话作出的种种反应，真的是非常养眼。人们纷纷向汉尼却奇太太道贺——依我看，这样其实挺失礼的，却称了她的心，于是她不由分说地把塞西尔介绍给了几位古板的老贵妇。

吃下午茶的时候发生了一件倒霉事：一杯咖啡被打翻了，洒在露西的提花丝裙上。尽管露西装作若无其事，她母亲还是连样子都不装一下，直接拽着她到屋里，麻烦一名有同情心的女仆帮着把衣服收拾干净。她们离开了有一阵子，塞西尔就被留在那几名老贵妇身边。等她们回来的时候，他就没有之前那么讨人喜欢了。

“你经常到这样的场合吗？”在坐车回去的路上，他问。

“啊，偶尔才去。”露西说。她玩得挺开心的。

“这是乡下典型的交往方式吗？”

“估计是。妈妈，是不是这样？”

“熟人朋友多着呢。”汉尼却奇太太说，她正在努力回想，那些衣裙中的某一件挂起来会是什么样子。

看出她的心思不在这儿，塞西尔转向露西，说道：“对我来说，这场面绝对是低劣不堪、糟到极点而且装腔作势的。”

“抱歉，让你在那耽搁太久了。”

“那倒不是问题，而是那些祝贺。这太恶心了，这种把订婚当成公众事件的方式——就像一片垃圾场，随便哪个外人都可以往那里喷出他那点低俗的感想。所有那些老女人都在那里诡秘地笑。”

“我觉得，这种事总是要经历的。下次她们就不会这么盯着我们了。”

“可是我的看法是，他们的整个态度都是错的。订婚——首先它是个让人讨厌的词汇，是一件私事，就该被当作私事来对待。”

然而那些假笑的老妇人，不管从个人角度看多么不对，从种族意义上看却是没有错的。一代代人的精神通过她们发出微笑，欢庆塞西尔和露西的订婚，因为此事保证了地球上生命的延续。对塞西尔和露西来说，它保证的则是某种全然不同的事情——个体之爱。因此塞西尔才觉得烦恼，而露西也认为他的烦恼合情合理。

“真的好烦啊！”她说，“你刚才摆脱她们去打网球也好吧？”

“我才不打网球——起码不会在公开场合打。这一带的人就不配知道我如何生龙活虎的传说。能像我这样有传奇色彩的，也只有那些意大利化的英国人了。”

“意大利化的英国人？”

“——就是恶魔的化身！你知道这个谚语[1]吗？”

她还真不知道。然而这谚语听起来，跟一个被他母亲看着在罗马度过了一个安静冬天的年轻人，似乎也不是很搭。不过自从订婚以来，塞西尔就喜欢装出一种见过世面的坏劲儿，实际上这种气质他身上一丝一毫也没有。

“好吧。”他说，“如果他们真的不喜欢我，我也没办法。在我自己和他们之间，存在一些不可动摇的屏障，我必须接受这些东西。”

“我觉得啊，我们大家都有自己的局限性。”露西在这件事上比较明智。

“可是，有时候这些屏障是强加给我们的。”塞西尔说。他听出她话里的意思，她并不是太明白他的处境。

“怎么说？”

“不管是我们用栅栏把自己完全围起来，还是我们被别人的篱笆挡在外面，终究都会造成影响，对不对？”

她想了片刻，认为这确实会有影响。

“不一样？”[2]汉尼却奇太太忽然回过神来，喊道，“我可看不出有任何区别呀。篱笆就是篱笆，尤其是位置固定的时候。”

---

1 该说法在乔治·惠特斯顿1587年出版的作品《西德尼爵士行状》中有所提及，原句是：“意大利化的英国人就是恶魔。”约翰·邓恩在写给亨利·渥顿爵士的信中也有警示。这话是带有严重贬义的俗语，还有复杂的弦外之音，因为意大利化（学会意大利生活方式）的英国人往往是指“学会”迷恋男色的英国人，他们在英国主流社会通常名声不好，如果被法庭证实有过男色经历还容易遭到严惩。作者故意让塞西尔把它当作一句溢美之词显摆出来，不排除是暗示他的所谓禁欲只是托词，他真正的性取向颇为可疑。

2 塞西尔说make a difference指有“影响”，汉尼却奇太太只听到半截，以为是说difference“不一样”。

“我们讨论的是出发点。”塞西尔说，谈话被打断让他有些不快。

“我亲爱的塞西尔，看这儿。”她分开膝盖，把她的名片盒放在膝头上，“这张是我，那张是大风山庄，剩下的就都是别人了。大家的出发点都是好的，可这篱笆它就在这儿。”

“我们说的不是真正的篱笆。”露西笑着说。

“哦，明白啦，亲爱的——诗歌嘛。”

她平静地靠回椅子上。塞西尔不明白露西为什么会觉得好笑。

“我告诉你谁心中没有‘藩篱’吧，就用你的说法。”她说，“那就是毕比先生。”

“牧师没了屏障，就是待宰的羔羊。”

露西要明白人家说的话总是慢一拍，却能很快分辨出好赖话。她没能领会到塞西尔这句隽语在修辞上的妙处，却听懂了催生它的那种情绪。

“你不喜欢毕比先生吗？”她若有所思地问。

“我可没这么说过！”他大声道，“我认为他比一般人强得多。我只是否认——”随即他迅速把话题拉回到篱笆上面，简直说得舌灿莲花。

“唉，我跟你说，我非常讨厌的一位牧师。”她想说点儿投其所好的话，便道，“一位心中确实树起了藩篱的牧师，而且是最可怕的那种，那就是伊戈先生，佛罗伦萨的英国侨民牧师。他是真的很虚伪——让人讨厌的可不仅仅是他的态度。他就是个势利鬼，特别的自以为是，而且他真说了一些非常残忍的事。”

“是什么事啊？”

“当时在贝托里尼旅馆有个老人，他说人家谋杀了自己的妻子。”

“也许他真这样做了呢。”

“不可能啊！”

“为什么‘不可能’？”

“他人那么好，我敢肯定。”

对她这种头发长见识短的不合逻辑之处，塞西尔不禁失笑。

“嗯，我确实尽量仔细地盘问了这件事。伊戈先生从来不肯正面谈论这个话题，他总是喜欢含沙射影——说什么‘反正’是那个老人谋杀了他的妻子，在上帝看来就是他谋害了她的。”

“别说了，亲爱的！”汉尼却奇太太漫不经心地说。

“可是，一个号称值得效法的人，却四处散播诽谤人的谣言，这难道不是让人忍无可忍吗？我相信，主要就是因为他，那位老人才被大家排斥的。人们假装认为他为人粗鄙，可他肯定不是那样的。”

“可怜的老人！他叫什么名字？”

“哈里斯。”露西随口说。

“但愿你们说那个哈里斯太太是编造出来的人物。”她母亲故意用东区口音[1]说。

塞西尔明智地点点头。

“莫非这伊戈先生不是一位有教养的牧师？”他问。

“不知道，我不喜欢他。我听过他讲解乔托，我特别讨厌他。什么也掩盖不了卑鄙的天性，我恨他！”

1 狄更斯1842年的小说《马丁·丘兹维特》中有个伦敦东区的接生婆甘普太太，喜欢引述她编造的人物哈里斯太太的话来证明自己的看法。汉尼却奇太太借用该书典故开玩笑，却无意中说穿了真相。

“我的上帝啊，这闺女！”汉尼却奇太太说，“你吵得我脑袋都大了！有什么值得大喊大叫的？我不许你和塞西尔再恨任何别的牧师了。”

他微微一笑。露西在道义上针对伊戈先生的这一番怒火爆发，真的包含了一些相当不和谐的因素，就好比在西斯廷教堂天花板上看到的竟然是列奥纳多的画。他多想暗示她，她最适合的不是干这种事；一位女子的影响和魅力在于她的神秘，而非态度强硬地大喊大叫。然而这样的吵闹也可能是生命力鲜活的一个标志：它会有损佳人的风姿，却又显示出她是多么生机勃勃。过了片刻，他凝视着她涨红的脸和激动的手势，竟然生出几分嘉许之意。他强自忍耐着，不去压制这青春朝气的源泉。

大自然——在他看来是最容易的话题，就在他们身边敞开了怀抱。他赞美那些松林、欧洲蕨那钻得很深的根茎、那些越橘丛中点缀着的红叶，还有付费公路那实用的好处。他对户外世界并没有多熟悉，所以他有时候在事实方面还会出错。当他说起落叶松那不变的苍翠时，汉尼却奇太太的嘴角抽搐了一下。

“我认为自己是个有福气的人了。”最后，他这样说道，“在伦敦的时候，我觉得我离了它日子就没法过。在乡下的时候，我对乡下也是这种感觉。归根结底，我真的认为，鸟儿、树木和天空是生命中最美好的事物，而和它们栖居在一起的人，肯定是最淳朴的。这些人中十个有九个似乎对什么都不关注，倒也是实情。乡下的绅士和劳工，各以其行事方式来看，都是最令人提不起精神的伙伴，然而在他们与大自然的运行之间，却有可能存在着一种无言的和谐，这一点我们城里人根本无从获得。你有没有这种感觉，汉尼却奇太太？”

汉尼却奇太太吓了一跳，随即微微一笑。她刚才就没注意听。塞西尔坐在马车前座上挤得相当难受，原本就有些烦躁，见她这样，就决定不再说什么有趣的事了。

露西也没怎么注意听。她双眉紧蹙，看上去仍然处于盛怒之中——他断定，这就是道义上入戏太深的结果。看见她对八月林间的诸般美景如此无视，着实令人遗憾。

“‘下来吧，噢女郎，从那里的山顶下来吧。’”他引用了一句诗，同时用膝盖轻轻碰了一下她的膝盖。

她的脸又红了，说道：“什么山顶？”

“‘下来吧，噢女郎，从那边的山顶下来吧，就算住在众山之巅、壮丽的群峰拱卫，山顶上又能有什么乐趣（牧羊人唱道）？’[1]我们接受汉尼却奇太太的意见吧，不要再恨那些牧师了。这是什么地方？”

“还用说嘛，这是夏日大街。”露西说着，旋即惊醒过来。

那座林子已然变得开阔，把地方腾给了一片斜坡式的三角形草场。漂亮的小房子排列在草地两边，高处的第三条边被一座崭新的石头教堂占用了。那教堂外观朴素，用材讲究，带有一座木瓦铺顶的迷人尖塔。毕比先生的住宅就在教堂边上，只比那些小房子略微高出一线。附近有一些大宅子，却都掩映在林间。这景致让人想起瑞士的阿尔卑斯山区，而不是“有闲”社会的圣堂和中心，只不过它却被两座丑陋的小型乡间别墅给破坏了——正是那两座曾经与塞西尔的订婚消息抢风头的别墅，就在露西被塞西尔追到手的同一天下午，它们被哈利·欧特威爵士买到了手。

---

1 引自丁尼生的无韵叙事长诗《公主》第七节，塞西尔故意略作调整，和露西开玩笑。

“茜茜”是其中一座别墅的名字，“阿尔伯特”是另一座。这两个名称不光用深色的哥特体字母突显在花园门上，而且还顺着入口拱门的半圆形弧度，用印刷体大写字母再次显示在门廊上。“阿尔伯特”已经住了人。他那饱经蹂躏的花园中塞满了洋绣球啊、半边莲啊、亮晶晶的贝壳之类的东西，看起来很是妩媚鲜艳。他那些小小的窗户全都用诺丁汉蕾丝窗帘三贞九烈地遮得严严实实。“茜茜”是准备出租的。朵金房产中介的三块布告牌，胡乱耷拉在篱笆上，宣告了这一并不让人意外的事实。她的小径上已然生满杂草，到处乱开的蒲公英把那块手帕大的小草坪染得一片黄。

“这地方算是毁了！”两位女士脱口说，“夏日大街可再也回不到原来的样子啦。”

马车经过之际，“茜茜”的房门打开，一位绅士从里面走了出来。

“停车！”汉尼却奇太太喊了一声，又用遮阳伞轻轻碰了马车夫一下，“哈利爵士来了，现在我们就要见个分晓了。哈利爵士，赶紧把这些乱七八糟的都给拆掉吧！”

哈利·欧特威爵士（这位可不需要描述）来到马车跟前，说道：“汉尼却奇太太，我是想过要拆，可我不能，我真的没法把弗莱克小姐给轰走。”

“我一直都说得没错吧？早在合同签订之前，她就该搬走了。她还在这儿一分钱不掏地住着呢，就像这房子还是她侄子家那会儿一样？”

“可是我能怎么样？”他压低声音说，“这么个老小姐，俗气得要命，而且差不多就要卧床不起了。”

“赶她走呗。”塞西尔无所畏惧地说。

哈利爵士叹了口气，随即忧伤地盯着那两座别墅看。他早就洞悉了弗莱克先生的图谋，本来可以在别墅动工之前就把这块地给买下来：可是他无动于衷又拖拖拉拉。他熟悉夏日大街都这么多年了，想都想不到它会有遭到破坏的那一天。一直到弗莱克太太埋下了奠基石，一直到红色和奶油色的砖块砌成的怪东西开始拔地而起，他才着了慌。他拜访了弗莱克先生，本地的建筑商——一位特别明事理又受人尊敬的人，后者同意，要是用瓦片确实可以盖出更漂亮的屋顶，却也指出石板的价格更便宜。然而，对那种像水蛭一样紧紧叮在弓形窗窗框上的科林斯立柱，他大胆地表达了不同的看法，说是就他而言，他喜欢采用一些装饰来缓解外墙立面的单调感。哈利爵士暗示说，如果可能的话，柱子应该同时具备结构和装饰的双重功用。弗莱克先生回答说是所有的柱子都已经订货了，又补充道：“而且所有的柱头全都是不一样的——一个是蟠龙卷叶造型的，一个是接近爱奥尼亚风格的，还有一个上面采用了弗莱克太太的姓名首字母缩写。每一个柱头都完全不同呢。”因为他研究过拉斯金的建筑理念，他就按照自己的心意来建造他的别墅了。就这样，一直等到他把一位不可撼动的姑妈安插进其中一幢住下，哈利爵士才把它们买了下来。

提起这次徒劳无功又赚不到钱的交易，爵士靠在汉尼却奇太太的马车上，只觉得满肚子不痛快。他没能履行自己对这片乡野的义务，而这片乡野也在嘲笑他。钱他已经花了，然而夏日大街还是被糟蹋得跟先前一个样。他所能做的就是给“茜茜”找一个合意的租户——可得是真正合人心意的那种。

“租金都低到不合理的程度了。”他告诉他们说，“而且我也算得上是个好打交道的房东吧，可就是这房子的大小比较棘手。对农民阶层来说，它实在太大，而对稍微跟我们这样的人家沾点边的住户来说，它又太小了。”

塞西尔一直拿不定主意：他究竟应该鄙视这两座别墅本身呢，还是该鄙视哈利爵士对它们的鄙视。后一个突如其来的念头似乎更容易见效。

“您得立刻就去找一位租客。”他不怀好意地说，“对银行职员来说，这房子绝对是天堂。”

“可不是吗！”哈利爵士心烦意乱地说，“这恰恰就是我担心的，韦斯先生。它会招来不合适的人。列车客运服务改善了——在我看来这种改善就是灾难性的。在这么个自行车时代，距离火车站五英里算得了什么？”

“那也得是一位精力相当旺盛的职员才行啊。”露西说。

塞西尔这个人憋了一肚子中世纪式的坏水，他回答说，下层中产阶级的体格正在以极其惊人的速度改善。她看出来了，他原来是在嘲弄他们那位人畜无害的邻居，赶紧打起精神来制止他。

“哈利爵士！”她忽然大声说，“我有个主意。您觉得老小姐怎么样？”

“亲爱的露西，那可太好了。你有认识的吗？”

“没错，我在国外认识她们的。”

“是大家闺秀吗？”他试探道。

“是的，名副其实的闺秀，不过现在她们还没有找地方定居下来。我上个星期才收到她们的信呢——特蕾莎·艾伦和凯瑟琳·艾伦小姐。我真不是开玩笑啊，她们就是非常合适的人，毕比先生也认识她俩。我可以叫她们写信给您吗？”

“你当然可以！”他叫道，“瞧瞧，这桩麻烦事总算已经解决了。真是叫人高兴！额外的便利——麻烦告诉她们，她们会得到额外的便利，因为我不用付中介费了。唉，那些中介！他们给我弄来的都是些可怕的人！有一位女士，我写信——措辞非常委婉，你知道的，要求她对我说明一下她的社会地位时，回复说她会预付房租，好像谁多在乎那点钱似的！而我接受过的几个证明人都让人特别不满意——要么是些骗子，要么不是体面人。还有，唉，那些骗人的花招啊！上个星期我可是见识了不少阴暗面，尽是看起来最可靠的人玩的花招。亲爱的露西，全都是骗人的！”

她点了点头。

“我的建议嘛，”汉尼却奇太太插嘴说，“就是根本不要招惹露西和她那些没落的大家闺秀。这一类人我太知道了。她们倒是见识过好日子，随身带着她们那点把房子都能熏出霉味的传家宝，可千万别让我跟她们扯上关系。这种事挺让人遗憾的，可我绝对是情愿租给正在努力发家的人，而不是租给已经走了下坡路的人。”

“我觉得我明白你的意思。”哈利爵士说，“可是就像你说的那样，这事多让人遗憾啊。”

“那两位艾伦小姐才不是那样的人呢！”露西大声说。

“不，她们就是那种人。”塞西尔说，“我还没见过她们，不过我得说，她们对这一带来说是极为不合适的新住户。”

“别听他的，哈利爵士——他这人可讨厌了。”

“让人讨厌的是我。”爵士回答道，“我就不该在年轻人跟前唠叨这些烦心事。不过我确实很发愁啊，而欧特威夫人只会叮嘱我千万要格外谨慎，这话一点儿毛病没有，可它就是没啥用。”

“那我可以给我说的那两位艾伦小姐写信啦？”

“拜托了！”

不过他的眼神又犹豫起来，因为汉尼却奇太太喊了这么几句：“当心！她们绝对会养金丝雀的！哈利爵士，你可要当心金丝雀啊：它们爱从鸟笼的缝隙里往外吐食，然后就会招来老鼠。凡是女的都要当心，只租给男的得了。”

“不会吧——”虽然他看出来她这话也有道理，还是大起胆子嘀咕了一句。

“男人不会在吃下午茶时乱嚼舌根的。他们要是喝醉，那也有他们的目的——他们会舒舒服服地躺下去，多睡一阵子就好了。就算他们比较粗俗，也会设法把这种粗俗局限在他们自己之间，不会搅得满城风雨。我宁愿你找个男的当租户——当然了，他可得爱干净啊。”

哈利爵士老脸发红。不管是他还是塞西尔，都不喜欢这些对男人的公开夸奖。就算是对那种邋遢家伙的排斥，也并没有显得他们有多么出类拔萃。他提议说，汉尼却奇太太如果有空的话，不妨下车亲自巡视一下“茜茜”吧。她欣然从命。天意弄人，要让她过穷日子，住小房子，不过家居布置始终都会吸引她，尤其是布置规模较小的时候。

露西也想跟她妈一起行动，塞西尔把她给拽住了。

“汉尼却奇太太。”他说，“留您自己在这儿，我们先走回去可以吗？”

“没问题！”这是一个发自内心的回答。

哈利爵士似乎也一样，因为能摆脱他们，简直高兴得有些过头。他做出一副心照不宣的样子，冲着他们眉开眼笑道：“哈！年轻人啊，年轻人！”随即急匆匆地跑去用钥匙开“茜茜”的房门了。

“不可救药的土财主！”塞西尔嚷道，差点儿没让人家听见。

“哎呀，塞西尔！”

“我就是忍不了。不讨厌那个人才是不对的呢。”

“他是不聪明，可他这个人真的不错。”

“得了，露西，他就代表乡下生活中一切糟糕的方面。在伦敦他就能掂量清楚自己的身份地位了。他会加入一个无聊的俱乐部，他太太会举办一些愚蠢的宴会。但是在这里，他就凭着他那做作的文雅和屈尊的资助，以及他那虚假的美学，来扮演一尊小小的神，其结果是每个人——连你母亲在内都上当了。”

“你说的这些都很对。”露西说，不过她还是感到有些气馁，“我不知道这是否——是否真有那么重要。”

“这个极其重要。哈利爵士就是那个花园茶会的本质。噢，天哪，我感到太生气了！我多希望他塞个粗俗的租客到那座别墅里——某个粗俗得货真价实的女人，这样他想不注意到都不行。所谓的上流人士！呸！瞧他那光秃的脑门和后缩的下巴！不过我们还是抛开他不谈了吧。”

这倒是露西很乐意做的事。如果说塞西尔不喜欢哈利·欧特威爵士和毕比先生，又有什么保障能让她真正在意的人得以幸免？比方说弗雷迪吧。弗雷迪既不聪明，也不敏锐，模样也不俊美，拿什么来拦着塞西尔，不让他随时都冒出“不讨厌弗雷迪才是不对的”这种话？而她又该怎么回答？她没有顺着弗雷迪进一步往下想，光是他就已经让她足够忧虑了。她只能这样自我开解——塞西尔已经认识弗雷迪好久了，而且他们一直相处得很不错，或许吧，得除去最近这几天，不过那恐怕只是个意外。

“我们走哪条路？”她问他道。

大自然——在她看来最容易的话题，正围绕着他们。夏日大街位于丛林深处，她就在一条小径跟大路分岔的地方停下了脚步。

“有两条路吗？”

“可能走大路要好些吧，我们打扮得这样整洁。”

“我宁愿从树林里穿过去，”塞西尔的语气里带着强忍的恼怒，她已经感觉到了，整个下午他都是这样，“露西，你为什么总说要走大路？你知不知道，自从订婚之后，你一次都没和我一起去过田野或林子里？”

“真没有吗？那就从树林里走好了。”露西被他这种奇怪的态度吓了一跳，不过她很有把握，他稍后就会解释的。让她自个儿去猜他的心思，从来不是他的习惯。

她领头走进了沙沙作响的松林，果不其然，没等他们走出十二码，他就开口解释了。

“我产生过一个念头——可能这样想不太恰当啊，跟我一起待在房间里的时候，你感到更自在。”

“在房间里？”她重复了一声，感到自己彻底糊涂了。

“没错。换句话说，顶多也就是在花园里，或者在大路上，而绝不是在像这样名副其实的乡野中。”

“哎呀，塞西尔，你究竟是什么意思？我从来没有过这种感觉，你说得好像我是个女诗人似的。”

“我不知道你不是。我总爱把你跟风景联系在一起——某种类型的风景吧。为什么你就不会把我跟房间联系在一起呢？”

她沉思片刻，随即笑着说：“你还真说对了，知道吗？我真是把你跟房间联系在一起的呢，那我肯定就是个女诗人了。但凡想到你，那场景就始终是在房间里。好神奇啊！”

让她惊讶的是，他似乎有些恼火。

“试问，那是在客厅里吗？看不见风景，对吧？”

“没错啊，看不见风景，想来是这样的。这样想你不可以吗？”

“我更愿意的是，”他埋怨道，“你把我跟野外联系在一起。”

她又一次说：“哎哟，塞西尔，你究竟是什么意思啊？”

由于一时得不到解释，她觉得这话题对姑娘家来说太难了，就把它抛到一边，复又领着他继续往林子里走，偶尔会在一些特别美丽或是特别熟悉的树丛边略微歇歇脚。从她能够一个人出来玩的时候，她就熟悉夏日大街和大风山庄之间的这片树林了。她曾经假装把弗雷迪弄丢在林子里，那时候弗雷迪还是个脸色发紫的小小婴儿。虽然她已经去过意大利，这片林子对她的吸引力却一点也没有减少。

不久，他们来到松林间的一小块空地上——又一个小小的绿色草坡，清幽绝俗，环抱着一方清浅的池塘。

她欢呼了一声：“圣湖！”

“你为什么叫它圣湖？”

“想不起为什么了，估计这名字是出自某本书吧。它现在只是个水坑，不过你看见穿过它的那条小溪没有？只要下了大雨，就会有好多的水冲下来，而排水又需要一段时间，这个池塘就会变得相当大而且相当漂亮。弗雷迪以前经常在这种时候跑来洗澡，他可喜欢这个地方了。”

“你自己呢？”

他的意思是：“你喜欢这个地方吗？”她却迷迷糊糊地回答说：“我也来这里洗过澡，直到我被人逮住。然后家里就为这个闹得不可开交。”

若是换个时间，他可能都已经感到震撼了，因为他骨子里是一个极其保守的人。然而现在呢？由于他对新鲜空气这份心血来潮的推崇，她那种可贵的单纯反而让他心花怒放。此时她站在水塘边，他细细地打量她。她装扮得衣冠楚楚，正如她自己说的那样，她让他想起一朵明艳照人的鲜花，它本身没有叶子，却在万绿丛中蓦然怒放起来。

“谁逮住你的？”

“夏洛特。”她低声回答，“她当时住在我们家里。夏洛特——夏洛特。”

“可怜的姑娘！”

她肃然微笑了一下。有一个隐秘的愿望，迄今为止一直让塞西尔有点畏缩不前，在此情此景中似乎可以实现了。

“露西！”

“好的，我觉得我们是该走了。”这便是她的回答。

“露西，我想求你一件我以前从没求过你的事。”

听到他那郑重其事的语气，她便坦然而亲切地朝他走来。

“什么事，塞西尔？”

“至今为止都没求过——就连那天在那个草坪上，你答应嫁给我的时候，都没有求过这件事——”

他忽然害羞起来，不停地四下张望，看他们有没有被别人撞见。他的勇气消失了。

“什么事？”

“我至今都还没吻过你呢。”

她满脸羞红，就好像他是用最为不堪的方式把这事说出了口。

“确——确实你没有。”她结结巴巴地说。

“那我请求你——现在可不可以？”

“你当然可以了，塞西尔，你以前就可以啊。你知道，我总不能主动投怀送抱吧。”

在那个最重要的时刻，他感觉到的却只有荒谬。她的回应不够浪漫，就那样公事公办地把她的面纱往上一掀。他向她靠近之际，居然还有心思希望自己可以掉头就跑。当他的脸挨到她的脸时，他的金丝夹鼻眼镜掉落下来，被他们俩给挤扁了。

如此也算是拥抱过了。他认为，实事求是地说，那完全就是一场失败。激情得有自己的底气，它足以令人神魂颠倒。它就该把礼仪啊、体贴啊，以及跟优雅天性有关的其他一切祸根通通抛到一边。最重要的是，但凡有了通行权，它就绝对不应该去请求允许。为什么他就不能像任何一名劳工或者苦工——不不，就像任何一个血气方刚的店员那样行事？他重新想象那个场景。露西如娇花般伫立在水滨，他冲过去把她搂在怀里。她斥责了他，她容许了他，事毕，由于他的男子汉气概，她却又从此开始崇拜起他来。因为他相信，女人崇拜男人是因为他们的男子汉气概。

略事亲热了这一番，他们便默然离开那个池塘。他等着她说点什么，借此窥破她内心深处的想法。她带着一种恰如其分的端庄之态，总算开了口。

“那个名字是爱默生，不是哈里斯。”

“什么名字？”

“那个老人的。”

“什么老人？”

“我跟你说过的那个老人，就是伊戈先生对他特别刻薄的那个。”

他无从得知，这就是他们之间最交心的一次谈话了。

10

塞西尔作为幽默大师

塞西尔打算把露西从中拯救出去的那个社交圈子也许根本谈不上多值得推崇，然而比起她的家世能让她有资格接触到的圈子，它却又让人满意得多了。她父亲是本地一位富有的诉讼律师，在这个地区刚开放的时候，他把大风山庄修建起来当作一项地产投机，可是他十分喜欢自己造的房子，此事便以他本人住进去告终。他成亲不久，社会氛围就开始发生改变。另外一些房子在南边那个陡峭的山脊上建造起来，更有一些房子修建在那后面的松林中，以及唐斯丘陵地带的白垩石岩嶂上。这些房子大多数都比大风山庄更壮观，里面住的人并不是当地人，而是从伦敦来的，他们则又误以为汉尼却奇一家是某个本地贵族残留的血脉。他本来有点心虚，可是他妻子不卑不亢地接受了这个局面。“我可不知道人家在折腾些什么。”她总是说，“但这对孩子们来说可就是最幸运的事啦。”她挨家挨户地拜访别人，她的拜访也都得到了热情回应，等到人们发现她的社会背景和他们并不那么相当时，他们已经喜欢上她这个人了，那点儿身份差距也就变得无关紧要。汉尼却奇先生辞世之际，想起自己一家人已经在够得着的最好的圈子里站稳了脚跟，便觉得心中无憾了——很少有诚实的诉讼律师会瞧不起这么一种念头。

他们够得到的社交圈里，这就是最好的了。有许多搬迁到这里来的人自是非常无趣，而露西从意大利回来之后，越发真切地认识到这一点。直到去那里之前，她一直毫无异议地接受了他们的种种完美理念——他们的乐善好施，他们那温和稳定的宗教观念，他们对纸袋子、橘子皮和碎瓶子的厌恶。作为一个不折不扣的激进分子，她学会了谈到郊区生活方式时要作惊恐状，就她尽心尽力所设想的生活来说，那就是既有钱又有趣的人组成的一个圈子，连利益、对手都是一模一样。你就在这个圈子内部思考、结婚和死去。在那个圈子之外，就是永远都在拼命想要闯进来的贫穷和粗俗，正如伦敦的雾霾，一直在拼命往北部山区的山涧中到处蔓生的松林里钻。可是在意大利，这样的生活理念消失了，在那里的任何人只要愿意，都可以取暖，就跟晒太阳一样平等。她的观念扩张了。她感到没有谁是她不可以喜欢得了的，社会藩篱不用说难以撼动，却也并不是特别高。你跳过这些藩篱，正如你跳进亚平宁山间一家农户的橄榄园，而他则很高兴见到你。露西是带着全新的眼光回来的。

塞西尔也是如此。不过，意大利并没有给他带来宽容，却让他变得焦躁了。他看出当地的社交圈子很狭隘，可是他非但没有说“那有什么大不了的”，反倒厌恶起来，并且试图以他称之为宽广的社交圈子来取代它。他并没有认识到，借着成年累月成千上万次嘘寒问暖造就的一段脉脉温情，露西已经把她的生活环境视为一方圣土，纵然她亲眼看明白了它的种种缺点，可她的心还是不肯彻底唾弃它。他也没有认识到更重要的一点——如果说她已经好到这个圈子配不上她，那她就好到没有一个圈子配得上她了，并且已经达到了只有个人交流才能满足她的地步。她是个叛逆者，但不是他以为的那一类——她是一个渴望与所爱的人平等相处，而不是渴望更大的栖身之所的叛逆者。因为意大利一直在用一切财富中最宝贵的来供养她——她自己的灵魂。

跟明妮·毕比玩蹦蹦狗[1]，她是牧师的侄女，今年十三岁——这是一种既古老又特别体面的游戏，主要就是把那些网球打飞上高空，这样它们就会掉落到网子那边并且没完没了地反弹；有几个打到了汉尼却奇太太；另外一些都弹得找不着了。这个句子比较混乱，却更好地阐明了露西的心态，因为她玩游戏的同时，也在尽量跟毕比先生说话。

“唉，这事就变得这么麻烦了——先是他，然后是她们俩，没人知道这些人想要什么，而且一个个的都那么讨厌。”

“不过她们现在是真的要来了。”毕比先生说，“我前两天给特蕾莎小姐写信了——她想知道肉贩子多久来一次，我说一个月一次，这回答肯定给她留下了好印象。她们就要来了，我今天上午收到了她们的回信呢。”

“我是不会喜欢那两个艾伦小姐的！”汉尼却奇太太大声道，“就因为她俩又老又傻，别人就得说‘好可爱哟！’我恨她们那些‘如果’‘不过’‘此外’之类的口头禅。而且可怜的露西——自作自受，该！被她俩给烦得，瘦得只剩影子了。”

毕比先生观察着汉尼却奇太太嘴里说的“那个影子”，只见

1 蹦蹦狗，可以指牌戏和球戏。这里指的是球戏，这种玩法又叫九孔戏，在地上或别的物体上掏九个洞，每个洞分值不同，然后丢出去的球或弹珠进哪个洞就获得相应的分值，理论上类似于一种简易的高尔夫玩法。

她在网球场上又叫又跳的。塞西尔没在——有他在的话，别人就不玩蹦蹦狗了。

“好吧，如果她们就要来了——不行，明妮，不许用土星。”土星是一个网球，它的表面上有一部分皮子开线了，一动起来就有一个圆环绕着它的球体运转，“如果她们就要来了，哈利爵士就会让她们在二十九号之前搬进去，而且他会划掉粉刷天花板的条款，因为那个条款让她们有些担心，然后他还要增补一条正常损耗方面的约定。——那一下不算啊，我都跟你说了不准用土星的。”

“用土星玩蹦蹦狗其实还好吧。”弗雷迪大声说着，也跑过来玩，“明妮，不要听她的。”

“土星弹都弹不起来。”

“土星能弹。”

“不，它弹不起来。”

“行啦，它比美艳白罗刹[1]还能弹呢。”

“小点声，亲爱的。”汉尼却奇太太说。

“可是你们看露西——嘴上说土星这不好那不好，手里却一直捏着美艳白罗刹，随时都要把它给塞进去了。就得这样，明妮，往她面前冲啊——拿球拍打她小腿——打小腿，打翻她！”

露西摔倒在地，美艳白罗刹从她手里滚落。

毕比先生把那个网球捡了起来，说道：“这个网球的名字是维克托莉雅·科隆博纳，谢谢。”只可惜他的纠正理都没人理。

弗雷迪拥有一种把小女孩激怒到火冒三丈的才能，他这方

---

1 源自剧作家约翰·韦伯斯特（1580—1634）的血腥名作《白罗刹》，女主角是维克托莉雅·科隆博纳。

面几乎说得上天赋异禀，也就那么一会儿工夫，他就害得明妮从一个乖宝宝变成了吱哇乱叫的野孩子。塞西尔在山坡顶上的房子里，都还能听见他们的吵闹声，就因为这个，他虽然装了一肚子的有趣消息，也没有下去说给众人听，免得他自己受伤。他倒不是个胆小鬼，他可以像任何一个男人那样忍受必要的伤痛，可是他讨厌年轻人之间那种身体暴力。他的看法多有先见之明啊！果不其然，这种事总会以一场大哭来结束。

“要是那两位艾伦小姐见到这场面才好呢。”露西正在照料受伤的明妮，反而被弗雷迪抱得双脚离地，毕比先生当即评论说。

“哪两位艾伦小姐？”弗雷迪喘着粗气问。

“她们已经租下了茜茜别墅。”

“不是那个名字吧——”

正说着，他脚底踩滑了，然后他们就特别让人喜闻乐见地在草地上摔成了一团。这种大快人心的小插曲，总是那样转瞬即逝。

“不是哪个名字啊？”露西问，她弟弟的脑袋枕在她的膝盖上。

“租走哈利爵士别墅的人，名字可不叫艾伦。”

“你就瞎说吧，弗雷迪！这事你知道什么呀。”

“你自己才瞎说呢！我刚刚才见过他，他跟我说：‘嗯哼！汉尼却奇。’”弗雷迪模仿起来毫无差别，连咳嗽也不漏掉——“‘嗯哼！嗯哼！我可算是捞到了一位真正合——人——心——意的房客呢。’我说：‘了不起啊，老头！’然后拍了拍他的背。”

“这话是没错啊。说的是那两位艾伦小姐吧？”

“才不是。更像是安德森什么的。”

“好家伙，这下怕不是还得再来一场乱子吧！”汉尼却奇太太嚷道，“发觉没有，露西，我可是一直都没说错吧？都告诉你了不要掺和茜茜别墅的事，我一直就是这么准。老这样一直说得这么准，我都觉得很不对劲了呢。”

“这不过是弗雷迪又一次犯糊涂罢了。弗雷迪假装说租别墅的不是艾伦小姐而是别人，可他连那些人叫什么都不知道。”

“错了，我还真就知道。我想起来了，是爱默生。”

“你说叫什么？”

“爱默生。赌不赌，赌什么随便你。”

“哈利爵士可真是见风就倒。”露西轻声说，“但愿我没为这事操过心。”

随即她躺到地上，凝视着万里无云的天空。毕比先生对她的好印象一天胜过一天，趁机悄声教导他侄女说，要是有什么小事情不如意了，像那样的反应才算举止得体啊。

与此同时，新房客的名字也引起了汉尼却奇太太的注意，她都顾不上琢磨自己那过人的能耐了。

“是叫爱默生吗，弗雷迪？你知不知道他们是什么背景的爱默生？”

“我不知道他们是不是什么了不得的爱默生。”弗雷迪立刻抢白道。他可是很有民主精神的，就像他姐姐以及大多数年轻人一样，他自然而然地受到了平等观念的吸引，因此存在不同身份地位的爱默生这一无可否认的事实让他怒不可遏。

“估计他们是正派人。好了，露西——”露西又要坐起来，汉尼却奇太太说，“我都看出来了，你在鄙视我的话，而且认为你妈是个势利鬼。可是人就是有正派的类型和不正派的类型，要是假装没有这些区别，那可就是矫情了。”

“爱默生是个寻常得不能再寻常的姓氏了。”露西说。

她确实是在斜着眼睛往边上看。她本人坐在一个小坡上，看得见松林覆盖的一个个山丘次第下降，一直延伸到维尔德林地。你在花园里越往下走，看到的侧景就越是美不胜收。

“弗雷迪，我刚才只不过是想说，希望他们可别是哲学家爱默生的本家，那个人最讨厌了。试问，这样让你满意了没有？”

“那可不，太满意啦。”他嘟嘟囔囔地说，“而且你也会满意的，因为他们可是塞西尔的朋友啊。这样一来，”他的话里带着一环扣一环的讽刺，“你和别的那些乡村住家都可以去拜访他们了，绝对不会吃亏的。”

“塞西尔？”露西惊叫一声。

“别这么没礼貌，亲爱的。”他母亲不动声色地说，“露西，不要尖叫了，你正在养成这个新的坏习惯。”

“可是，塞西尔真的——”

“那可是塞西尔的朋友啊。”他又学着哈利爵士说，“‘而且真的特别合——人——心——意。嗯哼！汉尼却奇，我刚给他们发完电报呢。’”

她从草地上站起身来。

这对露西来说太不公平了，毕比先生非常同情她。尽管她因为艾伦小姐们碰了钉子，但在相信那是哈利·欧特威爵士造成的时候，她便老老实实地忍了下来。等到她听说此事在一定程度上是由于她的恋人作怪，她就完全有理由发出“尖叫”了。韦斯先生就是个促狭鬼——比促狭鬼还要坏心眼的家伙：他居心不良，爱给人使绊子。牧师对此心知肚明，于是比往常还要关切地注视着汉尼却奇小姐。

当她惊叫说："可是塞西尔认识的爱默生们——他们不可能就是那些人，毕竟存在——"这话并不让他感到意外，不过他也从中寻出了一个由头，正好趁着她恢复镇静的当儿转移话题。

他说了这样一些言语来把话头绕远："你是说当时在佛罗伦萨的那两个爱默生吗？不对，我估计应该不会是他们。他们跟韦斯先生的朋友怕是天差地别呢。这么说吧，汉尼却奇太太，他们是最古怪的人！最奇特的人！至于说我们，我们当时挺喜欢他们的，对不对？"他又转向露西说："当时因为一些紫罗兰还闹了好大一出戏呢。他们把紫罗兰摘回来，给两位艾伦小姐房间里所有的花瓶都插满了，就是这两位没有来成茜茜别墅的艾伦小姐。可怜的老妇人！她们当时特别震惊，又特别开心，在当时这是凯瑟琳小姐讲得最棒的故事之一了。'我那亲爱的姐姐特别喜欢花。'故事总是这样开头。她们发现整个房间都是一大片的蓝——那么多花瓶和坛坛罐罐里都插满了。不过故事总是这样结束的，'多么粗鲁无礼，却又多么美好啊。'要想让她俩完全满意，可从来都不是容易的事。对了，我总是把在佛罗伦萨遇到的那两个爱默生跟紫罗兰联系在一起。"

"'准你输'这次可把你给坑了。"弗雷迪没瞧见他姐姐的脸已经气得通红，火上浇油道。她已经没法平息下来。毕比先生看在眼里，便继续把话头引开。

"刚说的这两个爱默生是父子俩——那个儿子是个年轻人，哪怕说不上好心，长得也算好看。我认为他倒不是个傻子，就是非常不成熟——悲观情绪之类的。真让我们感到特别可乐的是那个父亲——这么个多愁善感的活宝，可是人们宣称他谋害了自己的妻子呢。"

要是在正常状态下，毕比先生决不肯乱传这样的闲言碎语，不过这会儿露西正被她那小小的苦恼折磨着，他这是在拼命想护着点儿她。他听见过的任何胡说八道，只要是想得起的，他都照直说出来。

“谋害了他的妻子？”汉尼却奇太太说，“露西，别扔下我们——接着玩蹦蹦狗好了。说真的，那个贝托里尼旅馆肯定是个最古怪的地方，跑那儿去的杀人犯，我这都已经听说两个啦。夏洛特当时究竟在干什么，居然会去住那种地方？我看，过一阵我们还真得请夏洛特来这里一趟。”

毕比先生想不起哪来的第二个凶手，便暗示他的女主人误会了。因为这么一丝隐晦的异议，她一下子来了精神。她完全肯定，确实有第二名游客，关于他，有人讲过一个同样的凶杀故事。那个名字她一时想不起来了。他叫什么来着？哎哟，他叫什么来着？为了那个名字，她不由得抱住膝盖苦思冥想。好像是萨克雷小说中的某个人名吧。她拍了一下自己那富态端庄的前额。

露西问他弟弟，塞西尔在没在屋里。

“喂，别走啊！”他喊了一声，想抓住她的脚踝。

“我必须走。”她严肃地说，“别犯傻了。你跟人玩闹的时候总是不知道分寸。”

正当她离开他们之际，她母亲高喊出的那一声“哈里斯”，震得宁静的空气都颤动起来。那喊声也提醒她，她撒了个谎，还一直都没给它圆过去。还是这么无谓的一个谎话，偏偏它惊得她魂飞魄散，害得她把这些爱默生，塞西尔的朋友，跟两个一言难尽的游客联系到一起。迄今为止，她一直是自然而然地说真话。她意识到，今后她一定要更警觉，而且要——绝对的诚实？好吧，不管怎样，她可千万不能撒谎。她匆匆地沿着花园往上走，还在因为羞愧感到脸上发烫。塞西尔一句话就可以让她平静下来，她有这个把握。

“塞西尔！”

“你可来了！”他喊了一声，从吸烟室的窗户里探身出来，看起来兴致勃勃的。“我刚刚还在盼着你来呢。我听见你们都闹成一团了，不过我这里有更好玩的呢。我，就连我，也为喜剧女神赢得了一次重大胜利。乔治·梅瑞狄斯[1]是对的——喜剧的目标和真相的目标确实是一致的。而我，就连我，也给那个倒霉催的茜茜别墅找到了租户。别发火！别发火啊！听我说完你就会原谅我的。”

他满脸放光的样子看起来极有魅力，刹那之间，他就驱散了她那些荒谬又不祥的预感。

“我都听说了。”她说，“弗雷迪已经告诉我们了。塞西尔，你这个捣蛋鬼！只怕我不原谅你都不行了。想想我费了多少精神，结果全白忙了！那两位艾伦小姐确实有点儿烦人，而我也更愿意接受你那些可爱的朋友。可是你就不应该这样取笑别人。”

“我的朋友？”他笑道，“可是，露西，整个儿的笑料这才开始抖呢！上我这儿来吧。”然而她就在原先的地方站着不动，“你知道我是在哪儿跟这些理想租户见面的？在国家美术馆，上礼拜我去看望我母亲的时候。”

“多古怪的地方啊，在那里碰头！”她紧张地说，“搞不懂

1 乔治·梅瑞狄斯（1828—1909），英国小说家、诗人，代表作有《利己主义者》等。他善用内心独白和心理分析，被认为是意识流写作的先驱，影响了包括哈代、伍尔夫、福斯特、劳伦斯等在内的大量后辈名家。

你们怎么想的。”

“就在翁布里亚[1]室，之前完全不认识。他们当时在欣赏卢卡·西诺雷利[2]的作品——那样子当然非常愚蠢。不过，我们还是攀谈起来了，他们很让人提神醒脑，那可不是一点半点。他们以前去过意大利呢。”

“可是，塞西尔——”

他兴高采烈地继续往下讲。

“聊天过程中他们说是想在乡下租一个小房子——父亲住在那里，儿子跑那里去度周末。我就想，这可是让哈利爵士出丑的好机会！于是我就要了他们的地址和一个伦敦的证明人，发现他们也还不是真正的无赖——这可真是绝妙的玩笑啊，然后就给哈利爵士写了信，假装——”

“塞西尔！不行，这样不公平。我以前说不定见过他们的——”

他打断她的话。

“绝对公平了，能惩治势利之徒的事就叫公平。那个老人对这一带会大有好处的。哈利爵士再捎带上他那些‘没落的人家闺秀’，实在太让人反感了。我本来就想着要找时间教训他一顿呢。这可不成啊，露西，不同阶层应该互相往来，要不了多久你就会同意我的想法。应该有互相通婚——诸如此类。我可是信奉民主的——”

1 翁布里亚，意大利中部地区，重要城市有首府佩鲁贾、奥维多等，距离罗马和佛罗伦萨都不远。这个地名也是文字游戏，暗示“惹恼”（umbrage）。露西接下来会被塞西尔的话惹怒。

2 卢卡·西诺雷利（1445—1523），意大利画家，独创透视前缩画法，代表作有系列壁画《最后的审判》等。

“不对，你才不信呢。”她厉声说，“你就不懂这个词是什么意思！”

他瞠目结舌地看着她，又一次感到她不具备达·芬奇画中人那种神秘与沉静。“不对，你才不信呢！”她的模样毫无美感可言——却像是一个坏脾气的悍妇。

“这不公平，塞西尔。我怪罪你——我真的太怪罪你了。你就没有权利去破坏我帮两位艾伦小姐做的那些事，让我显得那么可笑。你把这个说成是让哈利爵士出丑，可是你明白没有，被这一切害得丢人现眼的是我？我认为你干的这事就叫极度不忠！”

她扔下他走了。

“这暴脾气！”他惊怒交集地想。

不对，势利眼可比暴脾气还要糟糕。只要露西认为是他自己那些精明的朋友要取代两位艾伦小姐，她就并没有不高兴。他是看出来了，这些新租户可能会有教育意义的。他会容忍那个父亲的唠叨，却要撬开那个儿子的嘴巴，因为后者是个闷葫芦。为了喜剧女神和真理的利益起见，他会把他们带到大风山庄来。

11

在韦斯太太陈设讲究的公寓里

喜剧女神虽然有能力守护自己的利益，却没有轻视韦斯先生的帮助。他把爱默生父子带到大风山庄的念头让她感到着实绝妙，于是她把洽谈推进得极为顺利。哈利·欧特威爵士签署了协议，见过了爱默生先生，不出所料地感到失望。那两位艾伦小姐则不出所料地被得罪了，便给露西写了一封冠冕堂皇的信，她们把租房失败的责任归咎于她了。毕比先生为这些新来的安排了些开心事，告诉汉尼却奇太太说，等他们一来，弗雷迪就应该去拜访他们。至于哈里斯先生，他历来就不是什么悍勇的匪类，事实上，以喜剧女神智谋之深，自然是允许他俯首就擒、被人遗忘，再不声不响地死去。

露西——从光辉灿烂的天堂堕入凡间，那里有群山，也就有了阴影——露西一开始陷入了绝望，不过她略微思量一阵，认为此事简直连最小的问题都算不上，也就镇定起来。既然她都订婚了，爱默生父子不可能再来冒犯她了，他们搬来这里应该受到欢迎。塞西尔带任何人来这里居住都应该受到欢迎，因此塞西尔带爱默生父子来也应该受到欢迎。只可惜，正如我所说，这费了她一番思量，而且——姑娘们多么缺乏逻辑啊，本来不是什么大事，被她想过之后，却显得严重和可怕了许多。让她高兴的是，原定看望韦斯太太的日子如今可算到了。等租户搬进茜茜别墅时，她已经安然无恙地躲进了伦敦的公寓里。

“塞西尔——塞西尔亲爱的。”那天晚上她一到伦敦，就低声喊着他的名字，悄悄钻进他的怀抱。

塞西尔也变得热情奔放起来。他看出露西心中已经燃起了那股必不可少的激情，她总算像个女人的样子，渴望他的爱怜了，而且她仰慕他，因为他是个男人。

“小东西，这么说你真的爱我了？”他悄声问。

“啊，塞西尔，我爱你，爱你！我不知道没有你我该怎么办。”

几天之后，她收到了巴莱特小姐的一封信。

表姐妹两人之间的关系突然就变得冷淡起来，自从八月分别后，她们就没有通过信。这份冷淡要从夏洛特称之为“出奔罗马”的时候算起，它在罗马期间急剧地恶化了。因为在中世纪氛围中只是志趣不投的伙伴，在古典氛围中就会变得让人火冒三丈。在古罗马广场遗址上，爱为他人着想的夏洛特，足以让脾气比露西好得多的人也感到心力交瘁，而有一次在卡拉卡拉浴场，她们甚至怀疑这场结伴旅行还能不能继续下去。露西说她要去跟韦斯家的人一起——韦斯太太认得她母亲，所以这计划并无不妥，而巴莱特小姐则回答说，对于被突然抛弃这种事，她已经习以为常。最终什么事也没发生。但那种冷淡之感徘徊不去，而且对露西来说，当她拆开那封信并看完下面的内容后，这感觉又进一步恶化了。那封信是从大风山庄转寄来的。

最亲爱的露琪亚：

我可算有你的消息了。拉维西小姐骑车到了你们那一带游玩，可她不确定她的拜访是否会受到欢迎。她的车胎在夏日大街附近给扎破了，等着修补车胎的时候，她愁眉苦脸地坐在那座美丽的小教堂墓地里，她惊讶地看见，对面的一扇门打开了，爱默生家两个男人中年轻的那个走了出来，他说他父亲刚租下了那所房子。他当时说，他不知道你就住在那附近（？）。他连请埃莉诺喝一杯茶的话都没有一句呢。亲爱的露西，我非常担心，因此我劝告你，把他以前的所作所为向你妈妈、弗雷迪以及韦斯先生都说清楚吧，他们会采取禁止他踏进你们家的门等措施。那件事就是飞来横祸，我估计你都已经告诉他们了吧。韦斯先生太爱生气，我还记得在罗马的时候我经常把他惹怒。我对这一切都感到很难过，如果不提醒你，我心里是不会觉得踏实的。

相信我吧，

担心你又喜欢你的表姐，

夏洛特

于潭桥泉

九月

露西非常恼怒，便写了下面这样一封回信：

亲爱的夏洛特：

多谢你的提醒。爱默生先生在山上做出无礼之举后，你让我保证不要告诉我妈，因为你说她会怪你没有一直跟着我。我一直遵守着承诺，现在也不可能告诉她了。我对她和塞西尔都说过，我在佛罗伦萨见过爱默生父子，他们是值得尊敬的人——我真是这么想的，他之所以没请拉维西小姐喝茶，估计是因为他自己当时也没有茶喝吧，她该去教区长家问问的。都到这步田地了，我不可能再把事情闹得满城风雨，你肯定明白，那样就太荒谬了。要是让爱默生父子听说我抱怨过他们，他们会认为自己很重要，这恰恰与他们的真实身份相反。我喜欢那位年老的父亲，希望再次见到他。至于那个儿子，见面的时候我也只会为他感到遗憾，而不是为我自己。他们对塞西尔来说也算认识的人了，塞西尔现在身体非常健康，前几天才说起过你呢。我们预计会在一月份结婚。

拉维西小姐应该没法告诉你太多跟我有关的事吧，因为我压根就不在大风山庄，而是在这里。请不要再往信封上写“亲启”了，没有谁会私拆我的信的。

挚爱你的，

露·M. 汉尼却奇

于波尚大厦[1]，伦敦西南区

隐瞒有这样的不利：我们会失去分寸感；我们无从辨别那秘

1 波尚大厦，疑指靠近帕丁顿火车站和布鲁姆斯伯里的波尚庄园（Beauchamp Lodge）一带，当地非常接近伦敦中心区，同时又是两条运河的交汇处，风光优美，被英国诗人罗伯特·白朗宁称为小威尼斯。

密重要与否。跟露西和她表姐躲在一起见不得光的，究竟是塞西尔发现后足以毁了他人生的大事，还是他会一笑置之的小事？巴莱特小姐暗示了前者，也许她是对的，它现在已经变成大事了。要是让露西自己来处理，她肯定已经坦率地告诉她的母亲和恋人了，那样它就还是小事。“是爱默生，不是哈里斯”；几个星期之前，也就这么点事。就算是现在，他们正在笑谈曾经在塞西尔的学生时代让他心碎的某位美丽小姐之际，她也试图告诉他。不过她的身体反应特别怪异，她只好先不说了。

她和她的秘密在这个被许多人抛弃的大都会里继续待了十天，其间她参观了那些他们后来非常熟悉的地方。塞西尔认为，尽管社交圈子里的人都跑去了高尔夫球场或者猎场，但了解一下社交准则对她没有坏处。正是已凉天气，这对她也没有坏处。尽管处于度假旺季，韦斯太太还是勉强拼凑了些人来办了一场晚宴派对，参加的全都是一些名流的孙辈。饮食倒也罢了，但是那些交谈中有一种语带机锋的厌倦感，给这姑娘留下了深刻的印象。似乎这些人把一切事情都看厌了。他们对热衷的话题展开唇枪舌剑，只不过是为了优雅地败北，然后在周围同情的笑声中重振旗鼓。在这样一种氛围中，贝托里尼旅馆和大风山庄显得同样粗俗，于是露西意识到，她的伦敦经历会让她跟之前喜欢的一切都有所疏离。

那些名流孙辈请她弹钢琴，她便弹了舒曼的曲子。“现在弹点贝多芬吧。”当那幽怨缠绵的柔美琴声消失之后，塞西尔喊道。她摇了摇头，接着弹舒曼的作品。旋律升起来，带着意义不明的迷人之感。琴声暂停了一会儿，又断断续续地重新响起来，自始至终都没有稳步进行过一次。这种不完满中蕴含的悲哀——

那种悲哀往往是生活本身，却绝不会成为艺术——在那些松散的乐句中律动，也让听众的神经跟着律动。在贝托里尼旅馆那架罩着罩子的小钢琴上，她从来没有这样演奏过，而且当她从外面冒险回来的时候，毕比先生自言自语的也不是“舒曼弹得太多了”。

等到客人们都已经告辞，露西也去歇息，韦斯太太便在客厅里来回踱着步，跟她儿子谈论她这场小小的派对。韦斯太太原是一名和蔼可亲的女人，不过她的性情就像其他很多人一样，已经被伦敦消磨得差不多了，毕竟，在稠人广众之间生活需要坚定的心智。她的命运之球太过庞大，已经把她给压垮了。就她的能耐而言，她见识过的社交季、城市和男人都已然过多。哪怕和塞西尔在一起，她也不够亲热，表现得就好像他不单单是一个儿子，而是，可以这么说吧，就像她的一大群子女似的。

“让露西成为我们这个圈子的一员吧。”她说。每说完一句话，她都要精明地四下扫一眼，直到再次说话时才用力张开嘴：“露西变得越来越不俗了——真的不俗呢。”

“她的演奏可是向来都不落俗套的。”

“是啊，但是她正在清除汉尼却奇家的污染——他们就算是汉尼却奇这个姓氏中特别优秀的了，不过你明白我的意思。她现在不大传仆人们的话了，也不瞎问布丁是怎么做的之类的问题了。”

“这可是被意大利熏陶的。”

“或许吧。”她低声说着，想起了那间对她来说就代表意大利的博物馆，“这是完全有可能的。塞西尔，记得明年一月要把她娶回来呀。她已经是我们这个圈子的一员了。”

“话说她的演奏！”他感叹道，“她的风格！当我像个白痴一样想听贝多芬时，她就那样继续弹舒曼！对今晚的气氛来说，舒曼才是最合适的。妈妈，你知道吧，我要让我们的孩子像露西一样受教育。在淳朴的乡下居民中间教养他们，让他们充满朝气；送他们去意大利旅行，让他们变得敏锐；那之后——只有在那之后，才许他们来伦敦。我不太信任伦敦的这些教育方式——”他突然停下来，想起自己受的正是一种伦敦式教育，便这样结束道：“不管怎么样，起码对女人是不合适的。”

“让她成为我们这些人中的一员吧。”韦斯太太重复了一句，便向着她的卧室款款而去。

正当她蒙眬欲睡之际，一声惊呼——似是噩梦中发出的惊呼，从露西的房间里传来。需要的话，露西是可以按铃叫女仆的，不过韦斯太太觉得她亲自去更显得体贴些。她看见这姑娘直挺挺地坐在床上，一只手捂着脸。

“吵到您了，韦斯太太——我刚刚做梦了。”

“噩梦吗？”

“只是很寻常的梦。”

这位人情练达的女士微微一笑，亲了她一下，明明白白地说道：“你是没听见我们刚才夸你的那些话，亲爱的，他可比以前还要欣赏你呢。梦见这个好了。”

露西回吻了她，但还是用一只手捂着脸，韦斯太太便回到床上休息。塞西尔没有被露西的惊呼给惊醒，在熟睡中打起了小呼噜。黑暗的夜色笼罩了这套公寓。

12

第十二章

骤雨初歇，尽管时令已是秋天，这个礼拜六的下午却明媚灿烂，蕴含着蓬勃的朝气，一切美好事物都占了上风。汽车驶过夏日大街，只扬起些许轻尘，汽油味很快被吹散，树木的芬芳次第登场，一会儿是湿漉漉的桦树的气息，一会儿是松树的清香。毕比先生倚在他那教区住宅的大门上，悠闲地享受着生活的惬意。弗雷迪靠在他近旁，抽着一支挂链烟斗。

“我们去打搅一下对门这些新来的如何？”

“嗯。”

“他们说不定能逗你乐一乐呢。”

弗雷迪从来没有被同胞逗乐过，所以他表示，新来的毕竟刚刚搬进来，没准儿人家正觉得忙不开呢，诸如此类。

“我说的就是去打搅他们嘛。”毕比先生说，“他们是值得打搅的。”他拔掉门闩，沿着三角形的草地，慢悠悠地走到茜茜别墅。“人呢？”他喊了一嗓子，叫声从敞开的门口传进去，里面那一片狼藉清晰可见。

一个低沉的声音回应道：“在呢。”

“我带了人来看望你们呢。”

“这就下来了。”

过道被一个衣橱堵着，搬运工没能把它搬到楼上去。毕比先生绕过它，费了好些力气才慢慢挤进去，只见客厅塞满了书籍。

“这些人很爱看书吗？”弗雷迪悄声问，“他们是那样的人吗？”

“我认为，他们懂得如何读书——这可是罕见的本事。瞧瞧他们都有些什么书？拜伦，我就知道。《西罗普郡少年》，压根儿没听说过。《众生之路》[1]，闻所未闻。吉本[2]，了不起！[3]乔治这小伙子还看德国人的书呢，嗯——嗯——叔本华、尼采……我们可以一路数下去。好吧，汉尼却奇，我看你们这一代人，读起书来很有自己的一套。”

“毕比先生，快瞧瞧那个。”弗雷迪骇然道。

在那个衣橱的檐口，漆着一句铭文：“所有需要新衣服的事业都很可疑。”[4]一看就不是漆匠干的活儿。

“知道啦，很有趣，是不是？我喜欢那句话，肯定是老先生刷上去的。”

“他可真古怪啊！”

---

1 《众生之路》，英国19世纪后半期的伟大作家塞缪尔·巴特勒（1835—1902）的自传体小说名篇，影响极大。

2 爱德华·吉本（1737—1794），英国杰出的历史学家，代表作为《罗马帝国衰亡史》。

3 这些作者的共同点是，他们身上多少都存在一点同性疑云。拜伦和豪斯曼则非常明确，前者21岁离开英国去地中海一带，与当地少年发生了很多故事，后者21岁向终身爱慕的牛津同学摩西·杰克表白遭拒，写下诗歌《我二十一岁的时候》作为纪念。这一串书名显示了牧师毕比先生的复杂心态：那么多书，他一眼就发现了一堆跟男色有关的，嘴上还要表示有的他还没听说过。

4 出自梭罗《瓦尔登湖》第一章“经济篇”，略有改动。

“想必你也同意我的看法吧？”

然而弗雷迪毕竟是他妈妈养大的，所以他觉得，人就不该糟践家具。

“看这些画！”牧师在屋子里匆匆转悠着，继续说，“乔托的作品——他们在佛罗伦萨买的，我敢肯定。”

“跟露西买的一样[1]。”

“噢，对了，汉尼却奇小姐喜欢伦敦吗？”

“她昨天回来了。”

“估计她玩得很开心吧？”

“没错，非常开心。”弗雷迪说着，拿起一本书，“她跟塞西尔比以前亲密多了。”

“真是好消息。”

“我以前没那么傻就好了，毕比先生。”

毕比没接这话茬儿。

“我妈妈觉得，露西原先差不多跟我一样傻，可是很快就会大不一样了。她会读各种各样的书。”

“你也会啊。”

“我只会读医学书，可不是那种看完以后还能作为谈资的书。塞西尔在教露西学意大利语了，他还说，她的钢琴弹得特别好，里面有各种我们都没听出来的情绪呢。塞西尔说——”

“这些人究竟在楼上干吗呢？爱默生——我看我们还是改天来好了。”

乔治跑下楼来，一声不吭地推着他们进了房间。

1 参见第十四章，这是指象征爱情的《圣约翰升天图》，说明露西在乔治扔了她的图片后又去买了一张。

“我来介绍一下汉尼却奇先生，他是我们的邻居。”

这时候，弗雷迪猛地冒出一句毛头小子才说得出来的惊人之语。他可能是出于腼腆，也可能是想表示友好，要不然，他可能是觉得乔治的脸该洗一下。不管怎么说吧，他是这么招呼人家的：“你好吗？一起游个泳呗。”

“噢，行吧。”乔治的神情纹丝不动。

毕比先生却乐坏了。

“‘你好吗？你好吗？一起游个泳呗。’”他轻声笑道，“我听见过的寒暄，要数这话最有趣了。不过，恐怕这话在男人之间才合适。若是一位女士，被第三位女士介绍给第二位女士之后，用‘你好吗？一起游个泳呗’打招呼，你能想象那场面吗？可你们还要跟我大谈男女平等呢。”

“我跟你说，男女就应该平等。”爱默生先生说，他正在从楼梯上慢慢往下挪动，“下午好啊，毕比先生。我跟你说，男女两性应当志同道合，乔治也是这么想的。”

“难道我们应该把女性提升到同等地位？”牧师质问。

“这不是有伊甸园嘛。”爱默生先生往下走着，继续说，“你们把它丢到历史的烟尘里，其实它还没有出现呢。我们只有不再厌弃自己的肉体时才进得去。”

毕比先生不承认把伊甸园丢到过任何地方。

“在这方面——不是说别的啊，我们男人是领先了，我们对肉体的厌弃可没到女人那种程度。不过，只有等到男女两性成了朋友，我们才进得了伊甸园。”[1]

1 这种思想来自美国诗人惠特曼。

“我说，还游不游泳了？”弗雷迪嘀咕道。他是被这一大坨向他紧逼过来的哲学给唬住了。

“我以前是相信回归自然之道的。可是我们就没亲近过自然，又怎么能回归呢？现在我倒认为，我们必须去发现自然。我们已经取得了诸般成就，应该返璞归真了，那可是我们的传统啊。”

“我来介绍一下汉尼却奇先生吧。您应该记得他姐姐，当时在佛罗伦萨见过的。”

“你好吗？很高兴见到你，也很高兴你带乔治去游泳。听说你姐姐要结婚了，这真是喜事。婚姻是责任，她肯定会幸福的，因为我们也认识韦斯先生，他这人特别好。他在国家美术馆邂逅我们，接着就替我们安顿好了这套怡人的宅子。不过我希望我没有惹恼哈里·欧特威爵士。我接触过的自由派地主太少啦，而且，我渴望把他对狩猎法的态度，跟保守派的态度做个比较。哟，这风吹的！你们是该去游个泳。你们这乡间真的好极了，汉尼却奇。”

“好什么呀。”弗雷迪腼腆含糊地应付着，“改个日子，我可得——我是说我应当，荣幸地来拜访您。我妈这么说来着。”

“好小子，拜访？这种客套的虚话是跟谁学的啊？你祖母才需要拜访呢！听听那些松涛，你们这乡间真的是好极啦。”

毕比先生赶来救场了。

“爱默生先生，他会来拜访您的，我也会。您或您的儿子，则要在不超过十天的时间内回访我们。估计您清楚十日往还的礼数[1]吧。我昨天帮您给楼梯打孔装栏杆，是不算正经拜访的，今天

1 按照维多利亚风俗，回拜时间要在一周到十天内，超过十天就是严重失礼。

下午他们一起游泳也不能算。”

“行吧。去游泳啊，乔治，你们干吗还说个没完呢？带他们回来吃下午茶吧，也捎点牛奶、蛋糕和蜂蜜回来。换个环境对你的健康有好处。——乔治上班一直都非常辛苦，我可不信他身体还是好好的。”

乔治点了点头。他满身灰尘，神色灰暗，身上散发着刚搬过家具的人特有的气味。

“你是不是真心想去游泳啊？”弗雷迪问道，“那就是个水塘，你不知道吧。说不定你都习惯了在更好的地方游泳呢。”

“真去——我都说‘行’了。”

毕比先生觉得有义务帮帮他的小朋友，便领头走出房子，走进松林里。那感觉太舒服了！他们走了一小会儿，耳边还能听见老爱默生先生的声音，说着祝愿和哲学之类的话。那声音消失了，他们只能听见阵阵和风吹拂着欧洲蕨和树木。

这次直指池塘的伟大远征看样子要砸了，两个同伴谁都不肯吭声。毕比先生自然是憋得住话的人，却受不了这样的沉默，只好唠叨起来。他谈起了佛罗伦萨，乔治脸色凝重，听得还挺认真，只用一些轻微却坚定的手势来表达同意或异议。他那些手势看起来扑朔迷离，就像他们头顶上的树梢那婆娑的姿态一样。

“你们居然遇到了韦斯先生，可真是巧啊！你当时意识到没有，来这里以后，你会碰到贝托里尼旅馆的所有旅客？”

“我可没想到，是拉维西小姐告诉我的。”

“我年轻的时候，一直打算写一部叫作《辑巧录》的书呢。”

毫无反应。

“话虽这样说，巧合其实比我们以为的要少得多。比如说，你们现在在这里，也不完全是巧合，仔细想想就明白了。”

乔治开始说话了，这让他松了一口气。

“就是巧合，我已经仔细想过了。这就是命，一切都是命。我们被命运撮合到一起，又被命运强行分开——被撮合，被分开。十二阵风裹挟着我们——我们身不由己——”

“你根本就没想明白嘛。”牧师责备道，“我来给你一点有益的忠告吧，爱默生，什么也别往命运身上推。别说什么‘我没干过这个’，因为你真的干了，十有八九是这样。喏，我来问你，你第一次遇到汉尼却奇小姐和我本人是在哪儿？”

“意大利。”

“韦斯先生就要跟汉尼却奇小姐成亲了，你又是在哪儿遇到他的？”

“国家美术馆。”

“在那里参观意大利的艺术。我说得没错吧，而你还要胡扯什么巧合啊、命运啊之类的。你自然而然地寻找跟意大利有关的事物，我们和我们的朋友们也是这样。这就无限地缩小了范围，我们就在这个范围里重逢了。”

“我来到这里就是我的命。”乔治固执地说，“不过你可以称之为意大利，要是这样能让你觉得好受一点的话。”

话题变得这么沉重，毕比先生不想讨论下去，赶紧想办法抽身。不过他对年轻人总是特别包容的，再说他也不想冷落了乔治。

“所以为了这件事，加上其他原因，我的《辑巧录》还是得写出来。”

沉默。

他想圆满地结束这番话，便补充道：“你们搬到这里来，我们都非常高兴。”

沉默。

“到了！”弗雷迪叫道。

“啊，太好了！”毕比先生惊喜地应了一声，抹了抹额头上的冷汗。

“里面就是那个水塘，它要是大些就好了。”弗雷迪过意不去地加了一句。

他们顺着一道铺满松针的滑溜溜的斜坡爬到头，只见水塘就在那里，镶嵌在它那个小小的绿色草坡上——就这么一方水塘，却也大到容得下人类的身躯，水清得倒映出了头顶上碧蓝的天空。因为大雨的缘故，水面上涨，淹住了环绕着水塘的草地，让它看起来就像一条美丽的翠绿小径，诱惑着众人的双脚往正中的池子里去。

“跟一般的水塘比起来，它就是特别棒的了。”毕比先生说，“这样好的一个水塘，还有什么过意不去的呢。”

乔治找一块干爽的地面坐下，闷着头解皮靴的带子。

“那一簇簇的柳兰开得多热闹啊，我对结籽期的柳兰[1]喜欢极了。这一种香喷喷的植物叫什么名字？”

谁也不知道，要不就是谁也不在乎。

“看这些剧烈的植被变化——这一小片是海绵一样的水生植物，长在它两旁的却都是要么非常坚韧，要么一折就断——欧石

1 根据理查德·梅比所著《杂草的故事》第十章《柳兰》，毕比先生喜欢的柳兰，别名法国柳，在当时的英国还不算普及。它是一种叶片如柳、花型似兰的红紫色花朵，一开一大片。结籽期有许多挺立的果荚，也是红紫色。它喷发出来的种子是绒毛状的，成絮状随风散播。

楠、欧洲蕨、越橘、松树。真是可爱，真是迷人啊。”

“毕比先生，您不来游泳吗？”弗雷迪直接扒光衣服，冲他喊道。

毕比先生不想游。

“水里多爽啊！”弗雷迪大喊一声，跳了下去。

“水也就是水而已。”乔治咕哝道。他先用水把头发打湿——明摆着没当回事，这才跟着弗雷迪走进那一池绝妙的清水里，无动于衷得就好像他是一尊雕像，而那水塘则是一桶肥皂水。他运用自己的肌肉是因为不可避免，他来清洗自己的身体也是因为不可避免。毕比先生盯着他们看，也注视着在他们头顶上丝丝缕缕随风飘浮的柳兰种子。

“噗——噗——噗——”弗雷迪嘴里吐着水，往两边分别划了两下，然后就被不知道是芦苇还是烂泥的东西给缠住了。

“值得吗？”另一个小伙子问。他站在被水淹的池边草地上，就像米开朗琪罗创造的人物似的。

土坡忽然塌了，于是，没等他权衡清楚值不值得的问题，他就掉入了那一池水中。

“呼——噗！我刚吞了只蝌蚪，毕比先生，这水太爽了，这水简直就爽上天了。”

“水还凑合。”乔治从落水的地方重新冒出来，结结巴巴吐出这几个字，就不由自主地对着太阳往外喷水。

“水里真爽啊，毕比先生，来游泳嘛。”

“噗——呕！”乔治还在吐水。

毕比先生身上有些发热，而且他只要有可能，总是肯顺着别人的。他四下打量一眼，没发现另外的教区居民，只有一株株松树，它们从四面八方拔地而起，在蓝天的映衬下彼此点头致意。这一切多么美好啊！汽车和乡间主任牧师的世界以一种无与伦比的方式远离了。泉水、天空、常绿的植物、和煦的风——这些事物，连更替的季节都无法影响到它们，肯定也处在人类侵扰不到的地方吧？

“我索性也来洗洗得了。”毕比先生说，很快他的衣物就在草地上形成了第三个小堆，随即他也亲身感受到了这水有多么让人爽快。

塘中的水原本寻常，水量也不算太多，正如弗雷迪说的那样，它给人的感觉就是在沙拉里游泳。三名绅士泡在这齐胸深的水洼里滚来滚去，就像《诸神的黄昏》中的水仙女[1]似的。然而要么是因为雨水带来了蓬勃的朝气，要么是因为太阳洒落了澎湃的热力，要么是因为其中两名绅士年纪血气方刚而另一位兴头正旺——不知怎么搞的，一种奇特的变化支配了他们，让他们忘记了意大利啊、植物学啊、命运啊之类的。他们开始打起水仗来了。毕比先生和弗雷迪互相往对方身上泼，又往乔治身上泼，却不免有点承顺颜色的意思。他一声不吭：他们便担心怕是已经把他给惹怒了。紧接着，他身上所有的青春活力都爆发了。他笑起来，朝他们猛扑过去，往他们身上泼水，躲开他们的攻击，踢他们，把烂泥往他们身上扔，结果把他们都从水塘里赶了出去。

“正好我们来比一比，看谁跑得快呗。”弗雷迪喊道。于是他们在阳光下比试起来，乔治抄了近道，却弄脏了小腿，只好再

1 《诸神的黄昏》是瓦格纳的四联歌剧《尼伯龙根的指环》中的最后一场，水仙女指剧中守护魔金的莱茵河三女神。“诸神的黄昏”在英语中有多种含义，其中一种是“动荡的结束”，暗示本章会出现一个非常混乱的局面。

去洗一次。然后毕比先生同意了参加赛跑——这可真是令人难忘的一幕呀。

他们跑来跑去好把身体吹干，他们下水游泳好让身体凉爽起来，他们在柳兰和欧洲蕨中钻来钻去扮演印第安人，他们跳到水里去把身体洗干净。然而那三小堆衣物一直毫不起眼地盘踞在草地上，分明是在说："别搞错了，我们才是最要紧的呢。没有我们，什么事都开展不了。一切的肉身最终都会来求助于我们的。"

"达阵了！达阵了！"弗雷迪大喊着，一把抓起乔治的那堆衣服，把它们摆在一根假想的球门柱边上。

"足球[1]规则。"乔治回敬一句，飞起一脚，把弗雷迪那堆衣服踢得散落满地。

"射门！"

"射门！"

"传球！"

"当心我的表！"毕比先生喊道。

各种衣物四处乱飞。

"当心我的帽子！行了，弗雷迪，踢两下得了。好了，穿衣服吧。不许再踢了，嘿！"

然而那两个年轻人都玩疯了。他们轻快地掠进树林里，弗雷迪腋下夹着一件牧师穿的西装马甲，乔治把一顶宽边呢帽扣在湿漉漉的头发上。

"到此为止了！"毕比先生想起这毕竟是在他自己的教区，

1 此处指英式足球，区别于上述的橄榄球。

连忙大吼。随即他的声音都变了，就像每一株松树都是一位乡间主任牧师似的。“嗨，当心！我都看见有人来了，你们这两个家伙！”

仍然是你一声我一声地大喊大叫，仍然在星星点点地扔着各种衣物的地面上，绕更大的圈子你追我赶地疯跑。

“嗨！嗨！女士们来了！”

不管乔治还是弗雷迪，都不是真正的文雅人。此外，他们没听见毕比先生最后一句警告，不然他们肯定已经避开汉尼却奇太太、塞西尔和露西了，这三人正顺着这条路去拜访老巴特沃斯太太呢。弗雷迪唬得把西装马甲在他们跟前一扔，一头冲进一丛欧洲蕨。乔治就在他们眼皮底下大喊大叫，此时掉头就跑，飞一般地沿着小路往水塘边掠去，脑袋上还戴着毕比先生的帽子。

“我的天！”汉尼却奇太太惊叫道，“那些倒霉蛋到底是谁啊？哎呀呀，孩子们，别看这儿！连可怜的毕比先生也有份儿！究竟发生什么事啦？”

“赶紧往这边走吧。”塞西尔吩咐道。他始终都认为，他必须给妇女引领方向，虽然不知道领到哪里去；而且必须保护她们，尽管他也不知道要防止什么样的伤害。眼下他就领着母女俩，直奔一丛欧洲蕨而去，弗雷迪就坐着躲在里面。

“哎呀，可怜的毕比先生！我们扔在路上没管的是他的西装马甲吗？塞西尔，毕比先生的西装马甲——”

“跟我们没关系。”塞西尔粗鲁地打断她，随即瞟了一眼露西。只见她用遮阳伞把自己整个儿挡住了，显然觉得“有关系”。

“估计毕比先生又跳回水塘里去啦。”

“往这边走啊，拜托，汉尼却奇太太，这边。”

她们紧跟着他走上水塘边的斜坡，显出一副绷着脸却又若无其事的表情，对女士们来说，遇到诸如此类的情况，这样的表情是得体的。

“唔，我是真没辙了。”一个声音就在前面说道，接着弗雷迪那长着雀斑的脸和雪白的肩膀从欧洲蕨的枝叶间冒了出来，“我总不能让你们从我身上踩过去，对吧？”

“老天爷啊，亲爱的，闹半天是你啊！你办的这叫什么糟心事啊！家里冷热水都装好了的，你就不能待在家舒舒服服地洗个澡？”

“妈，你听我说啊，一个大小伙子他总得洗澡，洗完了他也还得晒干，而且要是另一个大小伙子——”

“亲爱的，什么也别说了，你跟往常一样总是对的，可是你现在这样子还跟我顶什么嘴啊。到这儿来吧，露西。”她们转过身，“哎呀，看——别往那儿看！唉，可怜的毕比先生！怎么又这么倒霉啊——”

因为毕比先生正在从水塘里爬出来，那水面上真真切切地漂着各种亵衣亵裤。就在此时，乔治，那个厌世的乔治，冲着弗雷迪嚷嚷他钓到了一条鱼。

“我嘛，我可都吞下去一条啦。”躲在欧洲蕨丛中的小子回答道，“我活吞了一条蝌蚪呢，它刚才在我的肚子里扭来扭去的。我就要死了——爱默生你这个讨厌鬼，凡是我喜欢做的事你都要跟我争。”

“小点声，好孩子。”汉尼却奇太太发现要继续装作震惊是不可能的了，索性道，“一定要记得先把身上的水完全擦干了啊，感冒着凉都是因为没有全擦干引起的。”

“妈妈，赶紧走吧。”露西说，“唉，看在上帝的份儿上，赶紧走啦。”

“你们好啊！”乔治喊了一声，两位女士只好再一次停下来。

他竟把自己当成衣冠整齐的人了。明明是光着脚丫子，袒胸露乳的，映衬着幽暗的树林，他看起来却是神采飞扬而又潇洒可喜，就这样兴冲冲地对她喊道：“你好啊，汉尼却奇小姐！你好！”

“鞠个躬吧，露西。最好鞠个躬。这人究竟是谁啊？我先鞠个躬再说了。”

汉尼却奇小姐鞠了一躬。

当天晚上外加整整一夜，塘里的水流走了不少。到了第二天，水塘缩回到原来的大小，失去了先前的炫目光彩。它曾是一场对肉体本性和松懈意志的召唤，是一份转瞬即逝却影响长存的赐福，是一次神迹，是一段魔咒，也是一只临时的圣杯，让他们倾注并畅饮了青春的激情。

13

巴莱特小姐的锅炉是如何令人厌烦的

有多少次，露西曾经在心里默默地想象这样的鞠躬、这样的见面！不过她一直想象这些都发生在室内，好歹都要穿着衣服什么的——我们想必有权利假设就是这种情形。谁能料到，她和乔治两个人会在一大堆扯坏之后乱扔在太阳地里的外套啊、领子啊、靴子啊之类的包围中，以这样斯文扫地的方式相遇？她想象过，再遇到那位年轻的爱默生先生时，他可能会有些害羞、有点病态，或是态度冷淡，也有可能暗藏着一些不要脸的心思，对这一切她全有准备。可她完全没设想过这样一位爱默生先生，他居然会很开心，而且用晨星般的欢呼来迎接了她。[1]

她本人就在室内，一边陪着老巴特沃斯太太一起吃下午茶，一边暗想，要精准地预料到未来是根本没有法子的，要想对人生进行预演也不可能办到。只要场景出点差错，或者观众中出现某

1 这里浓缩了《圣经》中两个晨星典故，既指乔治当时背对树影的神采，又指他的欢呼，两者都给露西留下深刻印象。典故见《传道书》50:6："他如同乌云中的晨星"；《圣经·旧约·约伯记》38:7："那时晨星一同歌唱，神的众子也都欢呼。"——引文据《钦定版圣经》牛津大学出版社2008年版。

个面容，或者观众跑上舞台，然后我们所有那些精心编排的手势都变得没有意义，或者显得过犹不及了。“我愿意鞠躬。”她曾经这样想过，“可我不会跟他握手，那才是得体的举止。”她确实鞠躬了——可是对谁鞠躬了呢？对那些天神，对那些英雄，对小女生的那些胡思乱想！她是隔着妨碍了整个世界的那些垃圾鞠躬的。

脑子里虽然翻腾着这些乱纷纷的念头，她的心思却在塞西尔身上。这是订婚后又一次可怕的走亲访友。巴特沃斯太太想见见塞西尔，可他不想让她见到自己。他也不想听那些围绕绣球花的闲谈，以及它们在海边为什么就会变颜色，他不想参加慈善组织协会。当他生气的时候，他总是绕来绕去地说话，明明说“是”或“否”就行，他偏要作出冗长而油腔滑调的回答。露西一边安抚他，一边为他说的话收拾烂摊子，她显出的这种本事倒让人觉得他们婚后大有可能和睦相处。没有谁是完美无缺的，结婚之前就发现彼此的缺点显然更明智。实际上是巴莱特小姐教会了这姑娘，我们的生活中没有什么如意的事，而这种教育并非言语点拨，而是亲身示范。露西尽管不喜欢这位师父，却认为她的教诲非常深刻，也就把这教导运用到自己的恋人身上了。

“露西。”她们回家后，她母亲说，“塞西尔有什么不对劲吗？”

这问题可不是什么好兆头。直到现在为止，汉尼却奇太太都表现得既宽容又克制。

“不会吧，我觉得没什么不对劲啊，妈妈。塞西尔好着呢。”

“那他可能是累着了吧。”

露西只得退一步说，塞西尔可能确实是有点累了。

“因为若不是这样——”她母亲把帽子上的别针挨个往外拔，越拔越不高兴，“因为若不是这样，我都没法解释他的行为了。”

“我是真觉得巴特沃斯太太挺烦人的，如果你指的是这个的话。”

“是塞西尔让你这么想的吧。你还是小姑娘的时候，多喜欢她啊。而且你得伤寒期间，她对你好得都没法说。不对——他走到哪儿都总是这个样子。”

“让我先帮你把帽子收起来，好不好？”

“就半个小时而已，莫非他连好好回答人家的话都办不到？”

“塞西尔对人有一种非常高的标准。”露西眼见麻烦就要临头，忙磕磕巴巴地解释，“这是他那些原则的一部分——其实就是那些原则让他有时候显得——”

“呸，胡说八道！要是高标准搞得一个年纪轻轻的人没有礼貌，他越快扔掉这些原则越好。”汉尼却奇太太说着，把帽子递给她。

“咳，妈妈！我都见过你自己对巴特沃斯太太发脾气呢！”

“那也不是用那种方式。有时候我恨不得掐断她的脖子，但绝不是用那种方式。错不了，塞西尔走到哪儿，对人都是这个态度。”

“对了——我都还没告诉你呢，我在伦敦的时候，收到过夏洛特的一封信。”

这个转移话题的把戏实在太幼稚了，汉尼却奇太太对此感到很愤怒。

“自打塞西尔从伦敦回来以后，就好像什么都不能让他满意。不管什么时候我只要一说话，他都要皱眉——我亲眼看见的，露西，你反驳我也没有用。是啊，我既不懂艺术，也不懂文学，又没什么才智，还不懂音乐，可是我也拿客厅的家具没办法啊。你爸爸买都买了，那我们就得凑合着用，塞西尔就不能勉为其难地记着点儿这事吗？！”

“我——我明白你的意思了，塞西尔当然不应该那样。不过他不是故意要无礼的——他跟我解释过一次。是那些东西让他不高兴了——他很容易为不好看的东西感到烦恼。他并不是对人无礼啊。”

“弗雷迪唱歌的时候，牵扯的是东西还是人呢？”

“你总不能指望一个真正懂音乐的人像我们这样喜欢滑稽小调吧。”

“那他为什么不从屋子里出去啊？为什么要坐在那里又是扭来扭去又是冷嘲热讽的，破坏每个人的好心情？”

“我们对人可不能不公平啊。”露西嗫嚅道。某种东西让她变得没有底气了，而帮塞西尔找的理由，在伦敦的时候她组织得堪称十全十美，偏偏没法以预想的状态说出口。两种文化已经发生了冲突——塞西尔暗示过它们可能会这样，让她眼花缭乱又晕头转向，就像是聚集在整个文化背后的光彩，已经照花了她的双眼。优雅的品位和糟糕的品位只不过是流行的说法、不同款式的时装而已。音乐本身则消解成了穿越松林的沙沙声响，到了这种地步，正经歌曲和滑稽小调已经无法区别了。

汉尼却奇太太为晚餐换衣服之际，露西仍然感到异常尴尬。她偶尔说上一两句话，却于事无补。事实没法掩饰，塞西尔就是故意要显得目中无人，他也确实成功了。然而露西——她也不知道为什么，只恨这事引起的麻烦偏偏就在这节骨眼上发作了。

“去换衣服吧，亲爱的。别耽误了吃晚饭。”

“好的，妈妈——”

“别说着‘好的’却动都不动，赶紧去。”

她顺从地离开了，却郁郁寡欢地在楼梯间的窗前徘徊。这窗户朝北，所以见不着什么景色，天空则完全看不见。现在，那些松树就悬在她眼前，就跟冬天的时候一样。这扇窗户让人把它跟沮丧联系起来。其实并没有具体的问题威胁到她，可她还是暗自叹气：“噢，天哪，我该怎么办？我该怎么办啊？”在她看来，其他人一个个的都表现得很糟糕，而且她就不该提到巴莱特小姐的信。她得更谨慎一些了，她母亲是非常爱刨根问底的一个人，本来说不定都问起信里写了什么。唉，天哪，她该怎么办呢？——就在这时候，弗雷迪蹦蹦跳跳地跑上楼来，成了又一个表现不好的人。

“我跟你说，那俩都是特别棒的家伙。”

“亲爱的，你可真是个长不大的孩子啊，太让人讨厌了！你竟然带他们去圣湖游泳，真是岂有此理，那地方来来往往的人太多了。你自己是无所谓，可是对别人来说，每个人都特别尴尬。你以后可长点心吧，你忘了我们这地方已经变得非常像郊区啦。”

“我说，下星期有什么安排啊？”

“据我所知，没有。”

“那我想请爱默生父子俩上这儿来打星期天网球。”

“啊，我要是你就不会那样做，弗雷迪。本来就够乱的了，我要是你就不会那样做。”

“是网球场有什么问题吗？要是有一两个地方不平整，他们也不会介意吧，何况我都订购新网球了。”

“我的意思是，最好别请他们来。我真这么想的。”

他抓住她的胳膊肘，搞笑地带着她在走廊里来来回回地跳舞。她假装并不在意，其实差点就恼怒地尖叫起来了。塞西尔去洗手间时瞥了他们一眼，接着他们又挡住了玛丽的路，以及她小心护着的那些热水罐子。这时汉尼却奇太太推开门，说道：“露西，你们太吵了！我有话跟你说，你说你收到了夏洛特的一封信，是吧？”弗雷迪便扔下她跑开了。

“是啊，我真的不能逗留了，我也得换衣服去。”

“夏洛特怎么样啊？”

“挺好的。”

“露西！”

倒霉的姑娘只好回去了。

“你有一个坏毛病，人家话没说出口你就急着开溜。夏洛特提到她家的锅炉没有？”

“她的什么东西？”

“十月份她得请人帮她拆修锅炉，她浴室里的蓄水箱也需要清洗，还有各种各样的烦心事，你都不记得了？”

“我哪能记住夏洛特所有的烦恼啊。”露西心烦意乱道，“你都已经对塞西尔不满意了，我自己就要有说不完的烦恼啦。”

汉尼却奇太太差点就火冒三丈，不过她终究没有发作，反而说：“过来，大小姐——谢谢你帮我收好了帽子——吻妈妈一下。”就这样，虽然这世界上没有十全十美的事物，可是就在那一刻，露西感到，她母亲、大风山庄以及夕阳下的维尔德林地，都变得完美无缺了。

于是生活中的小矛盾就这样结束了，在大风山庄这是常态。

往往是在最紧要的关头，家庭关系令人绝望地面临危机的时候，总有一名家庭成员主动来纾解冲突。塞西尔对他们这些办法很看不上眼——也许他也有他的道理。不管怎样，那又不是他自己的办法。

晚餐时间是七点半。弗雷迪急促不清地念完餐前祈祷，随即他们把沉重的椅子拖近桌边，开始吃饭。好在男人们都饿了，一直到上布丁的时候，都没生出什么枝节。

这时候弗雷迪说："露西，爱默生这个人怎么样？"

"我在佛罗伦萨见过他。"露西说，希望能这样糊弄过去。

"他是那种聪明的类型，还是一个正派的家伙？"

"问塞西尔吧，是塞西尔把他带到这里来的。"

"他是个聪明人，就跟我本人一样。"塞西尔说。

弗雷迪怀疑地看着他。

"你住在贝托里尼旅馆的时候跟他们有多熟悉？"汉尼却奇太太问道。

"哦，也就勉强认识罢了。还有，夏洛特跟他们比我还不熟呢。"

"是吗，这话倒提醒我了——你还没告诉我呢，夏洛特在信里都说什么了。"

"好多鸡毛蒜皮的事呢。"露西说，不知道在不撒谎的情况下，她究竟还能不能吃完这顿饭，"其中一件事是说，她有一个很讨厌的女性朋友，当时正骑着自行车经过夏日大街，又拿不准是否该来看看我们，不过她总算发了善心没来。"

"露西，你这话说得，那叫一个刻薄。"

"她可是个写小说的呢。"露西狡猾地说。这话说得可太是时候了，因为再也没有比把文学交给女性来打理更让汉尼却奇太太恼怒的了。为了抨击那些通过著书立说（却不肯料理家务照管孩子）来寻求浮名的女人，她舍得放弃一切话题。她的看法是“如果一定要写书，就让男人去写嘛”。然后她揪着这话说个没完，直到塞西尔打起了哈欠，弗雷迪也用李子核玩起了“要么今年，要么明年，要么现在，要么永不”的游戏，露西则巧妙地添油加醋，煽动她母亲的怒火。不过这一场熊熊烈火很快就熄灭了，过往的回忆开始在黑暗中聚集起来。往日的记忆太多了，阴魂不散地围绕着她。最初的那份记忆——乔治的嘴唇留在她脸上的那种触感，自然是好久以前种在她心里的。要是以前，被一个男人在山上亲了一下，对她来说也算不上什么。可是它已然衍生出一大家子来了——什么哈里斯先生啦、巴莱特小姐的信啦、毕比先生关于紫罗兰的那些回忆啦——在这些记忆碎片中，不是这样，就是那样，总要在塞西尔本人的眼皮底下纠缠她。现在冒出来的则是对巴莱特小姐的记忆，就跟她本人活生生地出现一样吓人。

“露西，我一直惦记着夏洛特那封信呢。她最近怎么样啊？”

“我都把它给撕掉了。”

“她就没说过她最近怎么样吗？她语气如何？开心吗？”

“啊，我想她当然开心了——不对，也不是很开心，我估计。”

“这样的话，那就错不了了，确实是因为锅炉的问题。我自己就知道水暖问题有多烦心，我宁可遭遇其他任何倒霉事——哪怕是把肉煮坏。”

塞西尔受不了地用一只手捂住眼睛。

“我也这么觉得。”弗雷迪坚决地说，表示对他母亲的支持——支持她这番话的精神而不是其实质。

“所以我一直在想啊，”她母亲相当担忧地加了一句，“想必我们下礼拜可以让夏洛特来这儿挤一挤，等着潭桥泉的水暖工修东西的工夫，也让她愉快地度个假好了。我也有好久没见到可怜的夏洛特了。”

这可不是露西能容忍的事，然而她母亲在楼上对她那么好，她又没法太强烈地反对。

“妈妈，不要啊！”她请求道，“这怎么可能！本来就一大堆事，可别又把夏洛特弄来。我们已经挤得要死了。弗雷迪有个朋友下星期二就要来，塞西尔也在这里，而且你已经答应了要收留明妮·毕比，免得她感染白喉。这事确实就是办不到啊。”

“瞎说！怎么就办不到了？”

“除非明妮睡在浴室里，此外就没有别的办法了。”

“明妮可以跟你一起睡嘛。”

“我才不跟她挤呢。”

“好吧，如果你非这么自私不可，那弗洛伊德先生就得跟弗雷迪住一个房间了。”

“巴莱特小姐，巴莱特小姐，巴莱特小姐。”塞西尔呻吟般地低语着，再次用手捂住了眼睛。

“这怎么可能啊？”露西重复道，“我也不想故意刁难，可要是塞这么一大屋子人，对那些女仆也确实不公平。”

唉！

“亲爱的，事实是你就不喜欢夏洛特。”

“没错，我就是不喜欢她，连塞西尔也不喜欢她了。她总惹得我们生气。你是最近没见过她，所以你不明白她多有本事招人烦，就算她心眼那么好。求你了，妈妈，这是我在家的最后一个夏天了，别让我们过得不安生了。你就心疼我们一下吧，别叫她来了。”

“说得对！说得好！”塞西尔道。

汉尼却奇太太显得比往常更严肃，也比平常更动感情，一般她是不会这么放纵自己的。她回答说：“你们俩这样不太善良。你们有对方可以厮守，有这些林子可以散步，里面还尽是优美的景致，然而可怜的夏洛特连自来水都断了，身边只有那些修水管的。孩子们，你们还年轻，可是不管年轻人有多么聪明，不管他们读过多少书，他们永远都想不到，一天天衰老下去是什么感觉。”

塞西尔一点一点地掰碎了他的面包。

“我得说，那年我骑车去看望她时，夏洛特表姐对我非常好。”弗雷迪插嘴道，“她不停地感谢我去看她，闹得我觉得自己傻透了。然后她就忙个没完，就为了帮我煮一个不老不嫩的鸡蛋，让我吃下午茶。”

“我知道，亲爱的，她对每个人都挺好的，可是等我们想要给她一点点回报的时候，露西却要跟我们作对呢。”

然而露西已经横了心。对巴莱特小姐再好都没用，她自己试过太多次了，而且最近刚吃过亏呢。你的努力哪怕在天上都能攒出财宝来[1]，却也没法让巴莱特小姐或尘世中别的任何人变得富有。她只好说：“我是实在没办法了，妈妈。我就是不喜欢夏洛特，我承认，我这个人就是很讨厌。”

“照你这么说，这话你都告诉她了吧。”

---

1 《圣经·新约·马太福音》6:19–20：“不要为自己积攒财宝在地上……只要积攒财宝在天上。”

“嗯……她当时一定要那样愚蠢地离开佛罗伦萨。她那么着急忙慌地——”

那些阴魂不散的记忆再次冒出来。它们遍及意大利，甚至侵占了她儿时就认识的那些地方。圣湖再也不会跟从前一样了，而且下下个星期天，就连大风山庄都会发生变化了。她该怎样来抵御那些记忆呢？转瞬之间，眼前的世界消失了，反倒只有记忆和情感才显得真实可信。

“估计巴莱特小姐是应该来吧，既然她把鸡蛋煮得那么好。”塞西尔说，幸亏晚餐做得不错，他此时的心绪比饭前好一些了。

“我可没说那鸡蛋煮得好啊。”弗雷迪纠正道，“因为实际上，她就忘了把它从火上端走，而且我其实也不爱吃鸡蛋。我只是说，她当时给人的感觉有多么好。”

塞西尔再次皱了皱眉。唉，汉尼却奇家的这些人啊！什么鸡蛋啦、锅炉啦、绣球花啦、女仆啦——他们的生活就是由这些玩意儿凑成的。“我和露西可以离开座位了吗？”他问的时候，带着几乎不加掩饰的傲慢，“我们不想吃什么甜点了。”

14

露西是如何勇敢面对外部处境的

不用说，巴莱特小姐接受了邀请。她觉得自己肯定是会给人添麻烦的，这也自不必说，于是她便请求给她一个差一点的富余房间就可以了——随便哪个看不见风景的房间，只要是房间就行了，可要代她向露西问好啊。除此之外，从那个星期天再过一个星期，乔治·爱默生可以来一起打网球，此事也不消多说了。

露西勇敢地面对了这一处境，尽管就像我们大多数人一样，她只是面对了在外部包围着她的处境，却从来没有目光向内地省视过自己。要是什么时候有什么奇怪的形象从内心深处冒出来，她就觉得这是她的神经在作怪。塞西尔把爱默生父子带到夏日大街来的时候，这事搅得她的神经都紊乱了。夏洛特会把都过去了的蠢事又翻出来说，而这也可能会让她神经混乱。一到晚上她就神经兮兮的。当她跟乔治说话的时候——他们几乎立刻就在教区长的住宅里撞上了，他的声音深深地打动了他，她渴望就这样留在他身边。要是她真心渴望留在他身边，那该有多可怕啊！不用说，这种非分之想还是因为神经的缘故吧，它们就爱跟我们搞这种不可理喻的恶作剧，从前她就曾饱受“那些平白无故冒出来又让她搞不懂的事”的折磨。如今塞西尔已经在一个雨天的下午向她解说了心理学，因此，在这个她还没好好经历过的世界中，青春期所有的烦恼都可以不予理会了。

她内心深处的想法是显而易见的，读者可以得出结论：“她爱小爱默生嘛。”然而，一名处在露西位置上的读者就不会感到这事有那么明显了。真实的人生，一向是说来容易，身在局中却会犯糊涂的，所以我们才会欣然接受“神经”或者其他陈词滥调，来掩饰我们隐秘的欲望。她爱塞西尔，乔治让她感到紧张。读者是否愿意向她解释，这两种说法其实应该互换一下呢？

不过，眼前这种外部处境——她会勇敢地面对的。

在牧师住宅的见面应付得相当顺利。她站在毕比先生和塞西尔之间，泰然自若地略微提了两句意大利的事，乔治也做了回答。她急着表明，她并不害怕提到意大利，而且很高兴他也并没有显出害臊的样子。

“小伙子挺不错嘛。”过后毕比先生说道，“假以时日，他身上那种青涩之感就会被打磨掉。对那些一开始就显得风度翩翩、游刃有余的年轻人，我可是相当不信任的。”

露西说：“他看起来情绪好些了，笑得比以前多了。”

“没错。”牧师回答道，“他开始觉醒了。”

也就这么点儿事。然而，随着这个礼拜的时间一天天地过去，她的心防也渐渐崩塌了，害得她心中对一个极具肉体之美的身影反复怀想，念念不忘。

尽管该怎么到大风山庄已经没法说得更清楚了，巴莱特小姐还是有本事到错站，要做到这个也挺不容易的。本来她应该等在朵金的东南铁路线车站，等汉尼却奇太太坐马车去那儿接她。结果她到了伦敦和布莱顿铁路线的车站，只好雇了一辆马车爬上大风山庄来。除了弗雷迪和他的朋友，没有别人在家，他俩只好放下网球来招待她，陪了她整整一个小时。塞西尔和露西四点才露面，再加上小明妮·毕比，这些人就形成了一个多少有那么点儿悲剧的六人组合，在高处的草坪上吃下午茶。

“我永远也不会原谅自己了。”巴莱特小姐几次三番地从座位上起身要走，剩下的人只得众口一词地请求她留下，“我把所有事情都搅乱了，还闯来跟年轻人扎堆！不过我坚决要付我上这里来的车费。不管怎么说，这总得允许我吧。”

“我们家的客人从来不做这么见外的事。”露西回答说。可是在她弟弟的记忆中，那枚煮鸡蛋已经变得虚无缥缈了，此时他用不耐烦的口气嚷道：“我一直就是这样劝夏洛特表姐的，露西，我都劝了半个小时啦。”

“我就没把自己当成寻常外客嘛。”巴莱特小姐说着，仔细打量她那磨损的手套。

“那好吧，如果你实在要自己付的话，车费是五先令，此外我给了车夫[illegible]先令。”

巴莱特小姐往钱包里看了看，只有一些金币和铜子儿。有人能把零钱找给她吗？弗雷迪有半英镑，他的朋友有四枚半克朗的银币。巴莱特小姐接过他们的钱，问道：“可是这个苏弗林我该给谁啊？”

“我们先别管这事，等我妈回来再说吧。”露西提议道。

“不等了，亲爱的。正好没有我在旁边碍事，你妈妈说不定要到很远的地方兜风呢。我们都有自己的小怪癖，而我的怪癖就是当场清账。”

此时弗雷迪的朋友，那位弗洛伊德先生，说出了他唯一的一句有必要引述的话：他主动提议和弗雷迪抛硬币来决定，巴莱特小姐那个一英镑的金币到底归谁。眼看这事解决有望了，就连一直以一种遗世独立的醒目姿势对着风景喝茶的塞西尔，也感受到了运气之神的永恒诱惑，连忙转过身来。

然而抛硬币也还是不行。

“别这样——别这样——我知道我是个乏味扫兴的人，可是抛硬币会让我感到不舒服的，那我岂不就是在抢劫输的那人的钱！”

“弗雷迪欠我十五先令呢。”塞西尔插话说，“你把那一英镑给我的话就刚刚好了。”

“十五先令吗？”夏洛特迟疑道，“这账是怎么算的啊，韦斯先生？”

“因为弗雷迪都帮你出过车费了，你还没明白吗？把这一英镑给我，然后我们就可以避免这次该受谴责的赌博啦。”

巴莱特小姐对数字很不灵光，这下给绕糊涂了，在另外那两个小伙子强忍着的“咯咯”笑声中，交出了那个苏弗林。有那么一刹那，塞西尔还挺高兴的，他这可是在同辈人面前耍宝呢。随即他瞥了露西一眼，只见微微的焦虑让她脸上的笑意变得苦涩了。等到一月份，他就要把他的达·芬奇式美人从这种让人头大的废话中解救出来。

“可是我不明白啊！”明妮·毕比一直紧盯着这次很不公正的交易，“我不明白，为什么这一英镑要给韦斯先生呢。”

“因为那十五先令再加上那五先令啊。”他们都一本正经地说，“十五先令加上五先令就是一英镑，明白了吧。”

“可我就是不明白嘛——”

他们赶紧用蛋糕来堵她的嘴。

“不要了，谢谢你们，我吃好了。我就是不明白为什么——弗雷迪，别拿手指头捅我。汉尼却奇小姐，你弟弟把我弄疼了。哎哟！可是弗洛伊德先生的十先令怎么办呢？哎哟！没错，我不明白，我是永远都不会明白的，这位叫什么来着的小姐为什么不偿还车夫的那一先令。”

“我刚才把车夫给忘啦。”巴莱特小姐脸红道，“谢谢你提醒我，亲爱的。一先令，是吧？有人能帮我找开半克朗吗？”

“我来吧。”年轻的女主人说着，果断地站起身来。“塞西尔，把那个苏弗林给我吧。行了，快把那个金币给我。我去让尤菲莉亚把它换开，然后我们再从头把这个账算一遍。”

“露西——露西——我多讨人嫌啊！”巴莱特小姐一面劝阻，一面追着她穿过草坪。露西在前面轻快地走着，装作开开心心的样子。等到别人听不见她们说话的时候，巴莱特小姐不再自怨自艾，反而相当活泼地问道：“你把跟他的事告诉他没有？”

“没有，我没跟他说。”露西回答，随即因为这么快就明白了她表姐所指的意思，恨不得咬掉自己的舌头，“我想想啊——怎么用银币兑换一个苏弗林。”

她躲进了厨房。巴莱特小姐这话题转变得突如其来，实在太不可思议了，有时候会给人一种感觉，就好像她说的每一句话，或者她诱导别人说出的每一句话，都是精心算计过的；就好像这一切关于租车费用和找零的烦心事，都只是一种谋略，为的是出其不意地施展攻心计。

“没有，我没告诉塞西尔或别人。”从厨房回来之后，她说，“我向你保证过我不会跟人说的。这是你的钱——除了二点五克朗，别的全是先令。你数一下吧。现在你就可以顺顺当当地清账了。”

巴莱特小姐正在客厅里，盯着翻拍的《圣约翰升天图》壁画看，那幅画已经用画框装裱起来了。

“太可怕了！”她嘀咕道，“这要是让韦斯先生从旁人嘴里听说了，那就不是用可怕能够形容的了！”

“哎呀，不会的，夏洛特。”姑娘说着，跟她辩论起来，“乔治·爱默生那边好好的，还有什么人能走漏风声呢？”

巴莱特小姐沉吟道：“比如说那个马车夫啊。我当时瞧见了，他透过灌木丛在偷看你们，我还记得他嘴里叼着一朵紫罗兰呢。”

露西微微哆嗦了一下：“要是不当心点儿，我们会自己用这破事把自己给逼疯的。一个佛罗伦萨的马车夫，他怎么就能攀扯到塞西尔呢？”

“千万要考虑到所有的可能性啊。”

“好啦，不会有事的。”

“要不然，兴许老爱默生先生知道这事了呢。实际上，他肯定会知道的。”

“他知道了我也无所谓。收到你的信，我挺感激的，不过就算这事真传开了，我觉得我都能保证，塞西尔会一笑了之。”

“他会驳斥吗？”

“不会的，他只会嘲笑一番后了事。”不过她心里明白，她并不能保证他会这样做，因为他期望她从没被人玷污过。

“很好，亲爱的，你自己最明白啦。现在的绅士可能和我年轻时不一样，小姐们肯定不一样了。”

“得了吧，夏洛特！”她开玩笑地打了她一下，“你这个心眼好又神经兮兮的家伙。你到底要我做什么啊？起先你告诉我‘千万别说出去’；然后你又说‘得告诉他们’。我到底要选哪一样？赶紧做个决断吧！”

巴莱特小姐叹道：“最亲爱的，要论伶牙俐齿，我哪是你的对手啊。我在佛罗伦萨那样干涉你，你却很会照顾自己，又是在哪方面都比我要聪明得多，一想起这些我就会脸红呢。你是永远都不会原谅我了。”

“那我们出去好不好。我们要再不过去啊，那些家伙准能把所有的瓷器都给砸得粉碎。”

因为这时候明妮尖叫得满世界都能听见，有个家伙在用茶匙假装剥她的头皮。

“亲爱的，再稍微耽误你一下——我们未必还能有这样的机会说几句知心话了。你遇到过他家那个小子没有？”

“嗯，碰到了。”

“怎么碰到的？”

“我们在教区长家里撞上了。”

“他现在什么态度啊？”

“什么态度也谈不上。他说起意大利的时候就跟别人一样，真的不会有事了。他要是当个无赖，直接把这事捅出来，对他能有什么好处呢？我真心希望，我能让你像我这样把这事看得明明白白的。他真的不会给我们添麻烦的，夏洛特。”

“一朝要无赖，终身是无赖。这就是我的一点儿愚见。”

露西停下来想了想。“塞西尔有一天说过——我认为他说得特别深刻，无赖也要分两种——有意识的无赖和无意识的无赖。”她又认真思索起来，以确保自己把塞西尔的深奥观点解释清楚。透过窗子，她看见塞西尔本人正在翻阅一本小说，那是从史密斯图书馆借阅的一本新书。她母亲应该是从车站回来了。

“一朝耍无赖，终身是无赖。”夏洛特不依不饶地说。

“我说的无意识是指，爱默生只是一时冲动。我掉进那一大片紫罗兰花海里，而他本来就傻乎乎的，却又给吓了一跳。我觉得我们没必要过分责怪他了。当你出其不意地看见一个人，又有美丽的事物作为他的背景衬托，那就会对你造成非常大的影响。真的会这样的，这会造成极大的影响，所以他当时才昏了头：他对我不存在喜欢，或者诸如此类的胡思乱想，连一丝一毫都谈不上吧。弗雷迪倒是很喜欢他这个人，已经请了他星期天上这儿来玩，到时候你可以自己判断。他已经变得好多了，如今并不总是看起来就要忽然哭一场的样子了。他工作的地方是那几家大铁路公司之一，他是总经理办公室的一名职员——并不是行李员！所以周末才跑到这里来看他父亲。他父亲以前的工作跟新闻有关，如今得了风湿病，只好退休了。怎么样？现在我们去花园里吧。”她挽起这位稀客的胳膊，“要不以后我们别再谈论意大利这点儿荒唐的破事了吧。我们都想着让你什么都不用操心，在大风山庄悠闲快乐地待一阵子呢。”

露西自忖这番话说得滴水不漏，读者却可能已经看出，其中有一个不幸的破绽。巴莱特小姐究竟有没有瞧出这一破绽，这可就说不好了，因为上了年纪的人的心思，是不可能看得穿的。她本来还有些话要说的，但是女主人走进客厅，打断了她们的谈话。一番解释随即开始了，趁她们俩忙着彼此说明当时的情形，露西赶紧溜走，只觉得脑子里那些身影越发活生生地在那里跳啊跳。

15

潜伏的危机

就像那一年的大多数日子一样，巴莱特小姐到来之后的那个星期天，是一个阳光明媚的日子。在维尔德林地，秋天已然渐行渐近，驱散了夏日单调沉闷的绿意。它挥舞妙笔，用雾霭给公园添上一抹灰色的调子，把山毛榉染成赤褐色，把橡树涂成金色。在那些高地上，大片大片的黑松林见证了色彩随着时光流转，它们自己却不肯应时而变。在夏秋两季，乡野上空总是笼罩着一片万里无云的蓝天，同样，无论是夏天还是秋天，教堂里都会响起叮叮当当的钟声。

大风山庄的花园里空无一人，只有一本红封皮的书躺在砾石小径上沐浴阳光。房子里传来东一句西一句的说话声，女人们在为去教堂做准备时大抵如此。“先生们说，他们不去了。”“行吧，我就不说他们什么了。”“明妮问，难道她非去不可吗？”“告诉她，别跟我废话啊。”“安妮！玛丽！帮我把背后的挂钩扣上！”“最亲爱的露琪亚，麻烦你借一个别针给我好不好？”因为巴莱特小姐宣称过，不管怎么样，她可都是爱去教堂做礼拜的人。

太阳在它的运行轨迹上升得更高了，这次驾驶它的不是法厄同，而是阿波罗，这一位可是非常称职、始终如一又超凡脱俗的。阳光普照，每当女士们走向卧室窗户，就有金辉洒落在她们身上；这金辉也洒落在夏日大街的毕比先生身上，他读完凯瑟琳·阿伦小姐的来信，露出了笑容；也洒落在乔治·爱默生身上，他正在给他父亲擦靴子；而最后，为了把那一连串值得注意的事物给凑齐全了，这金辉也洒落在前面提到的那本红封皮的书上。女士们总是移动，毕比先生总是移动，乔治总是移动，而移动就有可能产生阴影。可是这本书一动不动地躺在那里，以便整个上午都能享受阳光的爱抚，也便于它把封面翘起来一点点，仿佛是在对阳光的爱抚表示感谢。[1]

这时候，露西从客厅的落地窗走了出来。她身上那件樱桃红的新连衣裙跟她的气质完全不搭，让她看起来艳丽到刺眼，透着一股廉价气息，还把她给衬得非常憔悴。她的脖子前别了一枚紫牙乌的石榴石领针[2]，手指上戴的是一枚红宝石拼镶的戒指——这是她的订婚戒指。维尔德林地牢牢地吸引住她的目光，让她双眉微蹙——不是生气，而是像一个勇敢的小孩拼命忍着不哭时那样蹙眉。在那一大片广袤的原野中，没有人再盯着她，因此她可以蹙眉而不担心旁人说三道四，也可以细细欣赏那些既没被刺眼的

---

1 这里借用《神曲·天堂篇》的意象，“他的十二卷书在人间散发着不朽的光辉”，是深刻而又可笑的反讽。

2 神话中，农业女神德墨忒尔找冥王算账，发现珀耳塞福涅在冥府吃了几粒石榴籽，后者的时间从此分成冥府和地上各一部分，身份暧昧的同时，表明她既不属于黑暗，也不属于光明。这里为了强化露西与珀耳塞福涅的对应关系，特意通过领针点出石榴意象和她的憔悴。这个细节还有情节指向性：到了提及石榴的地步，珀耳塞福涅（露西）的归宿就要有个说法了。

阳光笼罩，又没被西部群山遮住的旷野美景。

“露西！露西！那是本什么书？谁把书从书架上拿出来到处乱丢，就这样看着它破损吗？”

“不就是塞西尔一直在看的那本书吗，从图书馆借的。”

“那也得把它捡起来，还有，别跟火烈鸟似的，什么事都不干地杵在那儿。”

露西捡起那本书，无精打采地瞟了一眼书名：《凉廊下》[1]。她自己倒是不再看流行小说了，闲暇时间都用来阅读经典文学作品，希望能跟得上塞西尔。她懂得的知识太贫乏了，实在是糟糕至极，而且就连她自以为懂一点儿的东西，诸如意大利的画家，她也发现自己都给忘了。就在这天上午，她还把弗朗西斯科·弗朗西亚[2]跟皮埃罗·德拉·弗朗切斯卡[3]搞混了，塞西尔当场就说：“不是真的吧！你不会这就已经开始把你的意大利给忘了吧？”哪怕她在叹赏那一片钟爱的风景，又向前景中自己家那座可爱的花园致意，同时也向它们上空——很难想象它还能在别处，那一轮热情的秋阳行注目礼，想起此事，她的目光中也平添了一丝焦虑。

“露西——明妮要一个六便士银币，你自己要一个一先令银币，你那儿有没有？”

露西连忙回屋，走到妈妈身边，只见她跟往常的星期天没什么区别，总要急急忙忙地把她自己给折腾得没了方寸才肯罢休。

1 借鉴了乔治·艾略特1863年出版的佛罗伦萨背景小说《罗莫拉》第十七章的标题“凉廊下”。

2 弗朗西斯科·弗朗西亚（1447—1517），意大利博洛尼亚画家、金匠，跟拉斐尔关系不错。这两个相似的人名是一组镜像。

3 皮埃罗·德拉·弗朗切斯卡（1410—1492），文艺复兴早期著名画家，对佛罗伦萨等城市影响很大，代表作有《君士坦丁之梦》等。

“这是一场特殊捐献——是为什么我倒不记得了。我可求你们了啊，千万别抓起一把半便士的铜子儿就往盘子里丁零当啷地乱扔，那太没教养了。务必让明妮手里有一枚新崭崭、亮铮铮的六便士银币。那孩子在哪儿呢？明妮！那本书都给晒得全变形了。（我的天，你这身打扮一点都不好看！）把它放到地图册底下压一压吧。明妮！”

“就来了，汉尼却奇太太——”回答是从楼上传来的。

“明妮，别迟到了，马都来啦。”她总是说马，却从不说车，“夏洛特在哪儿呢？跑上去催催她。她干吗耽误这么久？她又没什么事要做，除了一堆衬衫，她永远也不肯带别的东西。可怜的夏洛特——我可真讨厌衬衫啊！明妮！”

不信教是会传染的——那传染性可比白喉或虔信还要猛烈呢。所以教区长的侄女被强拉去教堂的过程中，一直在抗议。就像往常一样，她不明白这是为什么。凭什么她就不能跟那些年轻的男子一样坐着晒太阳啊？那些年轻男子现在也露面了，他们说些很不友善的话来嘲笑她。汉尼却奇太太为信教这一正统观念进行了辩护，就在这一片混乱中，巴莱特小姐打扮得时髦至极，数着楼梯姗姗而来。

“亲爱的玛丽安，真不好意思啊，不过我可没有零钱啦——只剩金币和半克朗的银币了。有没有人能给我——”

“没问题，这都不是事，赶紧上车。老天爷，你这打扮得也太讲究了！这身连衣裙可真漂亮！你让我们大家都没脸见人了。”

“我就那么些破衣烂衫的，要不趁着这种时候挑最好的穿穿，那该在什么时候穿呢？”巴莱特小姐嗔怪道。她登上马车，特意拣了个背对着马匹的位置坐下来。紧跟着是一番不可避免的谦让与推辞，这样闹了一阵之后，她们才驱车出发。

“再见啦！可要听话啊！”塞西尔喊道。

他的腔调里带着嘲讽之意，露西不由得咬住嘴唇。在“做礼拜和诸如此类”这个话题上，他们有过一番相当不投机的谈话。他说人们应该让自己脱胎换骨，可她不想让自己脱胎换骨。她并不知道，她的这个过程其实已经完成了。真诚的宗教信仰塞西尔倒是尊重的，但他总是以为真诚源于精神危机。他没法想象真诚的信仰是一种天赋人权，是可以像花草一样向天生长的。他在这个话题上所说的一切都让她感觉不舒服，尽管他显得极为宽容。从某种意义上说，爱默生父子还真是与众不同呢。

做完礼拜之后，她看见了爱默生父子。马车沿路停成了一长溜，汉尼却奇家的那一辆正好停在茜茜别墅对面。为了省时间，她们穿过草坪往马车走去，却碰见父子二人在花园里抽烟。

“给我介绍一下吧。”她妈说，“除非那个年轻人觉得他已经认识我了。”

“那个年轻人”或许真是这么想的。不过露西假装没有在圣湖邂逅这回事，正式地介绍他们互相认识了。老爱默生先生非常热情地跟她说话，表示很高兴她就要结婚了。她说当然，她也挺高兴的。接着，由于巴莱特小姐和明妮跟着毕比先生就在后面逗留，她便把谈话引向一个不那么让人不安的话题，问他觉得新居怎么样。

“我挺喜欢的。”他回答道，不过他的声音里带着不快之意；她以前可是从来没见过他生气的。他又加了一句：“不过我们发现，那两位艾伦小姐当时正要搬到这里来，却被我们赶走了。女人遇到这种事都不会高兴的，我正为这事烦得不行呢。”

“我想这当中出了什么误会吧。”汉尼却奇太太不自在地说。

“我们的房东听说，我们会是另一种类型的人。”乔治说，他似乎愿意把这事往深里说几句，“他原以为我们会是什么风雅人呢，现在他可失望了。”

“不过我没想明白，我们到底该不该给那两位艾伦小姐写信，主动提出把房子让给她们呢。这事你怎么看？”老爱默生先生想听听露西的意见。

“不用吧，你们来都来了，就住着呗。”露西漫不经心地说。她得避免谴责塞西尔，因为这个小插曲是冲着塞西尔去的，虽然没人提起他的名字。

“乔治也这么说，他说那两位艾伦小姐必须让位。不过这话确实显得太缺乏善意了。”

“世界上的善意是有限的嘛。”乔治说着，看着阳光在往来的马车镶板上闪来闪去。

“没错！”汉尼却奇太太高声说，“我就是这么说的。干吗还要为两位艾伦小姐废那么多话啊？”

“世界上的善意是有限的，正如阳光也是有限的。”他用一种平稳的腔调继续道，“不管我们站在哪里，都会把阴影投到某种事物上，而且想通过改变位置来拯救事物也没有用；因为阴影始终都跟着我们。那就选一个你不会损害别人的地方吧——对，选一个你不会造成太多损害的地方，面朝阳光，然后竭尽全力地站在那里吧。”

“噢，爱默生先生，我看出来了，你可真聪明啊！”

“啊——？”

“我看出来了，你会变得很聪明的。你说你当时要是没有那样对待可怜的弗雷迪该多好啊。”

乔治的眼里都是笑，露西不由得怀疑，他和她妈妈会处得相当不错。

“没有啊，我真没有。”他说，“其实是他那样对待我的，那是他的人生哲学。只不过他一上来就活泼爱闹，而我则先采取了质疑的态度。”

“你到底什么意思啊？行了，随便你什么意思吧，别解释了。他可一直盼着你今天下午去玩呢。你打不打网球？你介意在星期天打网球吗？”

“乔治怎么可能介意星期天打网球！都受过那样的教育了，乔治怎么可能还分什么星期天和——”

“很好嘛，乔治不介意星期天打网球，我也不介意，那就这么说定啦。爱默生先生，你要是和你儿子一起来，我们得有多高兴啊。”

他向她表示感谢，不过那段路似乎相当遥远。这些日子以来，他只能略微在左近走走。

她转向乔治道：“就这样，他还想把房子让给那两位艾伦小姐呢。”

“确实不该再让了。”乔治说着，伸出胳膊搂住他父亲的脖子。毕比先生和露西一直都知道藏在他心里的那份体贴，这时候它陡然流露出来，就像阳光照亮了壮丽的风景——那是一缕晨曦吗？她想起来了，尽管他性子乖张，可他从来没有反对过温情。

巴莱特小姐走了过来。

“我们家这位表亲巴莱特小姐，你俩都认识了吧。”汉尼却奇太太亲切地说，“你们在佛罗伦萨见过她和我女儿在一起的。”

“不错，的确认识！”老人说。看他那架势，似乎就要走到花园外面去迎接那位女士了。巴莱特小姐哧溜一下钻进马车，有了这马车作为屏障，她才凛然不可侵犯地施了一个鞠躬礼。这下又变成了在贝托里尼旅馆时的那种场面，就像还是隔着一张餐桌，上面也摆满了装水和装酒的雕花玻璃瓶子似的。这是一场由来已久且宿怨未消的、拐弯抹角的暗斗，起因就是那两个看得见风景的房间。

乔治理都没理这个挑战式的鞠躬。他跟寻常小伙子也没什么区别，只觉脸上发烫，心中羞惭。他就知道，这位女监护人轻易不肯忘记先前的事。他说：“我——我只要抽得开身，就会来打网球的。”说完就赶紧回屋去了。兴许他做任何事都会让露西看着很顺眼，然而他那一丝难为情，却径直缠绕到她的心尖子上了。男人终究不是不食人间烟火的神仙，跟姑娘们一样，也是肉体凡胎，也会手足无措。即使是男人，也有可能被莫名其妙的欲望折磨，因此也需要帮助。人若是受了她这种教养，有她这样的人生安排，通常不了解男人也有弱点这种事实，可她还在佛罗伦萨时就已经猜透了这一点，就在乔治把她的图片扔进阿诺河的时候。

“乔治，别走啊。”他父亲喊道。他觉着只要他儿子愿意和人们说话，对他们而言就是天大的盛情了，“乔治今天的心情可好了，我敢肯定，他下午终究会来的。”

露西看见了她表姐的眼神，这眼神发出无声的祈求，其中包含的某种意味让她变得冒失起来。“那就好。”她抬高声音说，“我真心希望他会来。”然后她走到马车边，悄声说道：“那位老人家还不知情呢。我就知道他是不会乱说的。”汉尼却奇太太跟着她上了车，她们便坐车离开了。

老爱默生先生并没有听说佛罗伦萨那桩风流公案，这让露西大为满意。然而她的兴致也不应该蹿得那么高，就跟见了天堂的城墙似的。满意归满意，她对此事的反应无疑是欢喜得过了头。在回家的整个路上，马蹄声声，就像一直在对她唱："得得得，他没说。得得得，他没说。"她就在脑子里给这曲调加戏："他连他父亲都没告诉呢——他平时什么都肯和他说的，那总不是逢场作戏了吧，所以我走之后他并没有笑话我。"她伸手捂住脸，"他并不爱我吧，绝对的。好可怕，他要是爱上了我怎么办！不过他都没跟人说过，他才不会说呢。"

她多想把心里的话大声喊出来："什么事也没有了，那就是我们两人之间永恒的秘密。塞西尔永远都不会听到风声的。"她甚至感到高兴，在佛罗伦萨最后那个阴郁的晚上，当她俩在原本属于乔治的房间里跪着收拾行李时，巴莱特小姐让她承诺了要保密。无论重大与否，那个秘密总算是守住了，这世上只有三个英国人知道。

她就是这样理解自己心中那种欢喜的。有了这份安全感，她跟塞西尔打招呼时，带着不同于往日的喜色。趁他扶她下马车的工夫，她说："爱默生父子俩挺和气的，乔治·爱默生变得比以前好太多了。"

"我那两个保护对象在这儿过得怎么样啊？"塞西尔问。其实他对他们并无真正的兴趣，就连要带他们到大风山庄来教育露西的决心，他也早就忘到脑后了。

"保护对象！"她有些激动地嚷出声。因为塞西尔唯一想得到的关系就是中世纪式的封建关系：保护人和保护对象的关系。他对这姑娘的灵魂所渴求的平等情谊缺乏最基本的认识。"你的保护对象过得如何，你会亲自看见的。乔治·爱默生今天下午就要上这儿来了，作为聊天对象的话，他这个人还是特别有意思的。不过你可别——”她险些说出“你可别保护他”。然而午餐铃偏巧在这时候响起来，与此同时，塞西尔也习惯性地没太注意听她说的话。她的强项应该是容颜，而不是语言。

就连吃午饭的时候露西也很高兴，而往常吃饭的时候她总感到沮丧。总是有一个人需要人去哄着点儿——要不就是塞西尔，要不就是巴莱特小姐，要不就是某个肉眼凡胎看不见的神灵——这个神灵总爱对她的灵魂窃窃私语：“你这种快活日子是长不了啦。到了一月份，你就得去伦敦跟那些名流的孙辈周旋啦。”然而今天可不一样，她觉得自己已经得到了一份保证：她妈妈总会坐在那个位置上，她弟弟则一直坐在这边；太阳的位置虽然从早上开始略微偏移了，却永远都不会被西边的群山挡住。饭后大家叫她弹琴，那一年她已经看过了格鲁克[1]的歌剧《阿尔米德》，便根据记忆弹了魔法花园那一幕的曲子——正是伴着这段音乐，男主角雷诺沐浴着永不改变的晨光出场了[2]；乐声永不增强，也永不减弱，却宛若风平浪静的仙境诸海，永远在情意绵绵地荡漾着。这样的曲子并不适合钢琴演奏，她的听众开始不耐烦了，此时塞西尔也觉得不满意，大声说：“好了好了，给我们弹另一个花园里

1 格鲁克（1714—1787），集意大利、法国和德奥音乐风格特点于一身的德国作曲家，对歌剧改革作出了很大贡献。《阿尔米德》是格鲁克1777年创作的五幕歌剧，根据意大利诗人塔索的叙事诗《被解放的耶路撒冷》改编，剧情讲述了美丽的大马士革公主阿尔米德和十字军将领雷诺之间的恩怨情仇。

2 出自《阿尔米德》第五幕，爱上雷诺的阿尔米德预感不祥，即将去向冥王哈迪斯求助，雷诺也在魔法作用下爱上了她。这个典故一方面表明露西潜意识中希望乔治爱上自己，也暗示她担心这爱情未必有好结果。

的那段音乐吧——就是《帕西法尔》里面那个花园[1]。”

她合上了钢琴。

“这么不听话啊。”她母亲说。

她担心自己已经惹恼了塞西尔，连忙转过身来。呀，乔治已经来啦。他没有打断她的演奏，不声不响地就进来了。

“哎呀，我不知道你都来了！”她一下子涨红了脸，失声道。接着，她连招呼都不和他打一声，重新掀开了钢琴。塞西尔想听《帕西法尔》就该弹给他听，他喜欢别的任何东西也应该满足他。

“我们的钢琴家这下可改了主意啦。”巴莱特小姐说，也许意在暗示，给爱默生先生弹琴她就千肯万肯了。露西顿时不知道如何是好，甚至也不知道自己到底想做什么。她下意识地弹了几小节，那是《帕西法尔》中花园魔女为引诱主角而唱的艳曲，却被她弹得不成模样，随后她赶紧停下来。

“我提议，打网球去吧。”弗雷迪说，这种想起一出是一出的表演方式让他很反感。

“就是，我也提议打网球去。”她再一次盖上倒霉的钢琴，“我建议你们来个男子双打比赛。”

1 指瓦格纳歌剧《帕西法尔》里的花园，是该歌剧第二幕中巫师克林佐变出的魔法花园，克林佐用魔咒驱使女主角孔德丽在那里引诱人称“傻小子”的帕西法尔，在她行动之前，他也令一些轻纱蔽体的鲜花魔女先去勾引他体验肉欲。塞西尔点到这支曲子的时候，由于他对露西和乔治的真正纠葛并不知情，他完全意识不到，正因为他动过把乔治引到大风山庄的心思，他、露西、乔治三人的关系，和这一幕中的克林佐、孔德丽、帕西法尔三人的关系形成了投射。这种投射会让露西联想到，他简直是在让自己去勾引乔治，因为她自己心中有鬼，当天上午与乔治的见面最起码要算一次无意的招惹，当时她穿得还那么艳丽，就像专门为乔治换上的一样。同时，塞西尔也扰乱了露西借着弹《阿尔米德》中那段曲子时，纵容自己沉溺在其中的幻想：如果乔治像雷诺爱阿尔米德那样爱她该有多好，爱到像雷诺一样害相思病才好呢。所以露西被他打断后才会愤然合上钢琴。

“好啊。”

“我可不参加啊，谢谢了。”塞西尔说，“我可不想害你们这一局打得不开心。”他压根儿就没意识到，一个人的球技哪怕再差，肯帮着把人数凑满四个，那就算友好的行为了。

“哎呀，来打吧，塞西尔。我打得很差的，弗洛伊德球技很烂，而且我估计爱默生也好不到哪儿去。”

乔治纠正道：“我打得可不差。”

这话可就让人瞧不上了。“那我肯定不打了。”塞西尔说。就在这时候，巴莱特小姐觉得可以趁机挤兑一下乔治，便接过话茬儿：“我支持你，韦斯先生，你最好别去打网球。最好别去。”

塞西尔不敢踏足之处[1]，明妮却一头冲进来，她宣布她愿意打网球。“反正我肯定是一个球都接不住的，可那又有什么关系？”然而星期天又是安息日，不许干体力活，这规矩直接把明妮那好心的提议重重地碾落尘埃了。

“那就只能是露西了。”汉尼却奇太太说，“你们也只有靠露西了，没有别的法子啦。露西，赶紧的，换衣服去。”

露西的安息日通常就是这样虎头蛇尾。上午她会虔诚地守它的规矩，到了下午，她又会毫不犹豫地打破安息日规矩。她在换下那身连衣裙时，心里还在琢磨，不知道塞西尔是否正在嘲笑她呢。确实，她也该让自己脱胎换骨了，必须赶在跟他结婚之前，把一切事情都给了结了。

弗洛伊德先生充任露西的搭档。她喜欢弹琴，可是打网球

1 改编自亚历山大·蒲柏作品《批评论》的句子“天使不敢踏足之地，傻瓜一头扎进来”，福斯特出版的首部长篇小说就叫《天使不敢踏足之地》。这里除了讽刺，也影射塞西尔跟该书主角菲利普有相似之处。

似乎感觉又好得多。比起端坐在钢琴前面，感到腋下被紧紧束缚着，穿上舒适的衣服跑来跑去可就强太多了。她又一次觉得，音乐只是小孩子才玩的东西。乔治发了球，他那种渴望赢球的架势把她给吓了一跳。她还记得他在圣十字大教堂的坟墓间是如何叹气的，就因为事事都不对劲；也还记得在那个不知姓名的意大利人死去后，他是如何倚在阿诺河堤岸的护墙上，同时对她说："告诉你吧，我想要好好地活一回，享受人生的乐趣。"此刻他想感受人生的乐趣，想打赢网球，想竭尽全力站在太阳底下——那已经开始落山、映在她眼里闪闪发光的太阳。然后他还真赢了。

啊，维尔德林地的风光多么优美！群山从它的风采中脱颖而出，正如菲耶索莱俯瞰着托斯卡纳平原，至于南唐斯丘陵，只要你愿意，尽可以当它们是卡拉拉一带的峰峦。也许她已经在忘记意大利了，可她在英格兰发现了更多东西。你可以跟这片风景玩点儿新花样，试着在它重峦叠嶂的山间，找出某个足以顶替佛罗伦萨的城镇或村落。啊，维尔德林地的风光多么优美！

然而此时塞西尔跑来争夺她的注意力了。碰巧他这会儿头脑清明，给人挑错的兴致正浓，因此不愿体谅正玩得兴高采烈的别人。在打网球的整个过程中，他变得相当讨厌，因为他正在看的那本小说实在太烂，害他非大声念给大伙儿听听不可。他要绕着网球场的围网走来走去，大声喊："嘿，听听这个，露西！三个分裂不定式[1]呢。"

1 传统上，人们通常认为分裂不定式等于文理不通，或者至少有笨拙怪异等语病，现在对这个语法现象比以前有所宽容，一方面是口语影响，另一方面是有些用法久了逐渐约定俗成，如今还演变出"分裂否定不定式"之类的新形态。总之，在这本书出版的年代，分裂不定式被认为是使用者文笔很差的证据。

"太差劲了！"露西光顾着说话，那一下就没打中。他们都打完一盘了，塞西尔还在念个不停。瞧这个谋杀场面给写的，真的真的，每个人都应该听一听。弗雷迪和弗洛伊德先生被逼得躲进了月桂树丛中，说是找一个掉进去了的网球，而剩下那两个人只好认命了。

"地点就在佛罗伦萨。"

"太好玩了，塞西尔！赶紧往下念吧。好了，爱默生先生，你也费了半天劲儿，坐一会儿吧。"拿她的话来说，她已经"原谅"乔治了，这才特意对他亲切一些。

他跳过球网，在她脚边坐下，问道："你——那你自己累不累？"

"我怎么会累啊！"

"你打输了会不开心吗？"

她正要回答说"不会"，这时候她忽然意识到自己其实是在意的，便回答说："那当然了。"接着她却又欢快地补充说："不过，我可没觉得你是多高明的高手。你的位置是背光的，我却正对着阳光呢。"

"我就没说过我是高手吧。"

"哎呀，你真说了的！"

"你听的时候就没太注意吧。"

"你说了的——得了，在我们家别那么较真嘛。我们说话都爱夸张，谁要不这么说话，我们就会对他们非常生气的。"

"地点就在佛罗伦萨。"塞西尔重复了一遍，拔高了声音。

露西便又想起应该专心听听。

"日落时分。莉奥诺拉正在快步——"

露西打岔道：“莉奥诺拉？莉奥诺拉是女主角吗？这本书谁写的？”

“作者是约瑟夫·埃梅里·普朗克[1]。‘莉奥诺拉正在快步穿过广场。诸位圣徒保佑，可别让她到得太晚了。日落时分——意大利的日落时分。就在奥卡尼亚凉廊（现在我们有时候会称之为佣兵凉廊[2]）的下面——’”

露西不禁大笑起来：“当真是什么‘约瑟夫·埃梅里·普朗克’吗？哎哟，分明就是拉维西小姐嘛！那就是拉维西小姐写的小说，可她借用了别人的名义来出版呢。”

“这个拉维西小姐是谁啊？”

“咳，一个非常讨厌的人——爱默生先生，你还记得拉维西小姐吧？”

这个愉快的下午让她有些兴奋，她不禁拍起手来。

乔治抬头看了她一眼：“能不记得她吗？我刚到夏日大街那天就碰到她了，就是她告诉我你住在这里的。”

“那你当时岂不是很开心？”她本来是指“看见拉维西小姐”，可是当他一声不吭地低头盯着草地时，她才意识到，她这话也可以解释成别的意思。他的脑袋低得都快靠到她膝盖上了，她注视着他的脑袋，心下暗想，他羞得连耳根子都红啦。“怪不得这本小说写得这么烂。”她赶紧描补道，“我从来都不喜欢拉维西小姐，不过叫我说呀，既然都认识她了，她的书也是该看一

1 这个笔名由约瑟夫（“愿上帝再添一子”）、埃梅里（“刻薄”）、普朗克（“恶作剧”）三个名字组成，大意可以是“恶作剧地给上帝杜撰一个刻薄的儿子”，真正的作者当然不会是男人。所以后面露西回过味来大笑。

2 佣兵凉廊曾经被讹传为是奥卡尼亚设计的，实际上该凉廊在他死后才设计建造。后因驻扎科西莫一世的雇佣兵，俗称佣兵凉廊。

眼的。”

“所有的摩登小说都写得很烂。”塞西尔对露西的不专心大为恼火，趁机拿文学来泄愤，怒道，“这世道，就没有一个写书不是为了钱的。”

“唉，塞西尔——！”

“本来就是嘛。我不会再用约瑟夫·埃梅里·普朗克来烦你们了。”

这一下午，塞西尔都像一只叽叽喳喳叫个不停的麻雀。他声音中的情绪起伏清晰可辨，不过这些情绪可没有影响到她。她既已栖身于音乐与运动组合成的旋律与乐章之中，那她的神经就拒绝回应他发出的那种单调的噪声。她任由他生闷气，却再一次凝视乔治满头黑发的脑袋。她并不想抚摸它，可她想象自己会很想抚摸它，这种感觉可真是暧昧难解。

“你觉得我们家这里的风景怎么样啊，爱默生先生？”

“我向来看哪里的风景都是差不多的。”

“这话怎么讲？”

“因为风景都一个样，因为风景中真正至关重要的不过是距离和空气。”

“唔！”塞西尔鼻子里哼了一声，拿不准这话称不称得上石破天惊。

“我父亲——”他抬头看着她（不过他的脸色还是有点发红），“我父亲老爱说，只有一种完美的风景——那就是我们头顶上方的天空，而大地上所有的风景，不过都是对它的拙劣模仿罢了。”

“我猜你父亲是在读但丁吧。”塞西尔说着，手指头随意翻弄着那本小说，也就只有它才能允许他主导话语权了。

“又有一天他对我们说，风景实际上都是群体——成群的树木、房屋以及山岭，它们注定是彼此相似的，就像人类的群体一样。而且正是出于这个原因，它们对我们的影响有时候是超自然的。”

露西惊得张开了嘴。

“因为人群可不光包括组成它的那些人，还有别的东西被附加给它了——谁也不知道是怎么造成的，就像也有别的东西附加到这些群山之间一样。”

他用球拍指了一下南唐斯丘陵。

“多么绝妙的想法啊！”她喃喃地说，“要是能再听你父亲说说话，我会很高兴的，可他身体不怎么好，太让人遗憾了。”

“是啊，他身体是真的不太好。”

“这本书里谈到一种观点，说得可真是荒唐。”塞西尔说，“还说什么，就算在很小的房间里，人也是可以分成两类的——记不住风景的和记得住风景的。”

“爱默生先生，你有兄弟姐妹吗？”

“没有。为什么这么问？”

“你刚才提到了‘我们’。”

“我的意思是，加上我妈。”

塞西尔啪的一声合上书。

“哎呀，塞西尔——你可真吓了我一跳呢。”

“我不会再用约瑟夫·埃梅里·普朗克来烦你们了。”

“我只记得我们一家三口一起去乡下玩了一天，一直游玩到了欣德黑德[1]。那是我记事以来记得的头一件事。”

1 欣德黑德，萨里郡风景名胜。萧伯纳戏剧《错姻缘》以该地为重要场景。

塞西尔站了起来。这个人教养太差了——网球都打完了，他还没把外套穿上。要真想对露西起到教育作用，他可不够格。若不是露西拦着塞西尔的话，他就已经走开了。

“塞西尔，你就把关于风景的那什么念给我们听听吧。”

“我可不念，不是有爱默生先生在这儿给我们解闷吗？”

“别这样——你就念吧。听人大声念那种写得傻里傻气的东西，我觉得最好玩了。要是爱默生先生嫌我们太无聊，他可以去别处玩嘛。”

这话让塞西尔觉得她是个机智的姑娘，而且让他非常受用，因为这样一来就把他们的客人摆在装腔作势的位置上啦。他的气消了几分，便又坐下来。

“爱默生先生，去找找那些网球吧。”她翻开那本书。塞西尔要念就该听他念，他喜欢别的任何东西也应该满足他。不过她还是开了小差，绕来绕去绕到乔治的母亲身上。根据伊戈先生的说法，在上帝看来她就是被谋害了的；根据她儿子的说法，她却一直游玩到了欣德黑德。

“真的要我走啊？”乔治问。

“怎么会，我就是那么一说。”她回答道。

“第二章。”塞西尔说着，打了个哈欠，“不麻烦你的话，帮我找一下第二章吧。”

第二章找到了，她扫了一眼开头那几句话。

她感到自己已经被气疯了。

“嘿——把书给我。”

她听见自己的声音说：“这种东西不值得念——荒唐得没法看了——我从没见过写得这么烂的垃圾——就不该让它印出来。”

塞西尔从她手里拿走了那本小说。

“莉奥诺拉坐在那里。”他念道，“形单影只，情思昏昏。富饶的托斯卡纳原野，正如画卷般横陈在她眼前，处处点缀着含情带笑的小村庄。这春色撩人的日子啊，它又到来了。”

天晓得怎么回事，拉维西小姐竟然知道了。她就这样用拖沓的大白话，把那段往事白纸黑字地写了出来，好让塞西尔大声朗读，好让乔治亲耳听见。

“眼前弥漫着一层金色的迷雾。”他念道。接着他又念：“佛罗伦萨的钟楼远在天边，她坐着的那个山坡上，生着密密麻麻的紫罗兰。安东尼奥蹑手蹑脚地爬上山坡，摸到她身后来，她对此毫无所觉——”

她担心塞西尔看见自己的表情，便转向乔治那边，却看见了他的神态。

塞西尔继续念道：“他跟那些中规中矩的情郎可不一样，嘴里可说不出那种没完没了的海誓山盟。甜言蜜语和他压根儿不沾边，不过这倒也没给他带来什么烦恼。他只是紧紧地搂住她，把她搂在自己那充满雄性魅力的怀抱里。”

一阵沉默。

“这可不是我想找的那一段。”他向他们指出，“还有一段更好玩的呢，就在后面。”他往后翻着书页。

“我们进去吃下午茶好不好？”露西说，她的声音听起来仍然很平静。

她领头顺着花园往上坡走，塞西尔跟在她身后，乔治在最后面。她以为这样就把一场大灾难给躲了过去，可是等他们走进灌木丛中时，它还是降临了。那本小说就跟害得她还不够似的，偏偏被落在了原地，于是塞西尔就必得回去拿。而爱得神魂颠倒的乔治，在那狭窄的小径上深一脚浅一脚地胡乱走着，就必得稀里糊涂地撞到她身上。

“别——”她的呼吸急促起来，这下火上浇油，她立刻就被他吻住了。这是他第二次吻了她。

他偷偷往回溜走了，就跟多吻一下都办不到似的；塞西尔重新赶上了她，只有他们两人一起，走到了高处的草坪上。[1]

---

1 根据本书隐含的光明—黑暗神话结构，露西（珀耳塞福涅）的故事在本章出现了关键性的“石榴”配饰。在神话原型中，石榴就是抉择的依据和标志，由于吃了冥界的石榴籽，珀耳塞福涅只能在冥府（黑暗）和大地（光明）两界往来。戴上石榴领针的露西，也到了抉择的关口。不过，塞西尔（冥王）虽然和露西订婚，却没有压倒性的优势，因为乔治（法厄同）有太阳神帮忙。本章一开头，拉维西小姐的小红书就被阳光照射成了不带一丝阴影的光明之书，足以对抗冥王的黑暗——这也是本书最深刻又最具喜剧性的反讽之一：露西特别讨厌的人写的荒唐之作，偏偏在她和乔治—塞西尔的关系中起到了决定性作用。

16

蒙哄乔治

不过，从春天以来，露西已经成长了。也就是说，如今她更有能力克制那些得不到习俗和社会认可的感情了。虽然面临着更大的危险，内心深处正在啜泣，但她不为所动。她对塞西尔说：“我不进去吃下午茶了——跟我妈说一声吧。我得写几封信。”说完她就上楼进了自己的房间。然后她准备采取行动。爱情的感觉如此鲜明，爱情已经死灰复燃。我们的身体渴求且我们的心灵加以美化的爱情，作为我们所能遇到的最不可伪装之事的爱情，如今作为社会的大敌再次出现了，可是她必须扼杀它。

她让女仆把巴莱特小姐请来。

这一场斗争并不是关于爱情与责任，也许从来就不存在这样的斗争。这是关乎真诚和虚假的斗争，而露西的首要目标却是打败她自己。由于她的脑子乱成了一团，对那些风景的记忆变得模糊，而且那本小说里的字句也逐渐消失，她恢复了原先的口头禅，什么都推给神经[1]。她这可是“克服了自己的精神崩溃”呢。篡改真相

1 这种细节是对简·奥斯汀的致敬，她和塞缪尔·巴特勒是对福斯特影响最大的作者。在奥斯汀最普及的小说《傲慢与偏见》中，贝内特太太的口头禅就是：“我那脆弱的神经。”

之际，她也忘记了真相曾经存在过。她想着自己是跟塞西尔订了婚的，逼着自己把有关乔治的记忆全都搅乱。对她来说他不重要，他什么都不是，他的行为不堪至极，她可从来没有怂恿他这么做过。谎言的甲胄以黑暗为原料，铸造得很是狡猾，它若遮挡了一个人，不光会让外人无法看透，连他本人的灵魂都无法自省。为了赢得斗争，露西不一会儿就把这甲胄披挂齐全了。

“出了一件非常不愉快的事。”她表姐一来，她就开口说，“拉维西小姐那本小说，你都知道些什么？”

巴莱特小姐一副惊讶之状，说她没看过那本书，也不知道它都出版了。涉及自己的私事，埃莉诺可是个口风很紧的女人呢。

“那本书里写了一个场景，男主角和女主角谈恋爱。你知道这事吗？”

“亲爱的？”

“请问，你知道这事吗？”她重复道，“他俩站在山腰上，远处就是佛罗伦萨。”

“露琪亚好姑娘，我可都被你问糊涂啦。我对这件事一点都不知情。”

“还有紫罗兰呢，我可没法相信这会是巧合。夏洛特啊夏洛特，你怎么能告诉她呢？我开口之前反复琢磨过了，肯定是你说的。”

“告诉她什么了？”她问道，人也变得越来越焦虑不安。

“就是二月份那个可怕的下午发生的事。”

巴莱特小姐总算是真正被震撼到了：“糟了，露西，最亲爱的姑娘——她没把那件事编排到她的小说里吧？”

露西点了点头。

“没写得人家都能认出来的地步吧？”

“肯定能认出来啊。”

“那么埃莉诺·拉维西永远——永远——永远都不会再是我的朋友了。”

“所以你还真告诉她了？”

“我只是偶然提到的——那会儿我跟她在罗马吃下午茶、聊着天的时候——”

“可是夏洛特——那我们一起收拾行李的时候，你对我作的承诺又该怎么说呢？连我要告诉我妈你都不让，为什么你还要告诉拉维西小姐呢？”

“我是永远都不会原谅埃莉诺的，她这可枉费我对她的一片信任了。”

“话虽这样说，可你为什么一定要告诉她呢？这可是一件极其严重的事啊。”

为什么有人就是要传闲话？这可是个永恒的问题，也难怪巴莱特小姐只是敷衍着叹气来作为回答了。这事她做得不对——这一点她承认，她唯一的希望是，她没有对露西造成损害。她是在绝对保密的前提下才肯告诉埃莉诺的。

露西恨得直跳脚。

“塞西尔偏巧把那一段大声念给我和爱默生先生听了。爱默生先生被刺激得糊涂了，就又来侮辱了我，背着塞西尔干的。呸！莫非男人都这么粗野？就在我们从花园里上来的时候，趁着塞西尔不在干的这事。”

巴莱特小姐不禁冒出了一大堆又是自责又是后悔的话。

“现在可怎么办呢？你能教教我吗？”

“这可了不得啊，露西——我是永远都不会原谅自己的，到死都不会原谅的。要是竟然因为这个把你的前途——”

“这还用说吗？”露西说着，“前途”这个说法让她眉头紧皱，“现在我可算明白了，你为什么想要我告诉塞西尔，也明白你说‘从别人那里’是什么意思了。你当时心里清楚，你已经告诉了拉维西小姐，而她这个人又是靠不住的。”

这下轮到巴莱特小姐皱眉蹙额了。“话又说回来了，”姑娘说着，对她表姐的奸诈颇为鄙视，“现在木已成舟，多说无益。你害得我落到这样狼狈至极的地步了，我要怎么做才能把自己给摘出来呢？”

巴莱特小姐一筹莫展。她掌控局面的日子已经一去不返了，现在她远来是客，可不是什么监护人，除此之外，她还成了个名誉已经破产的恶客。她站在那里，扭绞着双手，眼睁睁地看着那姑娘越说越恼，越想越气，直到不可避免地变得怒发冲冠。

“他必须——那个人就欠一顿臭骂，骂得他一辈子都忘不了才好呢。那要叫谁去赏他这一顿骂呢？我现在没法告诉我妈了——都怪你；也没法告诉塞西尔了，夏洛特，都怪你。我现在是方方面面都被这事给陷得死死的了。我感觉我就要气疯啦。一个能帮我的人都没有，所以我才让人把你给叫来。现在缺的就是一个拿鞭子抽人的男子汉了。”

巴莱特小姐赞成说：得有一个拿鞭子抽人的男子汉。

“没错——可是你光赞成没用啊，问题是该做些什么呢？我们这些女人只会闲扯个没完。要是一个姑娘家碰上无赖，她通常应该怎么做呢？”

“我不是一直都说他是个无赖吗？亲爱的。无论如何，我这话你总得认可吧。从一开始——当他说他父亲在洗澡的时候，我可就知道了。”

“哎呀，别管什么认可不认可还有谁对谁错的啦！这事是被我们俩一起搞成烂摊子的。瞧见没，乔治·爱默生还在楼下的花园里呢，那他就这样不受惩罚了，还是说不能就这么算了？把你的主意说给我听听。”

巴莱特小姐现在完全没用。遭到揭穿这件事让她丧失了勇气，各种念头在她脑子里令人烦恼地互相抵触着。她无力地挪动到窗前，尽量在月桂树丛中分辨出那个无赖穿着的那件白色法兰绒衣服。

“在贝托里尼旅馆那会儿，当时你急着带我去罗马，你教训起他来可是胸有成竹得很呢！现在你就不能再去数落他几句了？”

“就算要上天入地，为了你，我也是心甘情愿的——”

“我要的是更明确的行动。”露西轻蔑地说，“你肯不肯去和他开这个口？考虑到这一切都是你违背诺言才造成的，办这点事对你来说就是代价最低的了。”

“埃莉诺·拉维西永远都不会再成为我的朋友了。”

坦白讲，夏洛特可真是在超水平发挥了。

“你就直接说去还是不去吧，痛快点，去还是不去。”

“这种事，只有男人出面才解决得了。”

乔治·爱默生手里握着一只网球，正顺着花园往上走来。

“好。”露西说着，做了个愤怒的手势，“就没有一个人肯帮我，那我就亲自去找他谈。”话音刚落，她立刻回过味来，她这表姐一直就等着她这句话呢。

“嘿，爱默生！”弗雷迪从下面喊道，“找到丢了的网球了？

好人[1]啊！喝茶不？”随即就有人从房子里猛地冲到露台上来。

“哎哟，露西，不过你可真勇敢啊！我是真服了你了——”

她们已经围住了乔治，乔治招手示意。她只觉得，他就这么一招，就招惹来那本垃圾小说里的胡说八道、那些寻愁觅恨的念头、那些见不得光的渴望，而这些东西已经在开始折磨她的灵魂了。一看见他，她的怒火就消失得无影无踪。唉，从某种角度看，爱默生父子其实人也不坏啊。

她只得勉强镇住翻翻滚滚的激情，这才能够开口：“弗雷迪带他到了餐厅，别人都在往花园里去。好了，我们快刀斩乱麻，了结这事吧。赶紧来，我想要你也在房间里，这还用说吗？”

“露西，这样做你心里会不会难过？”

“这样荒唐可笑的问题，你怎么能问得出口？”

“可怜的露西——”她伸出手来，“不管我走到哪儿，好像都只会带来厄运。”露西点了点头。她想起了她们在佛罗伦萨的最后一个晚上——强睁着疲惫的双眼收拾行李，那一点颤巍巍的烛火，巴莱特小姐的托克帽投在门上的怪诞阴影。她可不会因为这种煽情姿态再上一次当了。她避开了表姐的抚摸，领头走下了楼梯。

“尝尝这果酱吧。”弗雷迪正在说，“这果酱味道非常棒。”

乔治正在餐厅里来回走动，那模样有点自高自大的架势，却又显得衣衫不整。她一进门，他就停下来，说道：“别忙活了——我什么也不想吃。”

“去下面找别人玩去吧。”露西说，“这里有夏洛特和我

---

1 弗雷迪夸乔治“好人”，呼应了露西在第六章说“好人”时产生的歧义和后果，具有穿越时空的喜剧性。

呢，不管爱默生先生想要什么，都会被照顾得踏踏实实的。妈妈在哪儿呢？”

“在客厅里，忙着写她每礼拜要记的事呢。”

“没别的事了，你上别处玩吧。”

他唱着歌走了。

露西在桌边坐下来。巴莱特小姐整个人都给吓懵了，捞起一本书来假装在看。

她可不想用花里胡哨的辞令绕来绕去，便径直说道：“我受不了你了，爱默生先生，我甚至都没法跟你说话了。从我们家出去吧，还有，只要我还住在这里，就永远也不要再进我们家的门了——”说话的时候，她脸涨得通红，同时指着门，“我不喜欢跟人大吵大闹的，请你离开吧。”

“什么——”

“没得商量。”

“可我不能——”

她摇了摇头：“拜托，赶紧走吧。我可不想叫韦斯先生出面。”

“你不会真这么想吧。”他彻底无视了巴莱特小姐，说道，“你不会真的要跟那个人结婚吧？”

这话来得可就出人意料了。

她耸耸肩，仿佛他的缺乏教养让她感到厌烦了。“你这话纯属无稽之谈。”她平静地说。

接着他说的话就严肃起来，严肃程度还超过了她的言语：“你是没法忍受韦斯这个人的，他也就适合当个不那么熟的朋友。他适合社交和清谈，可他就不会跟任何人建立亲密关系，尤其不可能跟女人亲密相处。”

这可是对塞西尔性格的一种全新揭示。

“你跟韦斯聊天，有过哪怕一次不觉得厌烦的时候吗？”

“我没法跟你说——”

“那好，可是你跟他聊天，有过不烦的时候吗？他就是那样一种人，他们若是只跟物品——书本、图画那些待在一起，倒没什么问题，可他们一旦和正常人在一起，就会让人特别不舒服。所以就算现在情况都这么混乱了，我还是要把话说穿。无论如何，失去你的打击就已经够沉重的了，不过男人通常都必须摒弃享乐，所以但凡你的塞西尔不是这样的人，我也就会克制住自己。但是我第一次遇到他是在国家美术馆，当时因为我父亲念错了一些大画家的名字，他就在那里挤眉弄眼的。然后他就把我们带到这里来，结果我们发现他这是为了跟某个好心的邻居开一种愚蠢的玩笑。他就是这样的一个人——逮着机会就要跟人开玩笑，还专门找最神圣的生活方式来跟人开玩笑。接下来，我遇到你们在一起，发现他在保护你和你母亲，而且指点你们要显出震惊的样子，而那时候明明该由你自己决定是不是感到很震惊。又是这么一个彻头彻尾的塞西尔，他就不敢让女人做决定，他就是那种害得欧洲落伍了一千年的人[1]。在他人生中的每一刻，他都在塑造你，教导你什么是迷人，什么叫滑稽，或者怎样才像个淑女，教导你男人认为什么才是有女人味的。可是你，全天下有那么多女人，偏偏是你，竟然要听任他的意见摆布，而不是听从你自己内心的声音。在教区长家我又一次遇到你们俩时，也是这个样子。今天这一整个下午，还是这样。因此——并不是说‘因此

1 这种观点出自英国诗人马修·阿诺德（1822—1888）的批评论著《文化与无政府状态》。

我才吻了你’，因为是那本书害得我那样做的，苍天在上，我当时本来应该有更多自控力的。我可不觉得羞耻，我也不会道歉的。不过这事吓到你了，所以你可能还没注意到我是爱你的。要不然，你怎么可能说出让我走的话，而且就这样漫不经心地来打发掉一件这么重大的事？可是正因为如此——我才安下心来要跟他竞争。”

露西想出了一句直指要害的话。

“爱默生先生，你说韦斯先生想要我听他摆布。请原谅，我得说你也染上这毛病啦。”

他接受了这蛮不讲理的非难，却就此说出一番让她永生难忘的话来。他说：“不错，我是染上这毛病了。”说着他就坐下来，似乎突然觉得疲惫了，“说到底我也是同样蛮横的人啊。这种想要控制女人的欲望——它在心里藏得非常深，所以男人和女人必须一起跟它做斗争，才进得了伊甸园。不过我确实爱你，爱你的方式无疑也比他好得多。”他想了想。“没错——我爱你的方式要好得多。哪怕我把你搂在怀里，我也希望你有自己的想法。”他把胳膊朝她伸过来，“露西，快来吧——我们没时间慢慢聊了。就像你在春天那样，来我这儿吧，以后我会从从容容地向你解释一切的。自从领主广场那个意大利人死后，我就深深地爱上你了。若是没有你，我这辈子就会白活了。‘这只是一厢情愿。’我也曾这样想过，‘她会跟别人结婚的。’偏偏就在满世界都是美妙的流水和阳光时，我又遇到了你。你一从林子里走出来，我就醒悟过来，其他什么都是无所谓的。我要真正地活一回，而且要抓住属于我的这段天赐良缘。”

“那韦斯先生可怎么办呢？”露西问道，她一直很沉静，这仪态着实令人赞赏，“他也无所谓吗？我爱塞西尔，并且很快就要成为他的妻子了，这又该怎么说呢？只怕这也不过是一种无关紧要的琐事了？”

然而他只是把胳膊伸过桌子，向她伸来。

“我可不可以请教一下，你闹这么一出，究竟图的是什么？”

他说：“这是我们最后的机会了，什么事我都肯做的。”随即，他就像已经把办法都用尽了似的，又转向巴莱特小姐。这位女士坐在那里，背对着黄昏的天空，看起来就像一种凶兆。“你若是理解得了，应该就不会再来阻挠我们一回了吧。”他说，“我曾经堕入过绝望的黑暗中，你若是不肯试着理解我们，我就要再次沦落到那里了。”

她那狭长的脑袋前后晃动着，就像在铲除某种无形的障碍似的。不过她没有答话。

“这是因为我现在正年轻。”他低声说着，从地板上捡起网球拍，准备走了，“这是因为我现在敢肯定，露西其实是深深地爱着我的。这是因为，爱情和青春，对人的智力来说至关重要。”

两位女士不声不响地注视着他。她们明白，他最后那句话就是胡说八道，然而他会不会就此痴缠不放呢？这个无赖，这个骗子，他会不会整出一个更夸张的结尾来？然而并没有。他显然已经说痛快了。他离开了她们，小心地掩上了前门。而当她们从餐厅的窗户看出去时，她们看见他顺着马车道往上走，开始爬上房子后面的斜坡，坡上尽是枯萎的蕨类植物。她们打开了话匣子，并且突然感到一阵阵窃喜。

“咳，露琪亚——过这儿来吧。唉，这个男人简直太坏了！”

露西毫无反应——起码暂时没有反应。“哈，他可真把我给逗乐了。”她说，“不是我疯了，就是他疯了，不过我倾向于认为，疯的是他。又和你一起熬过了一场闹剧，夏洛特，非常感谢你。不过我觉得，这应该是最后一次了。我的这位追求者，他基本上不会再来烦我了。”

而巴莱特小姐也试着说了句俏皮话：“好吧，把人给迷到了这种地步，可不是谁都有这本事的，最亲爱的，是不是？噢，我们就不该笑，真的，这本来应该是非常严重的事呢。不过你那么理智，又那么勇敢——跟我年轻时那些姑娘可太不一样了。”

“我们下楼找他们去吧。”

然而，一走到户外，她就停了下来。某种说不清的情感——是怜悯、恐惧，还是爱情，总之这情感非常强烈——攫住了她，她忽然感到一阵秋寒。夏天就要结束了，向晚的气息中带着零落之意，这气息令人追忆起春日，因而越发觉得哀伤。真有哪样事物对智力来说是至关重要的吗？一片叶子剧烈地颤抖着，轻盈地从她面前飘过，而其他叶子则躺在地上纹丝不动。大地是在急着重新进入黑暗，而那些树木的阴影则急着偷偷逼近大风山庄吗？

“喂，露西！趁天色还亮，你俩要是抓紧的话，还能再打完一局呢。”

“爱默生先生都走啦，他一定要回去。”

“真讨厌啊！那可就不够四个人了。嘿，塞西尔，你就来打吧，来吧，好伙计。这是弗洛伊德在这里的最后一天了。就来和我们打一打网球嘛，就打这一次。”

塞西尔的声音传来：“亲爱的弗雷迪，我可是完全没有运动天分的。也就是今天上午，你还说得那么入木三分呢，‘有些家伙，那就叫百无一用是书生’。我承认，我就是这样的家伙，所以我不肯给你添麻烦。”

露西忽然就把这个人看透了。她是怎么能容忍塞西尔一时半刻的呢？他让人完完全全地受不了，于是就在那天晚上，她解除了婚约。

17

骗过塞西尔

塞西尔茫然失措，一时说不出话来。他甚至都没有生气，只是站在那里，两手握着威士忌酒杯，拼命想着她是如何得出这个结论的。

她专门选了睡觉前的工夫，依照她们家的中产阶级生活习惯，这时候她总是给男士们斟一杯酒。弗雷迪和弗洛伊德必定会端着酒杯去睡觉，而塞西尔总是会啜饮着杯中的酒，流连不去，等着她把餐具柜锁上。

“对这事我实在是抱歉。”她说，“我把我们的情况都仔细考虑过了，我们太不一样了。我只好请求你解除婚约，尽量忘记曾经有过一个这么傻的姑娘。”

这话说得很得体，不过她生气的成分大过抱歉的成分，从她的声音里就能听出来。

“不一样——怎么——怎么——”

“我没受过真正像样的教育，这是其一。”她仍然跪在餐具柜边，继续道，“我的意大利之旅来得太迟了，而且我把在那里学到的都忘得差不多了。我是永远都没法和你的朋友周旋的，也永远没办法举止得体，而这却是你的妻子应该有的本事。”

“我不明白你在说些什么，你的情绪不对头。你是累了吧，露西。”

“累了！”她立刻火了，怒道，“你还真就是这么个人，总是以为女人说的话不是她们真正想说的。”

“唔，你的声音听起来有些疲惫，就像是有什么事让你心烦一样。”

“就算我真有心事又怎么样呢？那也不妨碍我看清楚真相啊。我不能跟你结婚，总有一天你会感谢我这么说的。”

“你昨天头疼得那么厉害——行行行。”因为她愤怒地大叫了一声，“我看这可比头疼严重得多了，不过再给我片刻工夫吧。”他闭上眼睛，“如果我说了什么蠢话，你可一定要原谅我，不过我现在脑子都已经崩溃了。它的一部分还停留在三分钟之前，那时候我还肯定你是爱我的呢，而另一部分——我觉得要说清楚可真不容易，我没准会说错话的。”

她忽然意识到，他的反应没那么糟糕，这反倒增添了她的怒气。她渴望的是另一次抗争，而不是斯斯文文的议论。为了引爆冲突，她便说道：“总有些日子人会看清楚真相的，今天就是这样的日子。什么事早晚都会发展到极点，而碰巧就是今天了。如果你必须知道的话，是很小的一件事让我下定决心跟你开口的——你不肯陪弗雷迪打网球。”

“我确实从来不打网球啊。”塞西尔极其困惑地说，“我从来就不会打，你说的话我一句都不明白。”

“去凑够第四个人，这你总能轻松做到吧。我当时感觉你真的是极度自私。”

“不是，我那是不会——好了，不说网球了。如果你觉得有什么事我做得不对，为什么你就不能——就不能提醒我一下吗？昨天午餐的时候你还在谈论我们的婚礼——最起码，你让我谈了。”

“我就知道你是不会明白的。”露西非常不耐烦地说，“我早该知道，会有这些让人厌烦的来回解释。怎么会是因为网球啊——我这种感受都累积了好几个星期了，网球的事不过是终于让我忍无可忍而已。在我拿定主意之前，这些话当然是不说为好了。”她进一步阐明了这个立场，“我以前经常拿不准，我是否适合当你的妻子——比如说，在伦敦的时候。另外，你又是否适合当我的丈夫呢？我现在觉得并不适合。你不喜欢弗雷迪，也不喜欢我母亲。对我们的婚约不利的因素一直很多，塞西尔，可是我们所有的亲友都显得很满意，而我们见面又是如此频繁，因此，不到——这个，不到所有的事情都水落石出，提了解除婚约也没用吧。这些事情总算水落石出了，就是今天。我都看得清清楚楚了，那就只好说出来了。我也就能说这么多啦。”

“我没法认为你是对的。”塞西尔温和地说，“我也说不好是为什么，可是尽管你说的这一切听起来很真实，我仍然觉得你对我很不公平。这也太可怕了。”

“闹起来有意思吗？”

“是没意思。不过想必我有权利了解得更多一点吧。”

他放下酒杯，打开了窗户。她跪在餐具柜边，把钥匙弄得叮当响，从那里她能看见一线夜色，也能看见，他那张若有所思的容长脸正痴痴地盯着那一线夜色，似乎黑夜愿意把那所谓“更多”告诉他似的。

“别开窗啊，而且你最好把帘子也拉上。弗雷迪或者别人有可能就在外面呢。”他听从了。“你要是不介意的话，我真觉得我们最好是各自去睡觉。我只会说出让自己过后不开心的话来。就像你说的那样，这太可怕了，而且说了也没什么用。”

可是对塞西尔来说，正因为他眼看着就要失去她，她每时每刻都显得越发可人了。自从他们定亲以来，他这还是第一次细细地看着她本人，而不是透过她看着想象里的画中人。她已经从一幅达·芬奇名画变成了一位活色生香的女子，拥有她自己的神秘和力量，她的一些特质简直难描难画。他的脑子从打击中恢复了灵光，随即他感到了真切而又刻骨的爱恋，情不自禁地叫道：“可是我爱你啊，而且我以前确实觉得你是爱我的！”

“我真没有爱过你。”她说，“起初我以为我是爱你的。是我对不起你，而且最近这一次求婚，我还是应该拒绝你才对。”

他开始在屋子里来来回回地走动，而他那很有尊严的做派却让她越来越伤脑筋了。她原本估计他会显得小肚鸡肠，真要是那样的话，她反而会觉得事情好办得多。由于某种残酷的反讽，他性情中一切最令人敬佩的特质，竟然都被她给吸引出来了。

“你是不爱我，这已经很明显了，估计你不爱我也是对的吧。不过你若是肯告诉我原因，我也会好受一点啊。”

“要说原因嘛，”她脑子里忽然冒出一个说法，便采纳了，“你是那种跟任何人都无法建立亲密关系的人。”

他的眼里露出惊骇之色。

“我并不完全是那个意思。不过我都求你别问了，你还一定得问我，那我就只好说说了。差不多就是那个意思吧。我们还没那么熟的时候，你倒是让我顺其自然的，可是如今你总是在保护我。”她的声音提高了，“我可不愿意被人护着，我情愿自己决定什么才像淑女，什么是对的。保护我就是对我的侮辱。就不能放心地让我去面对事实吗？还是必须得通过你间接地来获取？说什么女人的地位！你瞧不起我母亲——这我可清楚了，就因为她太传统了，而且操心的都是布丁什么的。可是，我的天哪！”她站起身来，“传统，塞西尔，你才是死守传统的人呢，因为你或许懂得美丽的事物，可你不明白如何去驾驭外物。你用艺术、书本和音乐把自己裹得严严实实的，还要拼命把我也这么裹起来。我才不愿意被憋死呢，哪怕是用最美妙的音乐也不行，因为人是更美妙的，可你却挡着他们不让我去接触。那就是我为什么要取消婚约了。要是只跟物品相处呢，你倒是好好的，可是你一旦跟人待在一起啊——”她不肯再往下说了。

两人一时都没作声。随后，塞西尔不胜唏嘘道：“你还真说对了。”

“大体上是对的吧。”她纠正了一下，心里充满隐隐的惭愧。

“是对的，每一个字都是。这是一场启示，这就是——我。”

“不管怎么说，这些就是我不愿意成为你妻子的理由了。”

他重复道：“‘那种跟任何人都无法建立亲密关系的人。’确实如此。我们订婚的第一天我就感到心烦意乱了。我对毕比和你弟弟的态度就像个无赖。你比我设想的还要好啊。”她倒退了一步。“我是不会来烦扰你的，你太好了，我就配不上你。我永远也不会忘记你这份眼光。而且，亲爱的，我只怨你一件事：你本来可以在感到不愿和我结婚之前，当初就提醒我的，这样你也就能给我改正的机会了。直到今晚我才算真正了解你。我只是把你当作一个钉子，好把我那些关于女人应该是什么样的愚蠢观念挂上去。可是今天晚上，你是一个完全不一样的人了：全新的想法——甚至全新的声音——”

“你说全新的声音是什么意思？”她突然觉得怒不可遏，便问道。

“我是指，似乎有一个全新的人在通过你来说话。”他说。

这下子她感到了心绪缭乱。她大声说：“你要是以为我爱上了别人，那你可就错得太离谱啦。”

“我怎么会那么想呢。你不是那种人，露西。”

“好了，别否认了，你就是这么想的。这就是你的那种老观念，那种让欧洲一直落伍的观念——我是指那种认为女人总是在想着男人的观念。如果一个姑娘取消了婚约，人人都会说：‘嗨，她心里另外有人了，她想要的是另外那个人嘛。’这太恶心了，简直难以忍受！就好像姑娘家就不能为了自由而解除婚约似的。”

他满怀敬意地回答道：“我以前或许说过那样的话，我永远不会再说了。你让我变得更通情达理了。”

她不禁脸红起来，只好假装再次检查那些窗户。

“当然了，在这件事中，根本不存在‘另外有人’的可能，没有‘抛弃’或诸如此类让人厌烦的蠢话。如果我的话让你觉得有这种意思，那我要特别谦卑地请求你原谅。我的本意只是说，你身上有一种力量，直到如今我才理解了。”

“好了，塞西尔，就这样吧。别向我道歉了，本来就是我的错。”

“这其实是不同理想之间的分歧，你的理想和我的理想——纯粹抽象的理想，而你的更崇高。我被那些陈腐拙劣的观念给束缚住了，而你一直都是那么勇敢无畏、充满新意。”他的声音变了，“因为你所做的一切，我确实必须感谢你——因为你向我证明了我实际上是一个什么样的人。我郑重地感谢你，因为你向我示范了一位真正的女人是什么样子。愿意握个手吗？”

“当然愿意了。”露西说着，另一只手伸进窗帘里紧紧地揪住，“晚安，塞西尔，晚安啊。那就这样了啊。这事是我对不起你，非常感谢你的体贴。”

“我帮你点上蜡烛，好不好？”

他们走进门厅里。

“谢谢你，再次祝你晚安。上帝保佑你，露西！”

“再见了，塞西尔。”

她注视着他轻手轻脚地走上楼梯，那三段楼梯栏杆投下的阴影，就像翅膀振动的姿态，从她脸上一一晃过。他则坚强地克制着自己，在楼梯的平台上驻足，深深地看了她一眼，仿佛在凝望永志不忘的美。尽管非常有教养，塞西尔本质上是一位自律的苦行者，因此，在他这段恋爱中，再没有比他与爱情的诀别跟他的气质更相称的了[1]。

她是再也不可能结婚的了。她心中百感交集，唯独这个念头坚定不移。塞西尔相信她，她迟早也应该相信自己。对那些在乎自由而不在乎男人的女人们，她曾把她们夸得天花乱坠，她必须成为她们中的一员了。她必须忘记乔治爱着她，忘记乔治一度通过她思考并帮她体体面面地解除了婚约，忘记乔治已经离开，堕入了——怎么说来着？黑暗的世界里。

1 本句原文戏仿莎士比亚悲剧《麦克白》第一幕麦肯对考德爵士的评价，略有改动：“人之将死，反倒是他这辈子最洒脱的时候。”

她吹灭了蜡烛[1]。

再想来想去可不行，或者，就此而言，就算去感受也不行了。她不再努力去认识自己了，却加入了被黑暗吞噬的庞大人群，她们既不追随感情，也不追随理智，却随着口号迈向她们的宿命。这些群体中满是友好而又虔诚的人，可她们却向唯一至关紧要的敌人屈服了——那就是内心的敌人。她们亵渎了激情和真理，因此她们追求美德的奋斗都是枉然。随着韶华流逝，她们都受到了谴责。她们的客套和虔诚中出现了裂痕，她们的机智变成了玩世不恭，她们的大方变成了虚伪。不管她们走到哪里，她们自己都不自在，也弄得别人不痛快。她们违抗了爱洛斯和帕拉斯·雅典娜的意志，然而并不需要任何神力干预，只需要通过寻常的自然进程，这两位同仇敌忾的神祇就足以报仇雪恨了。

露西对乔治假称她不爱他，又对塞西尔伪称她谁也不爱，由此她便加入了这个群体。夜色吞噬了她，正如它三十年前吞噬巴莱特小姐那样[2]。

---

1 影射莎士比亚悲剧《李尔王》第一幕弄臣台词："既然蜡烛灭了，我们就只有可怖的黑暗了。"

2 从第十五章开始的这三章是一个整体。石榴标志出现后，露西（珀耳塞福涅）先拒绝乔治，又跟塞西尔解除婚约，结果像神话中一样，就既不属于光明（法厄同-乔治），也不属于黑暗（冥王-塞西尔）了。不过这是对神话的戏仿和改编，并不是严格照搬。作者判定，两者都拒绝的结果，就是对感情和理智的同时背叛，她会逐渐被黑暗吞噬，巴莱特小姐就是一个先例。

18

瞒住毕比先生、汉尼却奇太太、弗雷迪和仆人们

大风山庄所在的山脊，是支撑那座山的几个巨人的拱壁之一，它坐落之地并不是山脊的最高处，而是在南坡往下几百英尺，正好在拱壁的南侧拱脚上。宅子的两侧各有一道浅浅的溪谷，里面长满了蕨类植物和松树，通往维尔德的公路就顺着左边那条溪谷蜿蜒而去。

毕比先生每次翻过这山脊，一看见那些宏伟壮观的地形和大模大样蹲在中间的大风山庄——他都会忍不住笑起来。这地理位置是何等优越，那所房子即便说不上粗制滥造，也还是过于平庸了。已故的汉尼却奇先生喜爱这座四四方方的小房子，因为就他投入的钱财来说，这房子已经回报给他最好的住处，而他的遗孀只增建了一座形似犀牛角的小塔楼，下雨天她就可以坐在楼里，看公路上的车来车往。多么的粗制滥造——然而这房子终究是“合格”的，因为住在这里的人们都真诚地喜爱周边的环境。邻近的另外一些房子是请收费昂贵的建筑师营建的，它们那些住户因为旁人而没完没了地烦躁不安，凡此种种，不过让人联想到心血来潮的临时居所罢了。而大风山庄却像是大自然亲手创造出来

的难看东西一样，直到地老天荒都必然存在。见了这所房子，人们或许会觉得可笑，却永远不会觉得没有安全感。

在这个礼拜一的下午，毕比先生骑着自行车上来，是要分享一个小道消息。他收到了那两位艾伦小姐的来信。由于没能搬来茜茜别墅，这两位令人钦佩的女士便调整了计划，作为替代，她们打算去希腊旅行。

“既然佛罗伦萨让我可怜的姐姐这么受用，”凯瑟琳小姐写道，“我们觉得，今年冬天去雅典试试也没什么不好的。不消说，去雅典就是冒险，而且医生叮嘱过她要吃一种特别的健胃面包。不过话说回来，我们可以带着那东西，何况这不过是坐完轮船换火车的事。只是不知道那里有没有英国教堂呢？”此后信里又继续写道：“我并不指望我们会跑到比雅典更远的地方去，不过，您要是听说过君士坦丁堡有什么真正舒适的旅馆，我们会感激不尽的。”

露西会喜欢这封信的，而且毕比先生见到大风山庄就生出的笑容，在一定程度上也是为了她而发的。她会看出这件事的有趣之点，以及其中的一些妙处，因为她对美肯定是能理解几分的。尽管她对美术的鉴赏力糟糕到无可救药，而且她经常穿搭得特别不协调——喃，她昨天在教堂穿那件樱桃红连衣裙！她对生活中的美肯定是能理解一点的，否则她也没办法把钢琴弹得那样有感情。他向来有一个见解：音乐家往往是极为难懂的人，而且跟别的艺术家相比，他们对自己想要什么和自己是什么样的人，了解得极其有限；他们让自己和他们的朋友都捉摸不透；他们的心理就是现代社会的新生事物，至今都没被弄明白过。他若是知情的话，就会觉得，这种看法可能正好又被事实证明了。然而他并不知道昨天发生的那一连串事情，只是骑车上这儿来喝杯茶，看看他的侄女，顺带留意一下，从那两位老妇人游雅典的愿望中，汉尼却奇小姐能否发现什么美好的东西。

一辆赶到山上来的马车正停在大风山庄外面，他刚刚瞧见那所房子，那马车就出发了，轻快地驶上车道，上了公路又猛然停下来。所以这肯定是那匹马在作怪了，它总是盼着乘客自己走上山去，免得把它给累着了。车门顺从地开启，现出两个人来，毕比先生认出那是塞西尔和弗雷迪。这俩要是结伴兜风可就太古怪了，不过他看见马车夫腿边有一个旅行箱。塞西尔戴着礼帽，应该是正要离开，而弗雷迪（头上也戴了帽子）——肯定是要送他去车站。他们走得很快，又抄了近道，那马车还在公路上“吭哧吭哧”绕弯的时候，他们就已经爬到顶了。

两人分别跟牧师握了手，却都没有说话。

“你这是要离开一阵子了吧，韦斯先生？”他问。

塞西尔说：“是啊。”弗雷迪却侧着身子往前面走。

“我来是要给你们看这封赏心悦目的信，是汉尼却奇小姐的那些朋友写来的。”他引述其中的话道，“多么让人高兴啊！多有浪漫情调啊！——她们绝对会去君士坦丁堡的，她们这是被一个牢不可破的陷阱给套得死死的了，最终她们就该去环游世界了。”

塞西尔彬彬有礼地听完，表示露西肯定会被逗乐的，而且会很感兴趣。

“浪漫情调是多难捉摸啊！我可从来没在你们这些年轻人身上发现过。你们除了打草地网球什么也不干，还说浪漫情调已经过时了，而这两位艾伦小姐却在用一切正当手段来跟这种可怕的现象做斗争呢。‘君士坦丁堡的一家真正舒适的旅馆！’所以说她们这么称呼它是嘴上客气而已，可是她们心中想要的是一家有魔法窗子的旅馆吧，在幽寂的仙乡，惊涛骇浪中泡沫滚滚，那些窗子就要对着这种场景！[1]寻常风光可满足不了这两位艾伦小姐，她们想要的是济慈才编得出来的旅馆呢。”

“很不好意思啊，毕比先生，我得打断您一下。”弗雷迪说，“您有火柴没有？”

“我这儿有。”塞西尔说。他跟那小伙子说话比以前和蔼多了，这可没逃过毕比先生的火眼金睛。

“韦斯先生，你还没见过那两位艾伦小姐吧？”

“还没有。”

“那你就不会明白这次希腊旅行的奇妙之处了。我自己还没去过希腊，也不打算去，甚至也无法想象我的任何一位朋友去那里。总而言之，对我们这些命浅福薄的人来说，希腊显然过于沉重了，你不觉得吗？我们顶多也就能应付得了意大利。意大利是半人半神的，可是希腊却要么像神，要么像魔——我没法肯定到底像哪个，然而无论像哪个，都完全超出我们这种孤陋寡闻的见识范围了。好吧，弗雷迪——我这可不是在抖机灵，我敢发誓我真没有，我那是借用了人家的看法。点完烟把火柴给我用用。”他点燃一支烟，继续跟这两个年轻人说道，“我刚才是说，像我们这种上不了台面的东郊乡巴佬生活，若是一定要给它染些底色，那就弄点意大利风情得了。凭良心说，这就足够厚重啦。就

1 此处化用济慈24岁那年春天写作的诗歌《夜莺颂》第七节最末两句，原文隐喻中世纪罗曼史的经典套路：囚禁在魔法城堡中的公主等待白马王子来解救，英雄历尽千辛万苦才打败施魔法的巫师，总算赢得了珍贵的爱情。牧师借以讽刺两位老小姐隐藏在浪漫情调后面的少女心和极度自恋，用意相当刻薄。

我而言，西斯廷教堂的天顶足矣，这样的对比也就是我能理解的极限了。可我无论如何都接受不了巴特农神庙，以及菲狄亚斯[1]的壁缘雕刻。瞧，你们的马车来啦。”

“您说得很有道理。”塞西尔说，“希腊可不适合我们这些命浅福薄的人。”说完，他上了车。弗雷迪跟着上了车，又向牧师点点头表示赞同，他相信后者说那番话确实不是在开玩笑。还没等马车驶出十多码远，他又跳下来，跑回来拿韦斯的火柴盒，这东西刚才就忘了还回去。他接过火柴盒，说道：“幸亏您刚才说的都是书什么的。塞西尔被打击得很惨呢，露西不肯跟他结婚了。要是您刚才把话题扯到她身上，就跟以前谈论他们那样似的，他说不定都已经哭出来啦。”

“可是，那是什么时候——”

“昨天深夜。我得走了。”

“那她们说不定不想我去了吧。”

“没有的事——去吧去吧，再见啦。”

“谢天谢地。”毕比先生惊喜地自语一声，赞许地拍了拍自行车后座，“那本来是她干过的唯一一件蠢事。哈，甩得好啊！”接着，他略微考虑了一下，便一鼓作气翻过山坡，心情愉快地来到大风山庄。这宅子恢复了它该有的状态——从此跟塞西尔那自命不凡的生活圈子绝缘了。

他去花园里就能找到明妮小姐了。

客厅里，露西正在叮叮咚咚地弹着莫扎特的一支奏鸣曲。他迟疑片刻，还是按照女仆的请求，径自往下走到花园里去了。

---

1 菲狄亚斯（公元前480—公元前430年），古希腊时期雅典著名雕塑家、建筑设计师，代表作有宙斯巨像和巴特农神庙的雅典娜巨像等。

就在那里，他发现众人都是闷闷不乐的。这是一个狂风大作的日子，大风漫卷，把大丽花都吹折了。汉尼却奇太太一脸的怒气，正在把它们扎起来固定住，而巴莱特小姐穿得很不合适，说是帮忙做这做那的，却只是在那里碍事。不远处站着明妮和园丁家那个娃娃——那小东西是个外国人，两人分别抓着一根长长的椴木条的一头。

“噢，毕比先生，您怎么样啊？天哪，我这儿什么都糟透了！瞧我这些鲜红的小球球给糟践的，这鬼风把人的裙子都掀乱了，地面又硬得一根杆子都扎不进去，偏偏马车还得送客，本来我都指望使唤鲍威尔来着，他这人——平心而论，扎起大丽花来倒还真是一把好手。”

毫无疑问，汉尼却奇太太已然心烦意乱到了极点[1]。

“您最近可好？”巴莱特小姐说着，意味深长地瞥了他一眼，似乎在表达一层意思：被这阵阵秋风摧折的可不光是大丽花。

“喂，兰尼，椴木条拿来呀！”汉尼却奇太太嚷道。园丁家的娃娃听不懂什么是椴木条，只是惊惶地站在路上一动不动。明妮溜到她叔叔身边，悄悄说，今天每个人的火气都很大，还有啊，那成排的大丽花总要被吹得竖着拔起来而不是横着倒伏，那可也怪不得她。

“跟我出去走走吧。”他吩咐她说，“他们都快受不了你啦。汉尼却奇太太，我没什么事，就是来逛逛。方便的话，我想带她去蜂巢酒馆吃下午茶。”

---

1 侍弄花木的露西她妈妈对应的是珀耳塞福涅之母，农业女神德墨忒尔，再次暗示本书的神话结构。珀耳塞福涅被冥王掳走，堕入黑暗，德墨忒尔心烦意乱；露西堕入黑暗，她妈妈也心烦意乱。这是又一重戏仿。

“哦，您还得去那儿吗？那就去呗。——我两只手都占满了，别给我剪刀，谢谢你，夏洛特——我完全敢肯定，不等轮到它，那株开橙花的仙人球准会先趴下的。”

毕比先生可是化解尴尬局面的高手，他便邀请巴莱特小姐陪他们一起去参加这个小小的庆祝活动。

“对对对，夏洛特，我这里用不着你了——赶紧去吧，你没必要留下来，屋里屋外都没什么事。”

巴莱特小姐拒绝了，说是她有责任帮着侍弄大丽花圃，等到把除了明妮之外的人全都搞得很恼火，她却话锋一转接受了邀请，这下又把明妮给搞得很恼火了。他们正沿着花园往上走时，那株开着橙色花朵的仙人球果然被风刮倒了，毕比先生看见的最后一个画面就是园丁家的娃娃像个恋人一样紧紧地搂着它，他那满头黑发的小脑袋埋在一大团花朵中。

“真是糟糕啊，这些花遭了这么大灾呢。”他说。

“几个月的指望毁于一旦，那总是很可怕的嘛。”巴莱特小姐说得很是精辟。

“也许我们该打发汉尼却奇小姐去她母亲那里，要不然，她会不会愿意跟我们一道去？”

“我觉得我们最好让露西自己一个人待着，干点她自己喜欢的事吧。”

“他们都生汉尼却奇小姐的气呢，因为她早餐来晚了。”明妮悄声说，“而且弗洛伊德已经走了，韦斯先生也走了，弗雷迪不肯跟我一起玩。说起来，亚瑟叔叔，这个家跟昨天相比，完全就是两个样子啦。”

“别这么夸大其词地说话。”她的亚瑟叔叔教训道，“赶紧去穿上你的靴子。”

他走进客厅，露西还在那里专心地弹着莫扎特的奏鸣曲。他进屋的时候，她停了下来。

“你还好吗？巴莱特小姐和明妮要跟我一起去蜂巢吃下午茶，你要不要一起？”

“我不太想去，谢谢您。”

“好吧，我估计你也不太愿意去。”

露西转向钢琴，弹了几个和弦。

“这些奏鸣曲可真是美妙啊！”毕比先生赞道，尽管他内心深处觉得，这些东西傻里傻气的，不值一提。

露西弹的曲子渐渐从莫扎特变成舒曼。

“汉尼却奇小姐！”

“什么事？”

“我在山上遇到他俩了，你弟弟告诉我了。”

“是吗，他这就说了？”她的语气听起来很不高兴。毕比先生感到有些受伤，因为他还觉得她会愿意让他知道呢。

“不会再传到别人耳朵里了，这话都不用我说的。”

“妈妈、夏洛特、塞西尔、弗雷迪、您。”露西说着，点到一个知情的人就弹一个音符，接着又弹出了第六个。

“如果你允许我这么说的话，我倒替你高兴呢，我还敢肯定，你做得很对。”

“我原指望别人也会这么想，可惜他们似乎并不是这样想的。”

“我是看出来了，巴莱特小姐觉得这么做并不明智。”

“我妈也这么觉得，我妈都快给气死了。”

“那可真叫人难过。”毕比先生动情地说。

汉尼却奇太太向来痛恨一切改变，也确实不高兴，却并没有到她女儿假称的那样严重，而且她也只是一时不快罢了。这不过是露西为自己的沮丧辩解的一个小伎俩——这伎俩连她本人都没意识到，因为她正在那个黑暗的群体中大步前进。

“而且弗雷迪也不高兴了。”

“可是，弗雷迪跟韦斯从来就没有多合得来，不是吗？就我以前的理解，他并不喜欢这个婚约吧，他觉得这事有可能会把他和你分开。”

“男孩子们都是怪里怪气的。”

明妮跟巴莱特小姐拌嘴的声音从楼下传来。去蜂巢酒馆吃下午茶，显然需要把衣服彻底换过啊。毕比先生看出露西（这样倒是非常得体）并不想谈论她所做的事，便诚恳地表示了支持，然后说道：“我收到了一封荒唐的信，是艾伦小姐写的，那才是真正让我来这里的原因。我还想着，没准儿它会让你们都乐一乐呢。”

“那敢情好啊！”露西干巴巴地说。

为了找点事干，他开始向她念起那封信来。才听了几句，她的眼睛就亮了，很快她就打断了他：“出国旅游？她们什么时候出发？”

“估计就是下礼拜。”

“弗雷迪说没说他是不是要直接坐车回来？”

“没有，他没提起这话。”

“因为我是真希望他不要到处去瞎说。”

这样看来，她其实想谈论她那已经解除了的婚约。他总是肯迎合人的心思，便把信放到一旁。可她立刻高声嚷道：“哎呀，快把那两位艾伦小姐的事再跟我说说吧！她们要去国外玩，这实在太棒了！”

“我希望她们从威尼斯出发，跳上一艘货轮就走，直抵伊利里亚海岸！”

她开怀大笑：“啊，那可太好玩了！我希望她们肯带上我。”

“莫非意大利让你对旅行着魔了？也许乔治·爱默生是对的，他说过：‘意大利不过是对命运的美称罢了。’”

“啊，倒不是意大利，而是君士坦丁堡，我一直都渴望去君士坦丁堡呢。君士坦丁堡实际上就是亚洲了，对不对？”

毕比先生提醒她，去君士坦丁堡其实还不大可能，那两位艾伦小姐的目标只是雅典，“如果路上平安的话，可能还要加上德尔菲”。然而这对露西的兴致毫无影响。看上去，她一直都更渴望去希腊呢。让他感到惊奇的是，她对这事看来是认真了。

“我倒真不知道，经过茜茜别墅事件之后，你跟两位艾伦小姐还是这样好的朋友。”

“咳，那件小事无关紧要啦。我向你保证，我根本就没把茜茜别墅的事往心里去。只要可以跟她们一起去，我肯付出任何代价。”

“这么快的话，你母亲舍得又放你走吗？你回家还不满三个月呢。”

“她必须放我走！”露西的情绪越来越激动，喊道，“我就是必须离开。我不走都不行啊。”她歇斯底里地用手指梳理着头发，“我这是不得不到别处去，您不明白吗？先前我没意识到这个问题——再说我当然也是特别想看看君士坦丁堡的。”

“你是说，自从你取消了婚约，你就觉得——”

“没错，没错，我就知道您会理解的。”

毕比先生并不是太理解。汉尼却奇小姐干吗就不能在自己家庭的怀抱中安生待着呢？塞西尔显然采取了一种保留尊严的态度，不会再来烦她了。这时候他突然意识到，可能是她的家庭本身让她感到烦恼。他暗示了这一点，她也急切地接受了这个暗示。

“是啊，这还用说吗？去君士坦丁堡避一阵，等到他们习惯了这个情况，而且一切都风平浪静了再说。”

“只怕这事让你伤了不少脑筋吧。”他柔声说。

“没有，完全没费心。塞西尔其实对我挺好的，只不过——我还是把内情都告诉您吧，既然您都听到风声了。这事是因为他太爱控制人了。我发现他就不肯让我按照自己的意愿行事，他非要在我改不了的方面来改变我不可。塞西尔不肯让女人为自己做决定——实际上，他就不敢。我说的这都是什么傻话啊！不过也就是这一类的事了。”

“这正是我根据自己对韦斯先生的观察所料到的结果，也正是我根据对你的全部了解料到的结果。我是真的完全支持你，完全赞同你的做法。我和你看法这么一致，你可得让我提一点小小的批评：就这事，值得你手忙脚乱地往希腊跑吗？”

“可是我总得有个地方去啊！”她嚷道，“我都担心了一上午，刚好您带来了我最想要的消息。”她握起拳头敲了敲膝盖，重复道，“我必须去呀！不过我还能跟妈妈待在一起的时间可就不多了，再说，今年春天她已经花了那么多钱在我身上。你们都太高看我了，我倒希望你们对我别这样好啊。”就在这时候，巴莱特小姐进来了，于是露西越发焦躁起来，“我必须离开啊，要走得远远的。我一定要知道自己的心意，知道自己想去哪里。”

“走了走了，喝茶喝茶喝茶。”毕比先生说着，催着他的客人们从前门走出去。他推着她们走得太匆忙，结果把自己的帽子都忘了。回头取帽子的时候，他听见莫扎特的一支奏鸣曲正在叮叮咚咚地弹奏，这让他松了一口气，又感到惊讶。

“她又在弹了。”他对巴莱特小姐道。

“露西可不是一直都很能弹的嘛。”这便是她尖刻的回答。

“她有这样一种才艺，真是让人挺欣慰的。她明显是在担心，就好像……当然她也应该担心。我可全都知道啦。婚期都已经这么近了，她心里肯定费了好一番挣扎，才能打起精神来开口吧。”

巴莱特小姐微微扭了一下身体，于是牧师做好了讨论的准备。他从来就搞不懂巴莱特小姐的想法。正如他在佛罗伦萨时暗想的那样：“她或许会展示出其怪癖中尚未被人领教过的奇趣，尽管这未必有什么意义。”可是她既然这么没有同情心，那她必定是可靠的吧。心里有了这样的假设，他跟她议论露西的心思便再无一分犹豫了。幸好明妮这时候正忙着采集蕨类植物。

议论之际，她劈头一句便是：“我们最好别再提起此事了。”

“我不明白你的意思。”

“最最要紧的是，可不能有风言风语流传到夏日大街去呀。现在这节骨眼上，要是对韦斯先生被甩的事说长道短，那可就死定了。”

毕比先生惊得扬起了眉毛。“死定了”可是很强烈的字眼——无疑是过于强烈了，压根就没有悲剧的可能性。他说：“这个自然，汉尼却奇小姐愿意的时候，会用她自己的方式把这事公之于众的。弗雷迪之所以跟我说，是因为他知道她不会介意的。”

“我明白。”巴莱特小姐客气地道，“可是弗雷迪连跟您也不该说，小心驶得万年船。”

“是这个道理。”

“我真心恳求您，要绝对保密。哪怕不小心泄露一言半语给哪个爱传闲话的亲朋好友，那可就——”

“还真就是这样呢。”对这种神经兮兮的老小姐，以及她们爱把几句话看得比天还大的做派，他可早就习惯了。教区长总是生活在各种鸡零狗碎的秘密、知心话和警告织成的罗网中间，他越明智就越不会把这些东西太当回事，而是径自改变话题。毕比先生就是这样做的，只听他欢快地说：“你最近收到过当时在贝托里尼旅馆的那些人的信吗？我想你跟拉维西小姐一直有联系的吧。我们这伙住在那间旅馆的人，看似偶然凑到了一起，却一直牵连到彼此的生活中了，想想都觉得奇怪。我们当中有两个、三个、四个、六个——不对，有八个人，我可把爱默生父子给漏了——或多或少还有联系吧。我们可真应该给那位老板娘写封感谢信呢。”

鉴于巴莱特小姐并没流露出赞同这计划的意思，他们便默默无言地上了山，只有当教区长偶尔叫出一些蕨类植物的名字，才不时打破这沉默。登上山顶，他们停留了片刻。自从他前一个小时在这里驻足以来，这天空变得更为狂暴了，给这片土地增添了一种萨里郡罕有的悲壮感。灰色的云朵正在向丝丝缕缕的白云发起冲锋，那些白云慢慢被拉长、破碎，然后被撕裂，直到从它们最后残留的云层中，隐隐闪出一线正在消失的蓝天。夏天正在仓皇撤退。悲风怒号，落木萧萧，然而对天上那气势恢宏的战斗来说，这点动静可就显得不够了。要变天啦，风云突变，天都塌啦。惟其如此，每逢这样的紧要关头，众天使执掌的大炮一齐发射，演化出一声声雷鸣，给人的感觉总是相得益彰，而不是所谓的超自然。毕比先生的目光凝视着大风山庄，这会儿露西就坐在那里，正在练习莫扎特的曲子呢。他的嘴角不露一丝笑容，再一次改变了话题。他说："雨是不会下的，天色变黑可就躲不过去了，所以我们赶紧走吧。昨天夜里真黑啊，简直瘆人。"

他们在五点左右赶到了蜂巢酒馆。那家可爱的小酒馆有一个阳台，年轻人和大大咧咧的家伙倒是爱坐在那里，而上了年纪的顾客则寻求一间地面用沙子打磨过的宜人房间，舒舒服服地坐在桌边吃下午茶。毕比先生见势明白，巴莱特小姐若是坐在外面，她就会觉得冷，而明妮坐在屋里就会觉得无聊，于是他就建议他们这个小群体分开坐，他们会把吃的从窗户递给那孩子。这样他就顺带可以讨论露西的命运了。

"巴莱特小姐，我琢磨着，"他说，"除非你坚决反对，我想跟你再聊聊这件事呢。"她微微点了点头。"过去的事都不说了，我知之甚少，而且也不太关注。我完全肯定，你这位表妹是很值得赞扬的。她的做法既高尚又合情合理，而她说我们高看了她，也正符合她那温柔谦逊的性情。但是她今后可怎么办呢？说实在的，你怎么看这个去希腊旅游的计划？"他再次掏出那封信，"我不知道你有没有听见，可是她很想参加到那两位艾伦小姐的疯狂活动中去呢。这整个就是——我都没法形容了，这个想法就是不对的。"

巴莱特小姐不声不响地看完那封信，把它放下来，似乎有些犹豫，随即又看了一遍。

"我自己可没法理解这样做的意义在哪儿。"

让他惊愕的是，她回答说："这我就不能同意您了。我突然发现，这样做倒是解救露西的一种方式呢。”

“当真？好吧，这话怎么说？”

“她就是想离开大风山庄。”

“这我明白——可这显得太古怪了，太不像她的为人了，太——我刚才本来想说，自私了。”

“这是自然而然的事啊，毫无疑问——经过这些不愉快的事情之后，她会渴望换个环境啊。”

男性思维对很多事根本理解不了，这件事明摆着就是一个例子。毕比先生惊讶道：“她自己也这么说来着，既然又有一位女士也认同她的看法，我得承认，我在某种程度上被说服啦。没准她是应该换个环境呢。我没有姐妹或——所以我就不懂这一类的事。可她何必要跑到希腊那么远的地方去呢？”

“也难怪您会这么问了。”巴莱特小姐明显产生了兴趣，几乎终止了她那躲躲闪闪的态度，回答说，“为什么要去希腊呢？（你是要什么，明妮亲爱的——是果酱吗？）为什么不是去潭桥泉呢？唉，毕比先生！今天早上，我跟亲爱的露西费了很长时间的口舌，却闹得特别不满意。我是帮不了她啦，我也不会再劝她什么了。也许我已经唠叨得太多了，我就不该这样说长道短的。我当时是想让她跟我去潭桥泉待六个月，她还偏偏不领情呢。”

毕比先生用餐刀把一个面包渣戳来戳去。

“不过我的感受倒也不值什么。我再清楚不过了，我已经把露西给惹毛了。我们的旅行就是一场失败。她当时想离开佛罗伦萨，等我们赶到罗马的时候，她又不想待在罗马了，然而我始终都想着，我这花的可是她母亲的钱啊——”

“我们还是说将来怎么办吧。”毕比先生打断道，“我想听听你的看法。”

“那好啊。”夏洛特说。她的话头转变得出其不意，简直令人窒息，尽管在露西看来这并不新鲜，对牧师来说却是初次见识到，“我本人是愿意帮助她去希腊的。您呢？”

毕比先生沉吟着。

“这是绝对有必要的。”她压低嗓门，放下面纱，透过它继续说道。她那种充满激情又异常炽烈的语气，让他颇为吃惊，“我懂她的心思——我真的懂啊。”天色开始黑起来了，他感到这个古怪的女人确实是知道了些什么，“她可千万不能留在这里，哪怕一时半刻都不行，而且我们必须守口如瓶，一直到她离开为止。我估计那些仆人什么都没听说，等她走了以后——不过我可能已经说得太多啦。只不过，光靠露西和我，是根本说服不了汉尼却奇太太的。要是您肯帮忙，我们或许还有几分胜算。要不然——”

“要不然？”

“要不然。”她重复了一句，就像这句话左右着结局似的。

“行吧，我愿意帮她说说。”牧师说着，紧紧地抿了抿嘴，“好了，我们现在就回去吧，把整个这一摊事都了结了。”

巴莱特小姐立刻冒出了一堆感激的话，简直说得天花乱坠。在她道谢之际，酒馆招牌——那是一个蜂巢图案，许多蜜蜂均匀地点缀其中——在外面的风中嘎吱作响。毕比先生其实不是很了解真实情况，不过，他并不太想去了解，也没有贸然认定“她是另外有人了”，要是换个更粗鄙的机灵人，多半已经去注意这方面的迹象了。他只是觉得，巴莱特小姐了解某种说不清道不明的影响因素，那姑娘正渴望从它的魔爪中获得拯救，而且那种影响因素很可能是通过肉身来起作用的。正是这种说不清道不明的感觉，激发了他的骑士精神。他对禁欲生活的信奉向来讳莫如深，极为谨慎地隐藏在他的宽容和教养底下，此时却忽然冒头了，像一种非凡而娇嫩的花朵一样怒放开来。“结婚是好，不结婚更是好。[1]”他的看法就是这样的，因此他每次听说有婚约被取消，都不免带着一种轻微的喜悦之情。就露西这次解除婚约来说，由于不喜欢塞西尔，他的喜悦变得越发强烈了。而且他愿意更进一步——去把她藏到危险够不着的地方，直到她能坚定她那保持童贞的决心。这种感觉极其微妙，也并不那么教条，他从来没有向任何牵扯到露西爱情纠葛中的人透露过。然而它毕竟是存在的，光是它本身就足以解释他随后采取的行动，以及他对他人行动的影响力。他跟巴莱特小姐在酒馆里达成的协定，不光要帮助露西，也要去帮助宗教。

整个世界黑暗而又阴沉，他们匆匆赶回大风山庄，途中牧师谈到了不同的话题：爱默生父子需要一名管家；仆人们；意大利仆人；关于意大利的小说；有警世意义的小说；文学能否影响生活。大风山庄的灯火在黑暗中闪着微光。花园里，汉尼却奇太太如今有弗雷迪帮忙，还在奋力营救她的那些花花草草。

“天都黑透了。”她绝望地说，“都是因为拖来拖去才弄到这步田地的。我们早就该知道很快会变天，而现在露西又想跑到希腊去。天晓得这个世界要怎么收场呢。”

“汉尼却奇太太。”他说，“希腊她是应该去的。上屋里来吧，我们好好说说这事。首先得问一句啊，她跟韦斯分手让你不

1 这话是戏仿《圣经·哥林多前书》7:38而来，原文为“叫自己的女儿出嫁是好。不叫她出嫁更是好”。

高兴了吗？”

“毕比先生，我倒是觉得庆幸呢——简直就是谢天谢地。”

“我也是。”弗雷迪说。

“那就好说了，来吧，赶紧上屋里来。”

他们在餐厅里商量了半个小时。

光靠她自己，露西绝对没法实现去希腊的想法。去希腊旅游，又要破财又夸张做作——这两样都是她母亲特别厌恶的。夏洛特也是不可能成功的，这一天的荣誉归于毕比先生。凭着他的老练和常识，加上他作为牧师的影响力——因为任何一名牧师，但凡不是傻子，都会对汉尼却奇太太产生重大影响——他说服她向他们的意志妥协了。“我可不明白为什么一定要去希腊。”她说，“不过既然您认为有必要，我估摸着那也行。这应该是有什么讲究吧，反正我是搞不懂啦。露西！我们告诉她去。露西！”

“她在弹钢琴呢。”毕比先生说。他打开门，随即听到一首歌的歌词：

美人娇态莫相窥。[1]

“我以前不知道汉尼却奇小姐还会唱歌。”

---

1 出自瓦尔特·司各特小说《拉美莫尔的新娘》，是女主人公露西·阿希顿的父亲听见她唱的一首歌。该小说后经多尼采蒂改编成歌剧《拉美莫尔的露琪亚》，一度号称最难歌剧。唱这首歌的露西·阿希顿是一个表面对什么都不在意、实则内心暗藏着激情的姑娘，跟正在唱这歌的露西·汉尼却奇很相似。不过就歌词本身而论，基本上就是打油诗或顺口溜，被当时的音乐家认为是“非常低俗”的。

王师征伐莫相随，

玉醅金樽勿轻尝——

“那是塞西尔给她的一首歌。年轻姑娘可真古怪！”

“什么事啊？”露西突然停下来，大声说。

“没事了，亲爱的。”汉尼却奇太太和蔼地说。她走进客厅，毕比先生听见她吻了一下露西，随即说道：“对不起，我对你想去希腊的事那么生气，不过当时我本来就因为大丽花烦得要命了。”

一个相当冷淡的声音说：“谢谢你，妈妈。这种事一点都不重要。”

“还有呢，你的想法也是对的——希腊就希腊吧。要是那两位艾伦小姐肯带上你，你就可以去啦。”

“哎呀，太好了！噢，谢谢你！”

毕比先生跟着进了屋。露西仍然坐在钢琴跟前，两手放在琴键上。她很高兴，不过毕比先生本来期待的是更强烈的喜悦之情。她母亲俯身朝向她，弗雷迪斜倚在地板上，脑袋靠在她身上，嘴里叼着一个没点燃的烟斗，她刚才就是在唱歌给他听的。奇怪的是，这个群体看起来非常动人。毕比先生热爱古典艺术，见此情景，想起了一个他最喜欢的主题“神圣谈话”。在这种场景中，那些彼此深爱的人都被描绘成正在一起谈论高尚事物的模样——这是一个既不表现肉欲也不哗众取宠的主题，却因此被当代的艺术给忽略了。露西在家里明明有这样贴心的自己人，为什么她还想结婚或者旅行呢？

玉醅金樽勿轻尝，

隔墙有耳勿开讲——

她继续唱道。

“毕比先生也在呢。”

“我无礼惯了，毕比先生可是知道的。”

“这首歌又好听又睿智。”他说，“接着唱啊。”

“其实也没那么好。”她无精打采地说，“我忘了是为什么——是因为和声还是什么来着。”

“我还以为是因为它比较通俗呢。这歌多好听啊。”

“调子倒是相当不错的。”弗雷迪说，“歌词可就太烂了，干吗要认输啊。”

“你这话说得可真够傻的！”他姐姐回答。“神圣谈话”结束了。露西又不是非谈论去希腊的事，或非感谢他帮着劝服了她母亲不可——毕竟也没有这个道理，所以他就告辞回去了。

弗雷迪在门廊里帮牧师点亮了自行车灯，他是说俏皮话惯了的，当即说道：“今天这个日子，可真是不寻常的难熬呢。”

掩耳隔绝伶人音——

“等一下啊，她马上就唱完了。”

素手不碰玫瑰金，

心手空空眼茫然，

生逸乐兮死寂然。

“我可喜欢这样的天气了。”弗雷迪说。

毕比先生走进这阴暗的大风天里。

有两个主要的事实是明摆着的。她表现得好极了，而他则帮助了她。对一个年轻姑娘人生中如此巨大的变化，他可没法指望能掌控一切细节。就算他时不时地感到不满意，或是觉得迷惑，那他也得默然接受。她已经在选择更好的道路了。

心手空空眼茫然——

这首歌怕是把“更好的道路”宣扬得用力了点。他有些觉得，那喧闹的伴奏——即使在秋风的怒啸中也没逃过他的耳朵，其实倒是很符合弗雷迪的性子，同时他温和地批判起它所烘托的歌词来：

心手空空眼茫然，
生逸乐兮死寂然。

然而，大风山庄第四次泰然自若地盘踞在他的下方——在奔腾澎湃的黑暗浪潮中，如今它就像一座灯塔。

19

对爱默生先生撒谎

两位艾伦小姐就住在布鲁斯伯里附近那家她们喜欢的禁酒宾馆——那是一家干净、不通风的旅馆，在外省来的英国顾客当中很受欢迎。每次渡海去国外旅行之前，她们总会栖居在那里，花上一两个星期，细心周到地准备衣服、旅游指南、防水布、健胃面包以及其他去欧洲大陆旅行的必需品。她们从来没想到过国外也有商店，哪怕是雅典那么远的地方，因为她们把旅行当作一种战争，只有在秣市[1]那些商店里全副武装的人才许参战。她们估计，汉尼却奇小姐会确保自己把一应物品准备齐全。奎宁如今可以买到片装的了；要在火车上醒神洁面的话，肥皂纸太好使啦。露西答应下来，心里却有点沮丧。

“不过这些事也不用多说，你自然都是知道的，再说有韦斯先生来帮你呢。有个男人在，照应起来多方便啊。”

汉尼却奇太太陪着女儿一起进城来了，她开始神经质地不停轻敲她的名片盒。

1 秣市，位于伦敦查令十字街附近，最早是为皇家马厩提供草料的民间市场，后来发展成包括剧院、酒店等多种场所的繁华商业街区。

“韦斯先生居然舍得放你走，我们都觉得他这人真好。”凯瑟琳小姐继续说，“可不是每个年轻人都肯这样大方的。不过，他说不定过一阵就要到国外跟你会合了吧。”

“要不然就是他的工作让他没法从伦敦脱身？”特蕾莎小姐说。在姐妹俩当中，她更敏锐，却不那么亲切。

“话说回来，他给你送行的时候我们就会碰到他了。我真盼着见见他呢。”

“没人会给露西送行的。”汉尼却奇太太插话说，“她不喜欢这种事。”

“是啊，我讨厌送行。”露西说。

“当真？你真有意思！我早该料到的——”

“对了，汉尼却奇太太，你不打算一起去吗？能结识你，可真是我们的荣幸啊！”

她们总算离开了，露西便松了口气，说道：“好了，可算熬过这一关了。”

可是她妈妈却生气了：“亲爱的，既然你觉得我这么不支持你，你早就该跟我直说。然而我不明白，你为什么没把塞西尔的事告诉你的这些朋友，从此一了百了呢。刚才我们被逼得一直坐在那里搪塞来搪塞去的，差点就撒谎了，还险些被人看穿。我觉得，这让人特别不舒服。”

作为回应，露西说得出一车皮的话来。她形容了两位艾伦小姐的性格：这俩都爱嚼舌头，你要是跟她们说了，消息马上就会传得全世界都知道的。

“可这事为什么就不该马上传得全世界都知道呢？”

“因为我跟塞西尔商量好了的，这事要等我离开英国才宣布啊。到时候我就会告诉她们的，那样会愉快得多。雨真大啊！我们去这里面躲躲吧。”

“这里”指的是大英博物馆，汉尼却奇太太拒绝了。要躲雨也行，那就去商店里躲吧。露西心里很看不上这个选择，因为她新近迷上了希腊雕塑，而且都已经从毕比先生那里借了一本神话词典，来恶补那些女神和男神的名字。

“得啦，那就进商店躲雨好了。我们去穆迪书店[1]吧，我要买一本观光指南。”

“我跟你说，露西，你、夏洛特和毕比先生全都告诉我，我有多么愚蠢，那我也就认，可是我永远都搞不懂你这种鬼鬼祟祟的行径。你都把塞西尔给甩啦——虽然我当时确实生了一阵子气，可是那样也好，谢天谢地，他可算滚蛋了。不过这事它为什么就不能宣布呢？干吗要这样遮遮掩掩又偷偷摸摸的？”

“就几天而已嘛。”

“可是究竟为什么要这样？”

露西不吭声。她和她妈妈看问题的方式开始不一样了。具体原因说起来倒是很容易的：“因为乔治·爱默生一直在纠缠我，要是他听说我甩了塞西尔，说不定又要开始来——”多容易啊，而且还有个顺带的好处是完全属实。但她就是没法开口说这事。如今她很反感把心里话都说出来，因为它们会导致自我认知，还会招来一切可怕的东西中最可怕的那一种——也就是一切都真相大白。自从在佛罗伦萨的最后那个晚上以来，她就已经断定，掏心掏肺地跟人说话是愚蠢的。

---

1 穆迪书店，在1842—1894年间严重影响维多利亚小说销售模式和产品形态的一家流通图书馆和书店，推行三卷本形式和适合中产阶级家庭口味的内容。

汉尼却奇太太也不吭声了。她是这么想的："我女儿都不肯回答我的话了。她宁愿跟那两个爱刨根问底的老处女鬼混，也不愿跟弗雷迪和我待在一起了。看样子只要她能离开这个家，跟什么样的无赖搅在一起她都肯。"她可不是那种长期把话憋在心里不说的人，于是脱口而出道："你是厌烦大风山庄了。"

这话说得可太对了。露西摆脱跟塞西尔的婚约之后，确实想过恢复在大风山庄的生活，可她发现，她的家已经不复存在了。这个家也许对弗雷迪来说还是存在的，因为他仍然坦率地生活和思考着，但是对一个刻意扭曲自己头脑的人说，它却不存在了。她不承认自己的头脑已经被扭曲了，因为要想承认，就必须有人脑本身的协助，偏偏她正在扰乱的正是这个生命器官。她只是认为："我可不爱乔治，我解除婚约是因为我不爱乔治。我必须去希腊，因为我不爱乔治。我在词典里查找希腊诸神的名字比帮我妈做事要紧多了。别的人全都表现得很糟糕。"她只是感到烦躁和恼怒，又迫切地想去做人家觉得她不应该做的事，于是，她就在这种情绪中继续跟她妈聊天。

"唉，妈妈，你在胡说八道些什么啊！我才没有厌烦大风山庄呢。"

"那怎么还要琢磨半个小时，干吗不马上就这样说？"

她敷衍地笑了一下："说是半分钟只怕还差不多。"

"恐怕你就是想彻底摆脱这个家吧？"

"小点声，妈妈！可别让人家听见了。"因为她们已经进了穆迪书店。她买了观光指南，接着说道："我当然想是住在家里的，不过我们既然都谈到这个了，我不如直说了吧，以后我想外出的时候会比现在还要多呢。你是知道的，明年我就可以自己支配爸爸留给我的那份遗产了。”

她母亲眼里涌出了泪水。

一种不可名状的迷乱之感——在上了年纪的人身上这会被称为“怪癖”，迫使露西决意把话说清楚：“我见的世面太少了——在意大利的时候，我感到自己特别不合群。我见识的生活也太少了，我就应该多来伦敦——不是像今天这样买张折价票，而是住下来。我甚至还可以出点钱，跟别的姑娘合租一套公寓。”

“然后就跟打字小姐和没爹娘照管的顽童混在一起。”汉尼却奇太太大发雷霆，“煽动别人，大喊口号，连踢带蹬地被警察拖走。[1]把这个叫使命——明明谁也不需要你！管这个叫职责——其实是指你连自己的家都容忍不了！管这个叫工作——哪怕成千上万的男人都因为竞争连饭都吃不饱！然后呢，为了让自己做好思想准备，就找两个连路都走不稳当的老女人来，跟她们一起跑去国外。”

“我就是想更独立一点。”露西牵强地说。她明白自己是需要某种东西，而独立是一个很好用的说法。我们是永远都可以说我们还没有获得独立的。她试图回想起自己在佛罗伦萨时的情绪：那是真诚而热烈的情绪，让人想到的是美，而不是穿短裙的打字小姐和胸口挂着钥匙的小屁孩。不过独立这个说法倒确实提醒了她自己。

“很好，那就带上你的独立走吧。到处折腾、满世界疯去吧，等到吃残羹冷炙瘦成火柴棍了才回来！鄙视你父亲建好的房子和亲手种满的花园，鄙视我们钟爱的风景——然后去跟别的姑娘合租公寓去吧。”

1 她是怀疑露西会参加英国“妇女选举权之母”埃米琳·潘克赫斯特（1858—1928）在1905年掀起的妇女参政激进运动，当时很多妇女因此被捕。

露西嘟嘴道："可能我是说得太急了点。"

"唉，老天哪！"她母亲突然怒道，"你可真让我想起夏洛特·巴莱特来了！"

"夏洛特！"这话太伤人，可算把露西给刺痛了，她也一下子变得气急败坏。

"每分每秒都更像她了。"

"我不明白你到底什么意思，妈妈。夏洛特和我绝对是最不像的了。"

"哈，我可看出是哪儿像了。同样是没完没了的焦虑，同样是说过的话要收回去。昨天晚上，你跟夏洛特非要把两个苹果分给三个人不可，那样子怕不是亲姐妹呢。"

"这叫什么话啊！你要是这么不喜欢夏洛特，却还要请她来住，那才真叫人遗憾呢。我都提醒过你她是什么样人了，我恳求过你、哀求过你，不要去把她给招惹来，可是我说的话你怎么肯听呢？"

"瞧瞧，我说得没错吧。"

"您好意思再说一遍吗？"

"又是夏洛特那种腔调，我的好闺女。我也就点到为止吧。你连说出来的话都跟她不差分毫呢。"

露西恨得直咬牙："我说的关键是，你就不该把夏洛特请到我们家来住着不走。我希望你不要这样离题万里地东拉西扯。"于是母女俩的对话就在这样一番纠缠不清的争吵中结束了。

她和她母亲一声不吭地买了东西，在火车上没怎么说话，在朵金火车站坐上前来接她们的马车后，也还是很少说话。大雨下了一整天，她们沿着萨里郡那些幽深的小巷子往上爬坡时，雨水顺着头顶上的山毛榉树一阵一阵地往下滴落，把车篷砸得噼里啪啦地响。露西抱怨车篷里太憋闷了。她探身向前，望向车外烟水朦胧的黄昏，看着马车灯就像探照灯一样扫过泥泞和树叶，却照不出什么美好的事物。“等夏洛特上了车，就会挤得不成样子了。”她说。因为她们要在夏日大街接巴莱特小姐，上午马车下坡的时候她就是在那里下车的，说是要去拜访毕比先生的老母亲。“明明都没下雨了，树上还在滴水，我们只能三个人挤在一边了。唉，我可真想透透气啊！”接着她又聆听那一阵阵马蹄声：“得得得，他没说——得得得，他没说。”泥泞的道路让这曲调听起来也含糊不清了。“我们就不能把车篷放下来吗？”她不耐烦地说。她母亲却忽然温柔起来，答应说：“好好好，大小姐，那就让车停下来吧。”马车随即停了下来，露西和鲍威尔就使劲把车篷拽下来，却给汉尼却奇太太灌了一脖子的雨水，顺着往下淌。不过这车篷放下来之后，露西也确实看见了本来不会看见的事——茜茜别墅的窗子里没有灯光，此外，就在花园大门上，她觉得她看见了一把挂锁。

“鲍威尔，那房子又要出租了吗？”她大声说。

“是啊，小姐。”他回答。

“他们都搬走了？”

“对那位年轻的先生来说，这里离城太远，而他父亲的风湿病已经发作了，不能一个人住在这儿。所以他们想带家具出租。”这就是车夫的答复。

“那他们都搬走了？”

“没错，小姐，他们都搬走了。”

露西靠回到座椅上。马车在教区长住宅门前停了下来，她便下车去叫巴莱特小姐。如此看来，爱默生父子都搬走了，那么为了去希腊的这一番折腾原来只是多此一举。白费了！这个字眼简直可以道尽整个人生。白费了计划，白费了钱财，白费了爱情，而且她还伤了她母亲的心。有没有可能她已经虚度了她的人生？非常可能。浪掷一生的大有人在。女仆开门的时候，她连话都说不出来，只是死死地盯着门厅发傻。

巴莱特小姐立刻露面了，跟着就远兜远转地绕了一大篇话，这才开口求了一件天大的事：她可不可以去教堂做礼拜？毕比先生和他母亲都已经去了，不过她不肯跟他们一起动身，除非她能得到女主人的完全许可，因为那等于说还要让马匹好好等上十分钟呢。

“这还用问吗？”女主人不耐烦地说，“我都忘了今天是星期五，我们都去吧。鲍威尔可以到马厩那边去转转。”

“露西，最亲爱的——”

“我可不去教堂，谢了。”

巴莱特小姐轻叹一声，她们俩就出发了。看不见教堂在哪儿，不过就在那一片黑暗中，左边隐隐透出一点色彩。那是一扇彩色玻璃窗，有微弱的光透过它映出来，接着门打开了，露西听见毕比先生的声音正在对寥寥数人的会众，匆匆念诵一篇应答祈祷。就连他们这座教堂，如此巧妙地修建在山坡上，伴着那浮雕的漂亮耳堂和覆满银色木瓦的尖塔——就连他们这座教堂，也已经失去了它的魅力。而且她从来没跟人详谈过的话题——宗教，也像其他一切事物一样正在消失。

她跟着女仆进了教区长住宅。

她愿不愿意到毕比先生的书房里坐坐？只有那里才生着火。

她并不反对。

书房里已经有人了，因为露西听见了女仆的话："有一位小姐要在这里等人，先生。"

老爱默生先生正坐在炉火旁，一只脚架在痛风时用的搁脚凳上。

"哟，是汉尼却奇小姐啊，是什么风把你给吹来了？"他抖抖索索地说。露西发现，自从上个星期天以来，他的变化很明显。

她一句话都说不出来。乔治她是当面锣对面鼓地交锋过了，而且她有本事再亲自打发他一次，可她想不起该用什么态度来对待他父亲。

"汉尼却奇小姐，好姑娘，我们可太对不起你了！乔治他难过极啦！他以为他有资格去试试的。我没法责怪自己的儿子，不过我还是希望，他要是先跟我说一声就好了。他就不该去试。这事我可是完全蒙在鼓里的。"

她多希望还能想起该怎样给出正常反应！

他举起一只手："不过你可千万别骂他！"

露西背过身，开始查看毕比先生的藏书。

"我是教导过他，要相信爱情。"他抖抖索索道，"我说，'爱情只要一产生，那就是实打实的了'。我说，'激情可不盲目，没错，激情清醒得很。而你爱的那个女人呢，她就会是唯一你真正懂得的人了'。"他叹了口气，"这是真的，永远都是真的，虽然我年轻的日子已经过去了，虽然结果成了这样。可怜的孩子！他多难过啊！他说，你当时肯定是糊涂了，竟然把你表姐也带了去。还说不管你当时怎么想的，都不是你真正的心意。不过，"他的声音渐渐恢复了力量，为了把话问清楚，他说得相当直白，"汉尼却奇小姐，你还记不记得意大利？"

露西挑了一本书——那是一册《旧约评注》。她拿这本书遮住自己脸，说道："我可不想谈论意大利，或者任何牵扯到您的儿子的话题。"

"不过你其实还是记得的吧？"

"他从一开始就行为不端了。"

"我也是直到上个星期天才得知他爱你。我从来就没办法去评判别人的行为。我——我——估计他怕是真有失礼之处吧。"

她感到自己越发镇定了，便把那本书放回原处，转身直接面对着他。他的脸庞有些松垂，又有点浮肿，不过他的眼睛虽然都眍瞜进去了，却还是闪耀着赤子般的无畏神色。

"什么呀！他做出了非礼之举。"她说，"知道他难受我才开心呢。您可知道他都干出什么事了吗？"

"说不上非礼吧。"他纠正得很是小心，"他只是在不该争取的时候争取了。你如今是心想事成了，汉尼却奇小姐，你就要跟你爱的人结婚啦。从乔治的人生中消失的时候，可别骂他非礼。"

"对，我怎么能那么说呢。"因为牵扯到了塞西尔，露西心中颇有愧意，"说'非礼'确实是太过了，很抱歉我用了这话来说您的儿子。我觉得我终究还是想去做礼拜的，我妈妈和我表姐都已经去了，我就不应该这么晚才——"

"尤其现在他已经一蹶不振了。"他低声说。

"什么意思？"

"自然一蹶不振了。"他默然把双手一拍，脑袋垂到胸前。

"我没听明白呢。"

"就跟他妈妈当时那样。"

“可是，爱默生先生——爱默生先生——您究竟在说些什么呀？”

“因为我不愿意让乔治受洗。”他说。

露西听得害怕起来。

“而她原先也同意洗礼是不重要的，可他在十二岁的时候发了高烧，她的想法就变了。她认为那是遭了报应。”他打了个哆嗦，“唉，太恐怖了，我们跟那种玩意儿已经连边儿都沾不上了，和她父母也断绝了关系。噢，太可怕了。最糟糕的是——比死亡都还要糟糕的是，等你在荒野中开辟出一小方净土，打理好你的小花园，让阳光照进来，然后呢，那些杂草却又偷偷钻进来了！遭了报应！所以我们的儿子得了伤寒，就是因为没让牧师在教堂里往他身上洒过水！你觉得这可能吗，汉尼却奇小姐？我们就应该永远倒退到黑暗中去吗？”

“我可不知道啊。”露西听得倒抽一口冷气，“我不懂这种事，这种事我是注定搞不懂了。”

“可是伊戈先生——趁我出门的时候他摸到我家里来，就根据他的信条行事了。我不怨他，不怨任何人……然而等到乔治病好的时候，她却又生病了。那位牧师让她反省她的罪过，于是她就这样反省着，从此一蹶不振了。”

所谓爱默生先生在上帝看来谋害了他妻子，原来是这么回事。

“哎哟，这太可怕啦！”露西说着，终于把自己的那些事都先抛到了一边。

“他还是没有受洗。”老人说，“我当时真的很坚决。”随即他用坚定的眼神盯着那成排的书籍，就像——付出的代价多大啊！就像他已经战胜了它们一样。“我的儿子必须清清爽爽地回归尘土，容不得他们来毒害。”

她问他，小爱默生先生是不是生病了。

“唉，就是上个星期天。”他开始说起眼前的事，“上个星期天，乔治——没有，倒不是生病，他只是从此消沉起来了，他从来不生病的。不过他到底是他妈妈的儿子，她的眼睛遗传给了他，她的额头我觉得特别漂亮，也遗传给了他，然而他觉得再活着已经没有意义了，人生总是难以预料。他会活下去的，可是他觉得再活着已经没有意义了。他再也不会觉得还有什么有意义的事了。你还记得起佛罗伦萨那间教堂吗？”

露西还记得，而且想起了自己当时是如何建议乔治去集邮的。

“你离开佛罗伦萨之后——太可怕了。然后我们就到这里来租了那套房子，然后他和你弟弟一起去游泳，忽然又变得好些了。你撞见他游泳了？”

“我觉得挺不好意思的，不过谈这件事没什么意义了。我为这事感到非常、非常抱歉。”

“那之后又冒出一件事，牵扯到一本什么小说。我当时压根儿就没听明白，也只得听了那么些就算了，因为他不高兴再跟我说，他觉得我太老啦。唉，那也只好这样了，人肯定都是要遇到挫折的。乔治明天要过来，接我去他在伦敦的住处。他在这一带是住不下去了，而我必须待在他身边。”

“爱默生先生！”姑娘喊道，“您别走啊，最起码别因为我的缘故搬走吧。我就要去希腊了，可别就这样扔下你们这个舒适的家。”

她的声音第一次变得这么亲切，他便微笑道：“大家都是好人！你看这毕比先生——上午他去我们家串门，听说我要走了，就收留了我！瞧，我现在烤着火舒服着呢。”

“没错，不过你可不许回伦敦！这太荒谬了。”

“我得跟乔治待在一起，我得让他愿意好好享受生活，要是留在这儿的话，他就办不到了。他总是在念叨着想要见到你，想听人说起你的事——我可不是在为他辩解啊，我只是在说已经发生的事罢了。”

“哎呀，爱默生先生。”她一把抓住他的手，“您可千万别走啊。我这人就是个麻烦，到现在为止，把认识的人都给祸害得够呛了。我不准你们明明喜欢这房子却搬出去，而且说不定还要为此倒贴些钱吧——还都是因为我的缘故。您可一定得留下来！我正准备去希腊呢。”

“直奔希腊吗？”

她的态度有些变了。

“去希腊？”

“所以您一定要留下来啊。您是不会跟别人说这种私事的，我知道，你们俩我都是可以信任的。”

“你当然该信任我们。我们要么跟你生活在一起照顾你，要么就会让你去过你自己选好的生活。”

“我应该不会想跟你们——”

“韦斯先生怕是很生乔治的气吧？是啊，乔治这样去争取是不对的，我们把自己的信条宣传得太过火了。我看，我们就活该凄凄惨惨的。”

她再一次看起那些书来——有黑皮的、棕皮的，还有的封皮颜色是那种闻起来就刺鼻的宗教蓝。它们对客人形成十面埋伏，堆放在一张张桌子上，摞得一直顶到了天花板。爱默生先生实际上是个极为虔诚的人，他跟毕比先生的分歧主要在于他对激情的悦纳——露西可没本事看得出这些，她只是觉得，这位老人明明满腹悲伤，却还得钻到这么个宗教圣殿一样的房间里来，还要仰仗一名牧师的恩惠，这实在太可怕了。

爱默生先生越发认定她是累了，便把自己坐的椅子让给她坐。

“不用了，您坐着别动，我想去马车里坐一会儿。”

“汉尼却奇小姐，光听你说话的口气就觉得你确实累了。”

“我一点都不累。”露西说着，却止不住嘴唇都颤抖起来。

“可是你确实累了，而且你脸上有一种跟乔治一样的神情。还有，提起去国外旅行的时候，你刚才说什么来着？”

她不吭声了。

“希腊——”随即她发现，他正在琢磨这个词呢，“希腊吗？可是我以为你是要在今年结婚的吧。”

“不是这样的，要到明年一月份呢。”露西说着，不禁扭绞起双手来。真要到了关键时候，她会不会当场撒谎？

“韦斯先生怕是要和你一起去吧。我想啊——这不是因为乔治对你表白了，你们俩才要一起离开吧？”

“不是的。”

“但愿你和韦斯先生在希腊玩得开心吧。”

“谢谢您。”

就在这时候，毕比先生从教堂回来了。他身上那件黑色的法袍上溅满了雨水。“这就对了。”他和蔼地说，“我就指望你俩互相做伴呢。外面又在下大雨了，听布道的全部会众，也就是你表姐、你母亲和我母亲，都站在教堂里等着马车去接呢。鲍威尔转路去了？”

“估计是吧，我去看看。”

“别别别——当然得我去看了。那两位艾伦小姐怎么样？”

“都挺好的，谢谢您。”

“你跟爱默生先生说起去希腊的事没有？”

“我——我说过了。”

“她竟然要负责照料那两位艾伦小姐，爱默生先生，你说她胆子多大啊！好了，汉尼却奇小姐，赶紧回火炉边去吧——注意保暖啊。我认为对旅行来说，‘三’可真是一个非常勇敢的数字呢。”说完他就赶紧去马厩里了。

“他没打算去。”她声音嘶哑地说，“我刚才说错了，韦斯先生其实是要留在英国的。”不知为什么，想欺骗这位老人就是不可能的事。要是对乔治，对塞西尔，她肯定已经又一次撒谎了。可他显得如此接近事情的真正结局。他对分歧采取了如此充满尊严的态度——他对它给出了一种说法，而那些包围着他的书则给出了另一种说法。提及走过的艰难道路时他是如此温和，以至于真正的礼仪在她心中觉醒了——不是那种跟性别挂钩的烂大街的骑士礼仪，而是所有年轻人都可以用的对待所有年长者的真正的礼仪，因此，不管有何风险，她还是告诉了他，塞西尔不是自己去希腊的旅伴。由于她说得如此郑重，这风险就变成了必然之事，于是他抬起眼睛看着她，说道：“你要离开他了？你要离开你爱的那个人？”

“我——我也是没办法啊。”

“为什么，汉尼却奇小姐，为什么要这样做？”

一阵恐慌之感忽然袭上心头，于是她再一次撒谎了。她有那么一套长篇大论又令人信服的说辞，她曾用以搪塞毕比先生，也打算在宣布婚约作废时讲给社交圈子的人听，此时她便把这番宏论搬了出来。他默然听完她的话，然后说道："亲爱的，我很为你担心呢。叫我说啊——"他这时候有些出神，这让她放松了警惕，"你现在陷入混乱啦。"

她摇了摇头。

"要听老年人的劝，再没有比混乱更糟的了。直面死亡和命运，以及诸如此类听起来吓人的事，其实都没那么难。我只有回想起当时那些混乱——回想起那些本来可以避免的事情，心里才会觉得恐惧。我们是可以互相帮助，但太多的事情别人都帮不了你。我以前觉得我可以指点年轻人的整个人生，但我现在看人看事比以前明白了，所以我对乔治的一切教诲都可以归结为：脑子不能乱。你还记不记得在那个教堂里，当时你明明没有生我的气，却假装生气？你还记不记得在那之前，你不答应交换那个看得见风景的房间？那些可都是混乱啊——倒也不严重，可是那样的兆头不好。所以我现在担心的是，你又陷入混乱啦。"她不吭声。"你也别太相信我了，汉尼却奇小姐。生活虽然非常美好，可它也是很艰难的。"她仍然不吭声。"'人生，'我的一位朋友这么写道，'就像当众拉小提琴，你得不停地演奏下去才能掌握你的乐器。'[1]我觉得他说得挺不错的。人就得是把日子往下过，才能学会运用自己的各种能力——尤其是爱的能力。"接着他突然兴奋地叫道，"就是这么回事。那就是我想说的意思了。你爱乔治！"他兜兜转转绕完了这一大篇话，猛然吐出那三个词，它们就像大海里的惊涛骇浪，兜头砸向露西。

---

1 出自塞缪尔·巴特勒的《如何充实地度过一生》。

“可是你真的爱他啊。”不等她抵赖，他又继续说，“你全身心地爱着我儿子，清楚直白，彻心彻骨，就跟他爱着你是一样的，别的任何言语都不足以表达这种感觉。你之所以不肯跟另外那个人结婚，可不就是为了他嘛。”

“您怎么敢这么说！”露西只觉得耳朵里一片翻江倒海的水声，连气都喘不匀了，“嗬，可真是典型的男人想法呢！——说白了，不就是以为女人整天都在想男人吗？”

“难道你不是？”

她拼命作出反感的样子。

“你被震撼到了，可我就是有意要敲醒你的。有时候，这就是唯一的希望，我没有别的办法来打动你了。你得结婚，不然你的生命就浪费了。你已经走得太远，回不了头啦。我现在可没工夫跟你谈论温柔、友谊、诗意，以及其他确实很重要的问题，而你也是为了这些才会结婚的。我清楚得很，跟乔治在一起，你就会找到这一切的，而且我确信你是爱他的。那就成为他的妻子吧，他都已经是你生命中的一部分了。哪怕你逃到希腊去，永远也不见他的面，或者连他的名字也忘掉，可是直到你死的那一天，乔治都会对你的心思产生影响。爱情来了就挡不住[1]。你会恨不得可以挡住它，你可以改变爱情，无视爱情，扰乱爱情，但是你永远都没办法把它从心里连根拔除。凭着我的人生经验，我知道诗人们说得对：真爱确实是永恒的。”

露西气得哭了起来，虽然她的怒火很快就消失了，可她却泪流不止。

---

1 这话是借鉴1821年雪莱诗歌《致我的小爱人》中的句子：“真爱不比金或土，分得开却夺不去。”

“我只希望诗人们也肯这么说：爱情是包括肉体之爱的；它不等于肉体之爱，却包括了肉体之爱。唉，要是我们以前就承认这个，那会省去多少烦恼啊！哎，要是能坦率一点，让灵魂得到自由该有多好！你的灵魂啊，亲爱的露西！我现在很不喜欢这个字眼了，因为迷信思想已经把它束缚起来，还用了那么些伪善的言辞。可我们确实是有灵魂的。我说不好它们来自何处、归于何处，但我们就是有灵魂啊，而且我都看出来了，你正在毁灭自己的灵魂，这让我怎么看得下去呢。这就等于黑暗又一次偷偷钻进来了，这就是地狱啊。”接着他控制住自己，“我都说了些什么废话啊——又抽象又晦涩的！还把你给惹哭了！好姑娘，我这人说话不中听，你可别跟我计较啊。和我儿子结婚吧。每当我思考生命的意义，以及爱情是多难获得真爱的回应——和他结婚吧。就是为了这样的时刻，这世界才被创造出来的。”

她其实听不懂他的意思，他那些话实在太晦涩了。然而就在他说话之际，黑暗被驱散了，一层接一层地退散，于是她看清了自己灵魂中的真实想法。

“那么，露西——”

“您吓到我了。”她呜咽道，“塞西尔——毕比先生——票都买了——所有事都无法回头了。”她哭倒在椅子上，“我被这个烂摊子给缠住啦。我就该受罪，远离他身边，这辈子独自终老。我可不能为了他毁掉整个人生，他们那么信任我。”

一辆马车在前门停了下来。

“代我问候乔治吧——就这一次，跟他说都是‘混乱’造成的。”说完，她整理好面纱，可是就在她罩着面纱的脸庞上，眼泪仍然纷纷洒落。

“露西——”

“快别说了——他们都进门厅了——唉，求您别再劝我了，爱默生先生——他们信任我——”

“可是你明明骗了他们，他们为什么要信任你呢？”

毕比先生开了门，说道：“我母亲来了。”

“你可担不起他们的信任。”

“这话是什么意思？”毕比先生严厉地问。

“我是说，她明明骗了你们，为什么你们还要信任她呢？”

“妈，稍等一下啊。”他走进来，关上房门。

“我没听明白你的意思，爱默生先生。你指的是谁？信任谁？”

“我指的是，她对你们假装说她没爱过乔治。其实他们一直都是彼此相爱的。”

毕比先生审视着正在抽泣的姑娘。他非常冷静，不过，在红色络腮胡子的衬托下，他那张苍白的脸突然显得冷酷无情了。他像一根长长的黑柱子一样矗立在她身旁，等着她的回答。

“我是绝不会跟他结婚的。”露西颤抖着说。

他脸上忽地露出轻蔑之色，当即说道：“为什么呢？”

“毕比先生——我欺骗了您——我欺骗了自己——”

“行了，别胡说了，汉尼却奇小姐！”

“这可不是胡说啊！”老人激烈地说，“这也是一种人性，只是你不懂而已。”

毕比先生安抚地把一只手放在老人肩头。

“露西！露西！”马车里不止一个声音在喊她。

“毕比先生，您能帮帮我吗？”

这要求似乎让他大为惊奇，随即他用低沉而又严厉的声音说道："我痛心到不知道该说什么才好了。可悲啊可悲——简直让人难以置信。"

"我儿子哪里不好了？"老人又激动起来。

"没什么不好的，爱默生先生，只不过他再也引不起我的兴趣了。嫁给乔治吧，汉尼却奇小姐，他会是个极好的丈夫呢。"

他径自走了出去，撇下他们俩。他们听见他领着他母亲往楼上去了。

"露西！"外面的人叫道。

她绝望地转向爱默生先生，然而他的面容让她振作起来。那是一张懂得一切的圣徒的脸。

"这下整个世界都是一片黑暗了，这下美和激情就跟从来也没存在过一样了。我都明白。不过，回想一下俯瞰佛罗伦萨的山峦和那里的风景吧。唉，好姑娘，如果我是乔治，给你一个吻，就会让你变得勇敢些了。如今你只好孤零零地面对需要热情支持的斗争啦，只好就这样走出去，陷入你自己编织的混乱。而你母亲和你所有的亲友却都会鄙视你，唉，亲爱的，只要鄙视别人是对的，他们这样做也就有他们的理由。乔治还在灰心绝望中呢，你只能自己扛下所有的争斗和痛苦，却连他一句安慰的话也听不到。我说得有没有道理？"忽然他自己眼里也涌出了泪水，"一点没错，因为我们不止为爱情或享乐而战，还有真理呢。真理很重要，真理确实很重要。"

"吻我吧。"姑娘说，"您吻我一下吧，我会尽力的。"

他给了她一种与诸神和解的感觉，一种赢得所爱之人，就会为整个世界增光添彩的感觉。她坐着马车，穿过泥污狼藉的道路回家——她一上车就开口了。这一路上，他的赐福一直伴随在她左右。他去除了肉体之爱的污名，剥夺了世间种种讽刺挖苦的杀伤力。他向她指明，直白的欲望自有其神圣之处。她“从来都没有真正闹明白”，多年以后，她总爱这样说，“他怎么会那么有本事，把她变得那么坚强起来。就好像他让她在刹那之间，一下子把所有的事，整个儿都给悟透了似的。”

20

中世纪之终结

两位艾伦小姐确实去了希腊，不过她们是自己去的。这么个小小的观光团中，也就她们俩会坐船绕过马里阿角[1]，在萨罗尼克湾[2]的海面上乘风破浪。也就她们俩会去参观雅典和德尔菲，每到一处都要朝拜镌刻着智慧诗篇的神庙——其中一座就建在雅典卫城最高处[3]，四下环顾，都是蔚蓝的大海；另一座在帕纳索斯山麓[4]，神鹰在那里安家[5]，青铜御者[6]无所畏惧地驾着马车驶向无穷远之处。尽管战战兢兢、焦虑不安，又受到太多健胃面包的拖累，可她们还真的去了君士坦丁堡，也确实环游了世界。而我们这些

---

1 马里阿角，希腊伯罗奔尼撒半岛东南端的一个海角，荷马史诗《奥德赛》中奥德修斯遇险就在这一带。

2 萨罗尼克湾，希腊伯罗奔尼撒半岛和阿提卡半岛之间的海湾，希腊首都雅典港在其东北沿岸。

3 指主要祭祀雅典娜的巴特农神庙。

4 指主要祭祀阿波罗的德尔菲神庙。

5 传说宙斯为确定世界中心，从地球两极放飞神鹰，它们在德尔菲会合，当地便被认为是“世界之脐”。

6 德尔菲出土的真人大小驷马车御者的青铜立像《御者》，是公元前475—公元前470年左右的作品。

剩下的人，能有个过得去但也没那么辛苦的去处，也就知足了。我们直奔意大利去——我们回到了贝托里尼旅馆。

乔治说这就是他住过的那个房间。

“不对，这可不是。”露西说，“因为这是我住的那间，而我是跟你父亲换的。我不记得是为什么了，反正是夏洛特安排的，可能有她的理由吧。”

他跪在瓷砖地板上，把脸埋在她怀里。

“乔治，你是小孩子吗？快起来。”

“凭什么我就不能是小孩子？”乔治嘀咕道。

这问题她可回答不了，便放下正在学着给他补的袜子，透过窗户望向外面。时间已是黄昏，而且又是春意盎然的时节了。

“哎，讨厌的夏洛特。”她若有所思地说，“这样的人会是什么材料做出来的呢？”

“跟牧师用了一样的材料呗。”

“胡说八道！”

“那可不。本来就是胡说八道嘛。”

“好啦，地上冷，快起来吧，不然你就该得风湿病了。还有，不许再笑了啊，别这么傻乎乎的。”

“凭什么我就不该笑啊？”他一边问，一边用胳膊肘箍住她，觍着脸往她面前凑，“吵什么吵啊，吻吻我这儿。”他示意想要她吻的地方。

他终究是男孩子心性。在关键的时候，回想起前尘往事的是她，感到伤心绝望的是她，知道这个房间去年归谁的是她。他有时候也会出错，说来奇怪，这却让他更招她喜欢了。

“有信没有？”他问。

“也只有弗雷迪写了几句话来。”

“喏，吻吻我这里。再吻一下这里。”

这之后又是风湿病警告，他便悠然走到窗前，把它打开（英国人都爱这样），接着探出身去。劈头看见的就是河堤的护墙，还有阿诺河，左边就是群山的山麓。一名马车夫立刻发出蟒蛇一样的嘶嘶声，打起招呼来，没准儿他就是十二个月前，为乔治这幸福生活拉开序幕的法厄同本人呢。一阵激烈的感恩之情——在南方，所有感情都会变成激情——涌上这位丈夫的心头。为了他这个乳臭未干的傻小子，那么多人、那么多事都曾操心劳神，于是他为他们祈福。他也靠自己去争取过，这是真的，可是他的举止多傻啊！一切至关重要的斗争，可全都是由旁人完成的——由意大利，由他父亲，由他妻子。

“露西，你快来看那些柏树，还有那个教堂，叫什么来着，现在还看得见呢。”

“叫圣米尼亚托。我眼看就要补完你的袜子了。”

“少爷，说好明天我们兜风去啊。”车夫冲他喊着，口气里带着一种不容商量的意味，听起来很好笑。

乔治告诉他，他找错人了，他们可没有闲钱去兜风。

还有那些本来没打算帮助他们的人——拉维西小姐们，塞西尔们，巴莱特小姐们！乔治从来就爱夸大命运的力量，便把那些助力他获得美满结局的种种推手，都给盘点了一遍。

“弗雷迪信上有什么好消息吗？”

“还没有呢。”

他自己的满足当然是十成十的，可是她的满足中掺杂着苦涩：汉尼却奇家的人可还没有原谅他俩呢；他们一想起她之前的欺骗就恨；她已经脱离了大风山庄，说不定要永远断绝关系了。

“他都写了什么啊？”

“这傻小子！他觉得自己可英明啦。说是他早就知道我们会在春天跑掉的——他半年前就知道了，知道妈妈要是不允许，这事我们就会自己拿主意的。明明都打过招呼了，可现在他却管这个叫私奔。真是个可笑的孩子啊——”

“少爷，说好明天我们兜风去啊——”

“反正最后一切都会好起来的。只是他得多替我们俩美言几句了，帮我们从头做做铺垫。不过，要是塞西尔没有变得这样不相信女人就好了，他又一次发生了很大的变化。为什么男人非得对女人抱有种种成见不可呢？我对男人可是什么成见都没有的。我也希望，要是毕比先生——”

“你完全有理由产生那样的希望啊。”

“他永远都不会宽恕我们的——说穿了，他再也不会关注我们了，要是他在大风山庄对他们的影响没那么大就好了。但愿他之前没有——不过，只要我们依照本心行事，真正爱我们的人肯定会回到我们身边来的，日久见人心嘛。”

“有可能啊。”然后他更温柔地说，“对了，我也依照本心行事了——这是唯一一件我依照本心去做的事，然后你就回到我身边来了。所以很有可能你是真看明白了。”他转身回到房间里，“先别管那只袜子啦。”他把她抱到窗前，于是她也看见了所有的风景。他们跪了下来，希望这样就不会被路人瞧见，随即他们开始低唤对方的名字。啊！这一切都太值了。这就是他们盼望着的大喜之事，还有无数他们做梦都想不到的细微乐趣。他们都顾不上说话了。

“少爷，说好明天我们兜风去啊——”

“该死！那家伙太讨厌了！”

可是露西记起了那个卖照片的小贩，便说：“别这样，别对人家这么没礼貌。”接着她屏住呼吸，低声道：“伊戈先生和夏洛特，可怕的、无情的夏洛特。对那样的一个人，她会有多残忍哪！”

“快看从桥上照过去的那些光[1]。”

“可是这个房间让我想起夏洛特了，要是像她那样老去多可怕啊！真没想到，在教区长家的那天晚上，她竟然没听说你父亲就在屋里，不然她肯定会拦住我不让我进去的，而他却是唯一一个能把我给劝醒的大活人了。凭你是不可能劝醒我的。等我感到非常幸福的时候，”她吻了吻他，“我就想起来，这事有多悬啊。但凡让夏洛特知道了，她肯定就会拦住我不让我进去的，那我肯定就会跑到可笑的希腊去，这辈子肯定会是完全两样了。”

“可她其实是知道的。”乔治说，“可以肯定，她确实看见我爸了。他是这么跟我说的。”

“啊，不会吧，她没看见他吧。她当时跟毕比先生的母亲在楼上呢，你忘啦？然后她就直接去教堂了。她是这么说来着。”

乔治又固执起来。“我爸看见她了。”他说，“我更相信他的说法。他当时正在书房的火炉边打盹，可是他睁开眼，却看见了巴莱特小姐。就在你进去之前的几分钟。他刚醒过来的时候，

1 这句是本书的光明—黑暗神话结构的结束和点题：不管是天光还是霞光（或是灯光、星光），光（露西）与光（乔治-法厄同）结合到一起，跨越了障碍。影射珀耳塞福涅和法厄同的这个戏仿加改编的神话故事也就这样结束了，这句话还让最后的圆房场景显得不那么突兀。

正看见她转身往外走，他就没跟她说话。”

然后他们说起了别的事——那些经过不停抗争才走到一起，把静静地依偎在彼此怀里当作奖赏的恋人，所喜欢的那种漫无边际的闲聊。过了好一阵子，他们才又说回到巴莱特小姐身上，然而等他们再次聊起她时，她的行为显得越发令人感兴趣了。乔治不喜欢不清不楚的事情，便说道：“很明显，她当时是知道的。那她为什么还要冒这样的危险让你们两人见面呢？她明知道我爸就在屋里，可她却去了教堂。”

他们尽量把当时的情况拼合到一起。

就这样聊着的时候，露西脑子里忽然冒出一个让人难以置信的答案。不过她没有接受这个念头，而是说：“可真是夏洛特的行事风格呢，最后关头迷糊了这么一下，算计这么久的事就都白费了。”然而，在渐渐消逝的黄昏里，在阿诺河的潺潺水声中，甚至就在他们的拥抱里面，都有某种东西在告诫他们说，她这些话是无效的，于是乔治喃喃地道：“要不然，她会不会就是有意这样做的？”

“有意怎样？”

“少爷，说好明天我们兜风去啊——”

露西俯身看下去，柔声说道：“走吧，求你了，走吧。我们在度蜜月呢。”

“那太不好意思啦，太太。”他回答的声音也是同样温柔，接着就把马抽赶得跑动起来。

“晚安——谢谢你。”

“不客气。”

车夫唱着歌驾车远去了。

“你说她是有意做什么，乔治？”

他低声道：“会不会是这样？有没有这种可能？我来跟你解释一个奇迹吧，你表姐一直怀着一种期望，从我们遇见的那一刻起，在她的心灵深处，她就期待着我们会像现在这样——当然了，是在非常深的地方。她表面上跟我们作对，却对我们怀有这样的期望。不然的话，她的行为我可就没法解释了。你能解释吗？瞧瞧，整个夏天，她是如何让我活在你心里的；她是如何让你不得安宁的；一个月接着一个月，她是如何变得越来越反常和不可靠的。我们拥抱在一起的样子让她想忘都忘不了——不然她也做不到像那样把我们形容给她的朋友了。连细节都没漏掉呢——那情景烙印在她心底了。那本书我后来是看了的。她并不是无情的人啊，露西，她并没有被完全摧残到一丝热情都不剩呢。她是把我们给拆散了两次，不过在教区长住宅那天晚上，她又一次得到了让我们获得幸福的机会。我们永远没法把她当成自己人或者去感谢她，可我真的相信，在她内心深处，深到一切言语和行为都无法触及的地方，她是高兴的。”

“不可能吧。”露西喃喃地说，随即她又想起了自己的内心体验，便说，“确实——还真有这种可能呢。”

春意正缠绵，法厄同的歌声宣告激情得到了回应，爱情修成了正果。但他们感受到了一种比这还要隐秘的爱。歌声渐渐消失；他们听见了阿诺河的咆哮，它冲破冬雪的阻碍，一头扎进了地中海。

后记：看不见房间的风景
——五十年后，旧年人物今安在[1]

E. M. 福斯特

《看得见风景的房间》初版于1908年。现在是1958年，我脑子里突然闪过一个念头，想知道在这段时间里，书中那些人物都在做什么。在1908年之前他们就被塑造好了。这部小说中写意大利的部分，差不多就是我最早虚构的片段。我把它放到一边，写作和出版了另外两部长篇小说，才又回头来写这一部，给它增加了英国部分。它并不是我最喜欢的作品——《最漫长的旅程》才是，不过，它几乎可以被认为是我作品中可读性最强的。它的男女主人公都设定为品貌皆佳而且彼此相爱——所以他们看起来大有可能获得幸福。他们幸福了没有呢？

我得琢磨琢磨。

露西（乔治·爱默生太太）现在应该快满七十岁了，乔治七十出头——这算是高寿了，虽然还没有我自己的岁数高。这老两口仍然很好打交道，彼此恩爱，又疼爱他们那一堆儿孙。不过他们住哪儿呢？咳，那可是一个难题啊，也是为什么我这篇文章

1 原文包括这里的主副标题，刊载于1958年07月27日出版的《纽约时报》书评版。

的标题要叫《看不见房间的风景》。我想象不出乔治和露西住在哪里才合适。

在佛罗伦萨度过蜜月之后，他们可能会在汉普斯特德安顿下来。不对——是在海格特。很明显，从生活舒适的角度来说，接下来的六年就是他们经历的最好的日子了。乔治离开铁路公司，在政府机关找到了一份收入更高的办事员工作；露西带来了一份还不错的嫁妆，他俩都是明事理的人，自然不会拒绝享受这一好处。而巴莱特小姐则把她称之为“就那么点家当”的财产都留给了他俩。（谁想到夏洛特表姐会这样做呢？我就从来不该认为她还会用别的方式处理。）他们雇了一名住家仆人，正要成为年纪轻轻就生活安逸的有钱人之时，第一次世界大战——那场为了终止战争而进行的战争爆发了，随即破坏了一切。

乔治立刻成了一名出于道义而拒服兵役者。他接受了替代役，这才没有坐牢。不过他丢了在政府机关的饭碗，等到和平到来之时，也没有申请“英雄之家[1]”的资格了。汉尼却奇太太被她女婿的做法闹得特别不高兴。

这样一来露西也大为愤怒，宣布她自己也是一名出于道义而拒服兵役者，而且由于她继续弹奏贝多芬的钢琴曲，还担上了更直接的风险。德国佬的音乐！她弹贝多芬被人听见，就被告发了，于是警察找上门来。老爱默生先生和这对年轻夫妇住在一起，跟警察费了很多口舌，他们警告他最好当心点。没过多久他就去世了，那时候他仍然非常警觉，也仍然确信爱和真理最终会帮助人类渡过难关。

---

1 英雄之家，第一次世界大战后英国政府修建来安置参战老兵的优质住宅，带有卫浴、花园等，在当时非常不错。

它们确实让这个家渡过了难关，这也算是聊以自慰的了。无论此时还是将来，都没有政府肯认可爱或真理，不过它们在这种情况下暗中起了作用，帮助这声名狼藉的一家子从海格特搬迁到了卡尔夏登。如今乔治·爱默生夫妇有了两个女儿和一个儿子，开始需要有个真正的家宅了——在乡下的某个地方，让他们定居下来，从而不显山不露水地开枝散叶。然而社会文明并没有往那个方向发展。我写的其他长篇小说中，那些人物也都在经受着相似的烦恼。《霍华德庄园》是对家园的追寻；印度是一段旅程，对印度人和对英国人来说，都是如此。连个歇脚的地方都没有。

有一阵子，大风山庄给了他们几分不切实际的希望。汉尼却奇太太去世后，他们有过机会搬进那所他们钟爱的宅子。然而那房子的继承人是弗雷迪，为了养家糊口，他被迫卖了大风山庄来筹措钱财。弗雷迪行医并不顺利，却生了一大堆孩子，要是不变卖家产，日子就过不下去了。大风山庄就这样消失了，它的花园被别的建筑覆盖，从此以后，萨里郡再也没人谈起汉尼却奇这个姓氏了。

没过多久，第二次世界大战——那场最终带来长期和平的战争爆发了，乔治立刻就参了军。他又有主见又有激情，对一个并不比英国坏多少的德国和一个残忍邪恶的德国，当然分得清其中的区别。在五十而知天命的年纪，他认识到，希特勒主义不光是情感的大敌，也是理性和艺术的大敌。他发现自己很喜欢打仗，由于此前没打过仗，他的战斗欲望一直渴望得到满足，此外他还发现，不在妻子身边，他没保持住身体的忠贞。

对露西来说，“二战”跟“一战”相比，变化可就没那么大了。她教一些音乐课，在电台播出一些贝多芬的作品，这次贝多芬就不成为问题了。可是，尽管她拼命维持着这个家，等着乔治回来，她在沃特福德市居住的那套小公寓却被炸没了。她的一切财物和纪念品都荡然无存，他们那个在纳尼顿市结婚安家的女儿，也遭到了同样的不幸。

乔治在前线晋升为下士，在非洲负伤被俘，然后被送到墨索里尼统治下的意大利关起来。他在那里发现，意大利人有时候就像他俩当初来旅游时那样富有同情心，有时候则不那么有同情心。

意大利土崩瓦解后，他在混乱中向北行进，去往佛罗伦萨。他喜爱的这座城市已然变样了，不过也还没到认不出来的地步。圣三一桥已经被炸毁了，老桥的两头都是一片狼藉。不过领主广场倒幸存下来了，想当年，那里可是发生过一起无足轻重的谋杀案呢。贝托里尼旅馆当初生意十分兴隆，它所在的城区也躲过了一劫——竟然什么都没有损坏。

于是乔治开始——就像我自己几年之后那样，寻找那座特别的房子。他没能找到。虽然什么都没有损坏，可是全都变样了。在那一段河滨大道上，房屋都被重新编号、改装，甚至可以说是重新熔造过了，有的外墙立面凸出来，有的却又缩回去。这样一来，想要断定哪个房间是他们半个世纪之前度蜜月的爱巢，就成了不可能的事。因此乔治只好跟露西说，风景倒是好好的，房间肯定也还在，只是找不到了。那时候，露西虽然已经无家可归，听到这消息还是挺高兴的。能保留一片风景就还算幸运了，与此同时，既然他们还能相亲相爱，乔治和露西也就在这片风景和他们的爱情中，安安心心地等待着第三次世界大战——那场会把战争和其他一切全都终结掉的战争。

在这样一场预言式的回顾中，塞西尔·韦斯可不能漏掉。

他脱离了爱默生夫妇的社交圈子，跟我所在的圈子却没有完全断绝联系。由于他的正直和才智，他是注定该做机要工作的，因此在1914年，他被临时调派去做情报控制，当时叫情报部还是别的什么来着。我就举个他的宣传事例吧，还是挺受欢迎的一种宣传呢，那是在亚历山大港发生的。一场安静的小型派对在郊区召开，有人想听一点贝多芬。女主人却表示反对：德国佬的音乐说不定会给我们惹祸的。但是一名年轻军官大声开口了。“没事，不会有问题的。”他说，“有个知道内幕消息的家伙跟我说起过，贝多芬肯定是比利时人呢。”

他说的这个家伙应该就是塞西尔了，那种恶作剧和有教养融为一体的感觉是不会弄错的。我们的女主人放下心来，禁令取消了，于是《月光奏鸣曲》幽幽地照在了沙漠上。

三
个
圈

经典就读三个圈　导读解读样样全

三个圈
独家文学手册

导　读

爱欲镜像及其百年隐藏

作者：王十九

（北京作家协会会员，出版有原创作品数种，文章散见于《世界文学》《Lens·视觉》《中国新闻周刊》等杂志。）

在同名电影成为20世纪80年代最成功的名著改编案例之后，E. M. 福斯特的小说《看得见风景的房间》收获的并不都是好处，它被更多人贴上了“言情小说”的标签。

然而本书在福斯特的全部长篇小说中是非常独特的。它篇幅不是最长的，酝酿和写作时间却很可能最久。作者本人对它的评价更是极为含糊和暧昧。

通过翻译过程中的反复精读和对大量材料的研究，我倾认为，《看得见风景的房间》是一部被严重低估的小说。从1908年出版算起，这种低估迄今已持续将近115年。这也许是20世纪出版的经典文学作品中，最大的一个“冤假错案”。

这里先列出两个之前从来没有真正解决的问题：

1. 小说前半部分，为什么大环境要放在佛罗伦萨？

2. 第四章和第十二章没有标题，其中究竟有什么玄机？

一、喜剧：一切从鄙视链开始

这部小说讲述的是一个浪漫的爱情故事，更是一个轻松活泼的喜剧故事。小说第一句就是抱怨，接着贬低意大利老板娘的伦敦东区口音。不过露西和表姐对老板娘的不满很快就被转移了。因为老爱默生先生在表姐妹俩聊天时插话，吸引了火力，从而成为鄙视的靶子。

从中产阶级老小姐夏洛特·巴莱特的角度看，老爱默生先生至少有三点可鄙之处：一是不规矩，刚见面就自来熟地强行搭讪，按惯例应该互相观察两二天再说的；二是不安分，从品貌服饰看都不像有身份的人，竟然越礼来跟她这样阶层的人套近乎；三是不要脸，都被拒绝了还要没完没了地纠缠，粗俗野蛮，分明没安好心。

这种场面让表姐妹俩觉得十分丢人。被老爱默生先生纠缠倒是其次，最大的羞辱来自跟她们身份地位差不多的人，比如艾伦小姐、拉维西小姐等人的围观，尤其是她们围观之际满含同情的微笑。

露西还不太能体会这些人情世故，只觉得“坐在对面的那些人太古怪了”。巴莱特小姐在恼怒之际红着脸四下张望，看到那两位艾伦小姐正往这边看。先前房间不好、伙食不好、老板娘口音不好，她都能忍，此时她却宣布：“这家旅馆太糟糕了，明天我们换一家。”幸亏认识的牧师毕比先生现身救场，她才打消了念头。

毕比先生的登场，让贝托里尼旅馆内隐藏的鄙视链初露端倪：原来爱默生父子只是其中一环。巴莱特小姐等中产阶级闺秀公然鄙视爱默生父子，因为他们阶层低，举止粗俗。毕比先生暗中鄙视巴莱特小姐这一类老小姐，表现在“更喜欢和露西聊天”。小说第三章谈到，他喜欢琢磨老小姐们，因为“她们就是他的研究对象”，这本身就是一种居高临下的鄙视态度。

这一环套一环的鄙视充满了喜剧性，然而鄙视链上还有一环此时并没有开口。那一位就是其名字挂在旅馆墙上的牧师卡斯伯特·伊戈先生。

18世纪，到欧洲大陆旅行的传统在英国贵族子弟中颇为兴盛。他们在牛津、剑桥接受一些古典教育，然后到意大利、希腊等地接触古典文化遗迹，教育才算趋于完满。后来参与大陆旅行的人范围有所扩大，不是贵族没关系，但最起码要在牛津、剑桥之类名校念过书，受过一些古典熏陶，然后去实地印证。比如这位持有牛津文学硕士学位的牧师卡斯伯特·伊戈先生。

毕比先生暗中鄙视老小姐们，老小姐们公然鄙视爱默生父子。然而他们全都是伊戈先生鄙视的对象，他们跟文化简直不沾边，跑意大利来旅行纯粹是装模作样和附庸风雅。

巴莱特小姐、艾伦小姐这些人，作为20世纪初英国爱德华时代的游客，最大的问题不在于她们没有受过多少古典教育，而在于其目的和态度。她们整天挑剔食宿，忙着维系她们的维多利亚习俗，鄙视社会地位不如她们的同胞和当地人，以及传播各种闲言碎语。剩下的时间和精力也只够拿着用简略信息拼凑的观光指南，四处找景点。至于研究各种历史文化遗迹，欣赏当地的风光乃至植被，怀着开放心态与当地人接触，获得感性而具体的认知，那是根本谈不上的。她们的旅行变成了赶时髦，完全违背了大陆旅行的文化教育初衷。当她们看不上爱默生父子的粗鄙时，她们压根没有意识到，自己这种走马观花的旅行模式，在伊戈先生这类有点文化的人看来，其实粗鄙到可悲的程度。

所以在小说的第一部分，精明的毕比先生从来不在伊戈先生面前谈论文化艺术。而刻薄的牧师伊戈先生除了膜拜乔托，开口闭口就是认识研究各种冷门学问的人，去兜风也只谈论相对小众的古代画家，而不是大众熟知的达·芬奇或米开朗琪罗，话里话外全是对这一伙人的鄙视。

而始终隐身在这鄙视链顶端的，是作者福斯特本人。他是剑桥大学国王学院古典学专业科班出身的，跟伊戈先生这种虽然出身名校却只略微受过些许古典文化熏陶的人比起来，又高明得多了。

福斯特对大陆旅行有更复杂的看法。在爱德华时代，若是纯粹为了所谓的文化教育，上流社会子弟已经更倾向于去美国所在的新大陆。因此，福斯特对大陆旅行既赞成又反对，是一种警觉的态度。

在他看来，英国人如果要进行大陆旅行，接触文化当然很重要，但落脚点应该是在人身上。旅行提供机会让人理解自己的内心，让人学会如何享受生活，学会跟途中遇到的当地人和本国人实现跨阶层、跨文化的接触，在人与人之间产生更多的共鸣与和解。

此外，旅行的目的是回家，去意大利是为了回归英国。旅行的经历有助于回到英国之后，对家庭和社会的价值与准则产生新的理解和看法。同样经历了意大利之旅，露西的收获类似于福斯特本人的看法，塞西尔的傲慢自负则在某种程度上接近伊戈先生，这是两个人之间的重要分歧。

巴莱特小姐之类的中产阶级人士的大陆旅行方式固然俗气，而伊戈先生那种停留在18世纪的精英主义大陆旅行观念，更显得僵化和势利。福斯特都不认同，这些人也都是他在小说中嘲讽的对象。所以，巴莱特小姐一干人自不必说，就连自命博学的伊戈牧师，在作者笔下也要经常出乖露丑：谈阿莱西奥的画露怯，背洛伦佐的诗歌出错，说意大利语相当难听，各种观点前后矛盾而不自知。

这样一条从伊戈先生到老爱默生先生的鄙视链，贯串了前半部分的大多数章节。处在这条鄙视链上的人引发了大量分别带有幽默、讽刺、反讽效果的矛盾冲突，造成了一系列复杂的喜剧效果。

把这鄙视链展示出来，作者当然不是为了自我赞美。他一方面是刻画人性，一方面暗示了自己的基本态度：人们需要互相交流和彼此理解。一切故意用来拉开人与人之间的距离，装聪明、晒高贵、秀优越的小把戏和小动作，都容易变成笑料。后来他对塞西尔·韦斯的刻画也印证了这一态度。因为塞西尔在第二部分也试图构造出一条鄙视链，其拿手把戏就是走到哪里鄙视到哪里。

连女主角露西在装模作样欣赏她并不懂的艺术时，也受到了作者的嘲弄。比如第二章，她去参观圣十字教堂，自觉颇有内秀，其实只是从观光指南上硬背了几句拉斯金的美学评论而已，一点个人见解都没有。她甚至为找不到拉斯金盛赞的一块墓碑而心中焦虑。与此同时，她的举止和心理活动也显得矫揉造作，非常可笑。

反倒是爱默生先生和乔治受的讽刺最少，因为他们固然有粗鲁之处，言谈举止相对来说却更为自然，没有那么严重的分别心。

鄙视链可以帮助我们综观本书的喜剧构造。然而，鄙视链只是一个聪明的设计，作者还通过其他手段来实现喜剧效果。

福斯特传记数次提及，奥斯汀在他最喜爱的作家中排第一，《看得见风景的房间》从某种角度上可以被认为是他学习这位前辈作家的重要成果，有评论者称本书为“穿着爱德华时代服装的奥斯汀”的故事。

这部喜剧爱情小说几乎带有简·奥斯汀小说的一切经典元素。实际上，奥斯汀的影响从标题就开始了。《看得见风景的房间》原书名为*A Room with a View*，房间与风景的二元结构中带有《傲慢与偏见》和《理智与情感》的影子。奥斯汀作品中的幽默、隽语、传神的对话和精妙的反讽，在本书中可以找到不计其数的例子。福斯特数次写到，露西遇到问题时，也会用“神经”当借口，这是明确地向《傲慢与偏见》致敬。诸如“她恢复了原先的口头禅，什么都推给神经”，不能不让人联想到贝内特太太百试百灵的法宝——“我脆弱的神经！”而本书的主要内容，是写一名年轻姑娘的婚姻大事及她如何进行选择，这更是经典的奥斯汀主题。

二、神话作为镜子

然而《看得见风景的房间》更重要的价值在于，它与奥斯汀小说的神似不过是表象。在一流喜剧和浪漫爱情的伪装之下，本书隐藏了更丰富的内容。

这部作品对激情和欲望的思考和讨论，对暴力、死亡及其影响的探索，都是通常温婉而沉静的奥斯汀小说较少涉猎的。

尤其巨大的差异在于，《看得见风景的房间》对爱情故事的讲述，至少是从现实和幻想两个层面展开的。奥斯汀式的轻喜剧局限于现实中露西和乔治的爱情，而幻想层面讲述的故事，所包含的欲望和激情及其影响，则要复杂得多。

从他的第一部短篇小说开始，福斯特几乎所有小说都或多或少地涉及神话元素，六部长篇小说也没有任何例外。

《看得见风景的房间》是福斯特在神话写作方面的一次重大突破。在他之前的小说中，神话元素往往只是局部影射或暗示，在本书中他则完整地讲述了一个自创的神话：农业女神之女珀耳塞福涅爱上太阳神之子法厄同，以及他们对抗冥王的故事。这个故事从作品开头部分延续到结束，与现实层面的露西和乔治的故事虚实相映，从而别具张力。

依次出现在本书中的古典神话角色，除了维纳斯、尼普顿之类通过艺术品体现，被直接点到名字的至少有五位：珀耳塞福涅、法厄同、潘、爱洛斯、雅典娜。前两位就是现实层面故事中男女主角乔治和露西在神话中的投影，也是福斯特给第六章出现的意大利马车夫和搭车女子起的名字。

福斯特自创的这个神话借鉴了沃尔特·佩特的观点。佩特在《希腊研究》中认为，珀耳塞福涅作为农业女神德墨忒尔之女，同时具有光明和黑暗两面。福斯特又给女主角取名露西（意为“光明”），珀耳塞福涅在光明和黑暗中犹疑，并且和法厄同（浑身冒火的日神之子）一起对抗冥王的光明—黑暗二元结构故事就形成了。此外，佩特认为酒神狄俄尼索斯可能是珀耳塞福涅的儿子，也可能是其兄弟；福斯特选择了后一种解释，在小说的现实层面上对应快活的弗雷迪——他邀请同伴一起嬉闹的水池则相应地被比喻为“圣杯”。

小说第二章开头，就通过“彩绘天花板上有粉红的狮鹫兽和蓝色的小爱神”，隐隐点出神话气氛。第四章，露西购买了根据波提切利名画《维纳斯的诞生》翻拍的图片，在领主广场见到海神尼普顿塑像，似乎到处都是不死的神祇，连她自己和乔治似乎也都成了神话中人——这话明写心理感受，其实也是对书中神话结构的暗示，她的爱欲也就在这里觉醒。第五章，露西见到珀耳修斯和赫拉克勒斯等雕像，又想到柏拉图《会饮篇》中关于通过善行磨砺达到不朽的说法。第六章一开头，通过马车夫法厄同和搭车女子珀耳塞福涅，道破乔治和露西分别象征的神话人物，建立起明确的投射关系，本书的神话结构现出轮廓。

露西对应农业女神之女兼冥后珀耳塞福涅，后者是生活在地上/地下的神话人物，用她在黑暗与光明之间的游离，来喻指女主角在束缚与激情之间的犹豫。她这种摇摆不定，是通过本书不同章节的情感起伏体现出来的，直接影响到了小说的结构和节奏。乔治对应法厄同，是从天上坠落下来的神话人物，作为太阳神之子，他浑身是火，也具有光的属性，天然就是黑暗（传统束缚）的对立面，这是他和象征光明的露西之间最本质的共同点。

在第六章的紫罗兰花海，用露西掉下去的细节来影射神话中冥王普鲁托/哈迪斯抢劫珀耳塞福涅时，地面裂开，由此带她进入冥府的情节，再次确认露西与珀耳塞福涅的对应关系。在作者的戏仿和改写中，露西掉下去之后，“光与美包裹着她”，和神话中掉入阴森的冥府有所区别。但由于神话原型的影响，这个写得光辉灿烂的激情场景也存在阴暗的变数，于是穿着棕色衣服的巴莱特小姐跑来把他们分开了。

第七章开头点出潘神，继续戏仿希腊神话结构，出现了一场雷雨。这对应神话中法厄同驾驶太阳神金马车之后，被宙斯的雷电击杀。雷雨带来黑暗阴森天气，在残烛的映照下，原本打算向表姐交心的露西被她控制，第二天被带去罗马。跟象征光明、自由、激情和欲望的佛罗伦萨相比，天主教大本营自然是一座象征黑暗的城市，第一部分就这样在极度压抑的黑暗中结束了。

第八章介绍塞西尔时说，他在光与影之间更看重阴影，给露西在黑暗城市罗马遇到的这个男人罩上一层黑暗疑云，露西在他的影响下渐渐趋向黑暗。第九章通过圣湖边“她让他想起一朵明艳照人的鲜花”这句话，影射神话中的珀耳塞福涅摘取鲜花之际被冥王撞见，也像鲜花一样被冥王摘走。

那么在这个故事中，塞西尔是象征冥王吗？第十一章末尾那句“黑暗的夜色笼罩了这套公寓”给出了答案：他确实是。他住的房子都被写得这么阴森，影射神话里的冥府，何况塞西尔这名字来源于“盲人”，暗示他与黑暗紧紧相依。随即在第十二章，露西、乔治和塞西尔在圣湖边经历了一场闹剧，亦即珀耳塞福涅、法厄同和冥王同时现身，光明与黑暗的冲突进入另一个阶段。经过第十三章和第十四章，夏洛特表姐来到大风山庄，阻挠露西爱情的黑暗势力增加，她自己心中也继续摇摆不定。然而到了第十五章，标志性的物品出现：露西戴了一枚“石榴石领针”。

在神话中，农业女神德墨忒尔寻找女儿珀耳塞福涅的下落，总算知道她在冥府，却发现她已经吃了几粒冥王给的石榴籽。珀耳塞福涅的时间从此分成两部分，每年在冥府一段时间，也在地上一段时间。这等于她身份暧昧：既在光明与黑暗中游离，又表明她既不属于黑暗，也不属于光明。

石榴出现，珀耳塞福涅跟光明与黑暗的关系就得有说法。于是在第十六章，她先是拒绝乔治和他代表的光明，乔治表示自己从此堕入黑暗，影射神话中的法厄同掉入黑暗的波河水底。第十七章她又拒绝塞西尔和他代表的黑暗。这两章对应珀耳塞福涅在神话中的经历：既不属于黑暗，也不属于光明。福斯特在自创的神话中判定，光明和黑暗都拒绝的结果，就是对感情和理智的同时背叛，露西会逐渐被黑暗吞噬，巴莱特小姐就是一个先例。

牧师毕比先生在第十八章发现露西的母亲玛丽安正心烦意乱地侍弄花木，影射神话中农业女神德墨忒尔在女儿堕入黑暗后，经历的那一段相当著名的心烦意乱时期。露西在第十九章受到老爱默生先生的开导，感到“就在他说话之际，黑暗被驱散了，一层接一层地退散”，这里再次紧扣光明—黑暗的冲突，同时暗示老爱默生先生对应太阳神，因为他是乔治（法厄同）的父亲。

小说在男女主角的蜜月中结束，他们看到了“从桥上照过去那些光”。这句貌似平淡的话点出结局：光与光结合到一起，露西（珀耳塞福涅）和乔治（法厄同）也战胜了黑暗。这句话同时也预告了小说的结尾——作者用充满诗意和隐喻的语言写了一场浪漫的肉体之爱，来印证爱情的结合要包括肉体在内，而不是像一些研究者抱怨的那样“不知所云”。

通过把露西（珀耳塞福涅）、乔治（法厄同）和塞西尔（普鲁托）这一组角色在现实与神话中进行映照，这部小说讲了一个富有幻想色彩的神话爱情故事，细致地表现了露西激情和欲望的觉醒过程，以及她在爱欲和规训之间的冲突与挣扎。

鉴于古希腊—古罗马神话本身就经常带有浓重的情欲气息，福斯特这个在戏仿基础上写作的爱欲神话跟小说关于“爱情也包括肉体之爱”的主题十分贴切，它展示了小说神秘、浪漫的侧面，同时充满激情和诗意。[1]

值得注意的是，神话爱情不是对现实爱情的简单增补，它拓展了小说的广度和深度。如果说现实爱情指向现实世界，神话爱情的出现，则把小说里的世界增加成三个：除了现实世界、神话世界，还有现实与神话之间来回映射因而虚实相生的世界。同时，由于现实与神话互相投射，在宏观的故事层面上，镜像意味就开始产生。

三、花都反讽与隐秘真相

在本书中，男女主角露西（珀耳塞福涅）和乔治（法厄同）的爱情，无论现实的还是神话的，都是在佛罗伦萨拉开帷幕。

开场大戏的发生地对一部作品来说很重要，可这个地方为什

1 泛谈这部作品神话色彩者较多，只有菲利普. C. 瓦格纳首先指出，神话模式贯串全书的情节进展。

么是佛罗伦萨？

这是一个长期没有受到研究者认真对待的问题，人们往往是不假思索地把这个地方当成作者安排的既成事实接受下来。偶尔出现一些空泛的解说，诸如作者在佛罗伦萨待过、佛罗伦萨是文艺复兴起源地、佛罗伦萨是欧洲艺术中心之类的理由，都不足以提供令人信服的回答，毕竟他去过的意大利城市很多，威尼斯和那不勒斯也各有各的狂野和浪漫。

我们首先来看看，佛罗伦萨究竟是个什么样的地方。概括地说，这个城市除了是欧洲艺术中心，在当时至少还有三个重要特性。

其一，它是艺术与爱欲、暴力的结合体，也是自由之城。佐证是，真正反映当地精气神的人，并不是但丁、达·芬奇之类（他们只代表文艺成就），而是号称“最伟大的恶棍”的切利尼。研究者认为，切利尼既有高度艺术化的侧面（代表作为青铜雕塑《珀耳修斯与美杜莎》），又有粗俗、暴力和色情（涉及两性）的侧面，简直就是佛罗伦萨的化身。[1]

其二是当时佛罗伦萨风俗独特。男人普遍晚婚，女性又极难接触，男性的情感和欲望表达方式之复杂与独特，是异乡人难以想象的。即使设置了天下独一无二的夜巡司，主抓男人生活作风问题，又经过萨伏那洛拉的神权共和国酷刑洗礼，也没有改变当地男人在这方面的犯罪热情。该地几乎可以找到一切可能的爱情模式。

1 Margaret A. Gallucci, “Benvenuto Cellini”, *Palgrave Macmillan*, 2005, p.175.

其三是英国侨民。佛罗伦萨的名声传到英国人那里，它被歪曲简化成流放圣地和欲望天堂。在1900年前后，佛罗伦萨本地人口不过20万，定居的英国侨民则达到35000人。[1]这类英国侨民格外讲究身份和礼仪，但他们的情爱关系又相当的波西米亚。他们有时候行为出格到让很多当地人都侧目，俗语说“意大利化的英国人就是恶魔”。英国主流社会对当地侨民也自有其看法：无论其文化修养如何，这都是些罪孽深重的男人，以及同样罪孽深重的女人。

在小说《看得见风景的房间》中，女主角露西·汉尼却奇游览的就是这样一个花都佛罗伦萨，也是福斯特心目中真正的佛罗伦萨。它隐含着强大的反讽：在这个情爱关系或许是全世界最复杂也最斑驳、最热烈也最不靠谱的地方，完全没有任何恋爱经历的露西和乔治相遇了，相爱了，最后他们居然还真就结婚了。

这个反讽在本书中隐藏极深，不深入了解佛罗伦萨便难以领会。由于这种尖锐鲜明的对比，他们的这段爱情，哪怕是真诚的和充满激情的，也越发显得古怪可笑。

不过，强烈的喜剧性只是佛罗伦萨作为小说场景的一个附带效果。根据前面的特性讨论可以看出，它还象征爱情、欲望和自由。

爱情：

这里或许有各式各样的爱情，但正因为它们足够复杂和多元，在千奇百怪的形态之下，它们的唯一共性也就是爱情了。如

1 Russell King and Guy Patterson, “Diverse Paths: the Elderly British in Tuscany”, *International Journal of Population Geography*, 1998, p.159.

果不从社会道德视角去看，纯粹考虑浪漫程度，那么在当时，对一部小说来讲，这个城市可以被认为是最理想的爱情发生地。

露西的爱情发生在这里，一方面显得滑稽可笑，另一方面却又非常符合逻辑——再新鲜纯粹的爱情，也不过是爱情的一种，并没有脱离爱情这个基本范畴。佛罗伦萨就是一个爱情故事的大舞台，在这斑驳的爱情背景之中，露西的爱情也多了一些可信度。

欲望：

本书的主题虽然跟浪漫爱情有关，但并不只是爱情本身。这部作品真正讲述的是，一个深受传统束缚的人，在恋爱过程中感受到自己的欲望，如何接受这份欲望，并认识到肉体之爱也是爱情的一个组成部分。

前面分析了佛罗伦萨生活中的爱情和欲望色彩，至少在福斯特写这部小说的时候，要谈论欲望主题，不会有比这个城市更适合的发生地。佛罗伦萨式的爱情和欲望经常是分不开的。

自由：

一个能够对爱情和欲望进行多种表达的地方，相对于更保守、存在更多限制的地方，它会拥有更多自由。佛罗伦萨当然是自由的。这个城市可以说活力旺盛到失去了节制，不乏暴力和情色的因素。

所以露西在这里感受到了自由。连巴莱特小姐在第五章遇到伊戈牧师的时候，也惊觉自己最近有些太自由主义了。

对佛罗伦萨有所了解之后，大致可以回答本文开头的第一个问题了。同时，露西眼里的领主广场凶杀案便显得可疑起来：她的所见所闻，真能代表作者想传达的准确信息吗？

领主广场是一个位于核心区域的开阔场所。戴维·李维特在《佛罗伦萨：精致之城》中写道：佛罗伦萨的晚上，永远有当地少年逗留在领主广场的佣兵凉廊，为了一点钱或几支烟，提供秘密交易。露西去领主广场是黄昏后，地面都黑了，夕阳返照在钟楼上。她当时遇到的凶杀，大概率就是类似的露水姻缘之后，一方拿不出钱来只好赖账，纠缠之中出现过失杀人；而根据露西和乔治在河边的议论来看，凶手也并非全无情意，最后还去亲吻了死者。只是露西比较天真，当时心不在焉，意大利语又不好，没听明白究竟是怎么回事。

这个事件也是一个露西本人更加无法理解的双重对比。这里发生的凶案，一是用活人的行动来对应广场雕像的狂野姿态，把它们呈现的情色和凶杀行为依次演绎；二是隐含在数字里的反讽："尽管她购物已经花了将近七里拉，自由的大门却似乎仍然没有打开"。然而，在幽暗处自由的大门被打开到不能更彻底，却只叫价五里拉——这一层对比表明福斯特即使写价格之类细节，都可能藏有古怪的弦外之音和喜剧性。

通过这么一个故意写得非常隐晦的事件，同时反映出佛罗伦萨这个城市的激情、欲望、暴力、死亡，福斯特抓住了这座城市最核心也最隐秘的精神气质。所以同样是作家的戴维·李维特，在佛罗伦萨居住多年之后表示，写这座城市的小说固然极多，但以《看得见风景的房间》最具洞察力。

不过，我们不能忘记，佛罗伦萨只是小说第一部分的背景。它被写得如此生动和极端，还有一个作用是反照，指向的目标定然是另一个极端，那里多半是被"爱情、欲望和自由"这些因素的反面所主导。

也正因为佛罗伦萨被写到如此穷形尽相，它的反面如何，则大可以尽情想象。这就是作品屡次提及另一个城市却从来不肯正面描写一句的理由，因为已经不需要。写佛罗伦萨也就是在同时写它。

这个城市就是：罗马。

四、逻辑之镜

神话／现实和佛罗伦萨／罗马的两两对峙及彼此映照，不免会引起我们关注本书中的镜像因素。

然而，在《看得见风景的房间》全书中，不光“镜子”（mirror）这个词完全没有使用，连它的同义词都没有出现过。非但如此，作者在完全有充足理由提到镜子的时候，还要刻意回避。例如第一章末尾，巴莱特小姐发现“盥洗池上方钉着一张纸，上面潦草地画了一个巨大的问号”。以旅馆的常规情形来说，盥洗池上方有一面镜子，这几乎是必备设施，那张纸大约钉在镜框上。然而作者直接抹杀了镜子的存在，这种行为显得格外欲盖弥彰。

另一方面，就算彻底不招惹镜子这种具体物品，他终究无法彻底摆脱带有“照射／反射／映射”之类含义的词。在本书中，“reflect”（映现／倒映／反射／表现／沉思／回想等）这个词因此变得非常醒目。它或许没有实体，却是一面逻辑上的镜子。

这个词在全书总共出现了八次，额外还用了一次它派生的名词，可以算作九次。在这九次使用中，有八次都是指“寻思 / 回忆”之类，唯一一次体现出镜子物理功能的“倒映”，出现在第十二章。也就是在这一章，“reflect”竟然被密集地使用了四次，占全书使用该词总次数的将近一半。

福斯特从来不是缺少同义词的作者，在第十二章频频露面的“倒映”“寻思”，是一次有意无意的提醒。就在这一章，他写道：“水清得倒映出了头顶上碧蓝的天空。”确实，圣湖本身就是一面镜子，它没有被冠以镜子之名，却发挥了镜子的作用。尽管作者在这一章结尾赶紧把它比喻为“圣杯”，试图转移注意力来误导我们，但已经无济于事。

圣湖让我们发现镜子明晃晃的存在，也进一步发现，这部小说中无处不是镜子和镜像。前述的神话 / 现实和佛罗伦萨 / 罗马两两对应，只是这些镜像中比较明显的两组。

作为镜子，圣湖的功能异常强大。在第九章，它一出场就照出一组镜像：塞西尔尴尬冷淡的亲吻和乔治让露西半年后还要梦见的热烈拥吻。它被放到第十二章才大书特书，是有道理的。

没有标题的第十二章是一面结构上的镜子，也是全书的中心章节。它通过戏水场景折射了第六章的花海场景，也反射了同样没有标题的第四章。全书唯一得到正面描写的镜子，亦即圣湖，在第十二章才真正地大放光彩，这是因为机关枢纽必须藏在战略性的要害之地。

以第十二章为基准，通过这些镜像之间的相互映照、彼此阐释和来回补充，可以发现，第四章、第六章和第十二章的三个大场景中，潜藏着海量的信息，尤其是强烈的情感和燃烧的欲望。

第四章和第十二章在“事件”方面互为镜像——领主广场发生的真实事件，由于作者刻意写得极为含蓄，并不是露西所理解的那样，在前面我们已经详细讨论过。

第六章和第十二章在“爱欲”方面互为镜像，关键词是“掉落”和“泳者”。在第六章，露西掉落下去，发现乔治像一个“随时准备下水游泳的人”。在第十二章，乔治掉落下去，这名泳者终于下了水。

只有揭破这三章之间的镜像关系，并且看透第四章隐藏的信息，再结合第四章和第六章一起考量，才能明白第十二章圣湖场景的真实含义，以及那些文字和画面背后汹涌的激情。同时，也正因为第四章和第六章的存在，第十二章的场景就可以不用多费笔墨。正如已经写透了佛罗伦萨的精气神，就不必再对罗马进行工笔细描。

至此，我们可以审视开头的另一个问题：第四章和第十二章没有标题，其中究竟有什么玄机？

表面上看，这两章分别是第一、第二部分的核心情节。第四章叙述露西和乔治之间情感和欲望的真正产生。第十二章是乔治等人在圣湖遇见露西等人，重新激活了男女主角的感情和欲望，也让她和两名追求者同时出场，让已经订婚的露西再度受到两种力量的拉扯，情节出现新的起伏。

然而通过镜像关系可以推断出，这两章具有更深层、更微妙的对应关系：都点出了激烈爱欲，都提到情色事件，它们互相映射也互相印证。逻辑之镜，彼此观照也反照自身，被如此绑定的关系，逃不掉也藏不住。

小说中对镜子 / 镜像的运用，涉及故事层面、叙述结构、重要场景乃至各种细节。前三者都已经有所讨论，诸如佩鲁齐小堂（那里确实供奉着使徒约翰和施洗约翰，在书中分别象征爱情和欲望）之类被作者藏在细节中的镜像实在太多，限于篇幅，这里不再展开。但我们已经可以谨慎地说，《看得见风景的房间》就是一部极为精密的镜像小说。

五、绘画的隐喻

除了精密繁复的镜像系统，福斯特这部作品还蕴含着丰富的艺术色彩，最直观的表现就在美术方面。

作者本人具有远超普通人的美术修养，不光受到来自牛津的艺术评论家拉斯金和佩特的影响，还有幸亲炙“现代主义美术开山鼻祖”罗杰·弗莱，获得难以估量的艺术教益。他曾给大学生开艺术讲座，还在“一战”期间获得在国家美术馆给美术作品编目的工作，连他的一些短篇小说也是受到弗莱的启发才写出来的。

他把弗莱的教导运用到本书的写作中，发展出以绘画方式写场景的技巧，这已引起一定程度的注意。A. A. 马克利说：“读者需要聚焦于视觉，去设想人物一系列行动的重要性，才能明白到底发生了什么……《看得见风景的房间》……为福斯特高度视觉化的叙事方式提供了最佳范例。”[1]在福斯特作品的评论集中，不同的读者也印证了这种看法：那些角色就像萨金特画的肖像一样清晰又显著。他们不是被描述出来的，而是通过自己的行动呈现出

---

1 A. A. Markley, “E. M. Forster’s Reconfigured Gaze and the Creation of a Homoerotic Subjectivity”, *Twentieth Century Literature*, Vol. 47, No. 2 (Summer, 2001), pp.268-292.

来的。有的场景“无疑就是最精妙的后现代绘画”。

他在刻画重要场景时故意用降调，采用的语言看起来轻描淡写，往往略加点染就晃过去，因此极具欺骗性，进而给人造成所谓“含蓄”的印象。他确实有刻意含蓄的时候，但也有写得直白和奔放的场景，只是不直接告诉读者，而是不动声色地呈现。这些“高度视觉化的叙事”，挑战的是读者的阅读习惯。

除了富于开创性地进行绘画式写作，他对色彩和光影的敏锐感受也值得注意。这一点在第四章、第六章和第十二章的几个华彩段落中表现得很充分，这里不再具体展开。

此外，他还会在描写大场景时，戏仿美术名作。最明显的例子就在第六章的结尾，他基本上就是照着波提切利的名画《维纳斯的诞生》来写作的，不光摹写其光影与色彩，还捕捉到了画面中蕴含的情感和欲望。

我们需要格外关注的，是他如何运用艺术作品的隐喻来传递信息和表达情感，本书在这方面表现得非常突出。

首先是《维纳斯的诞生》。这幅画从第四章开始出现，象征了露西爱欲的觉醒，后来因沾血被乔治扔掉。在第六章又通过波利齐亚诺的诗句进行侧面暗示（因为波提切利是在该诗的影响之下创作这幅画的），直到第六章末尾，整个场景以这幅画为蓝本来描写，露西本人成了画中的维纳斯，对爱欲有了更进一步的体验和了解。

《维纳斯的诞生》

其次是象征爱情的《圣约翰升天图》。自从第二章在圣十字大教堂见到乔托的这幅壁画，露西和乔治开始正面打交道，两人的爱情关系真正有了起因。在第四章她买的图片里有这幅画，后被乔治扔掉。在第十二章，毕比先生和弗雷迪去找乔治游泳，谈到“跟露西买的一样”的那幅画，也正是《圣约翰升天图》。因为第十四章交代，“巴莱特小姐正在客厅里，盯着翻拍的《圣约翰升天图》壁画看”。

《圣约翰升天图》

这幅画在露西和乔治的关系中具有标志性的作用。既然露西买过的一张被乔治扔掉，可见她自己又去买了，两个人心有灵犀，心中都藏着源于佛罗伦萨的这段爱情。

此外，这幅画似乎带有一种规律性的暗示，就像去过佛罗伦萨的角色中，谁看了这幅画，谁就会跟爱情产生某种瓜葛，这也让我们对人物的复杂心理有了更多揣测。

露西和乔治不必说，牧师在乔治那里看到这幅画是第十二章，于是那一章出现了圣湖场景，他对乔治的情感和欲望表露无遗。巴莱特小姐看着这幅画的时候，是想到了她三十年前的爱情吗？这幅画会是造成她最终发生转变的原因之一吗？

再次是米开朗琪罗。露西在圣十字大教堂觉得，乔治像米开朗琪罗创造的人物，后来她的情感和欲望都缠绕到他身上。在本书中，这位大艺术家的名字主要指向男性的肉体美，把乔治变成了露西的迷恋对象。

在塞西尔那里，米开朗琪罗又代表了活力与生机，跟达·芬奇画中人的神秘与出尘之感对立起来——当然这仅仅是塞西尔和其他艺术评论家一厢情愿的美化与神化，著名的蒙娜丽莎和达·芬奇本人一样毫不神秘或出尘，她留下的历史记录是对丈夫的抱怨，跟她那些可怕的话比起来，《西游记》第三十八回乌鸡国王后那番意思相同的哭诉要温柔和文明得多。

阿莱西奥·博多维纳蒂的《基督诞生》也成了本书中重要的道具。围绕这幅画，佛罗伦萨英国侨民的专职牧师伊戈先生卖弄学识，借机吹嘘当地侨民，又跟毕比先生组织大家出游，去看这幅画采用的风景。实际上他连这幅画的内容都搞错了，却引发了一场奇奇怪怪的闹剧，最终导致露西和乔治以那片风光为背景，在紫罗兰花海中体验了燃烧的爱欲。

六、音乐的激情

即使就写作手法而言，《看得见风景的房间》也是一部镜像之书。除了绘画式写作，这部作品还展示了如何进行音乐式写作，它其实也是一部音乐小说。从技巧角度看，绘画和音乐手段互为镜像。

福斯特的音乐造诣超过美术。他在美术领域的良师是影响了整个20世纪美术的巨人罗杰·弗莱，音乐方面的益友则是爱德华·邓特，后者曾任剑桥大学音乐教授，创立了国际当代音乐协会（ISCM），英国皇家音乐协会在其去世后专门设立“邓特音乐奖章”。

福斯特既热爱贝多芬，也迷恋瓦格纳。他相信，音乐的叙事力量是灵魂最根本的语言，可以表达出不可言说的感情。写作本书期间，他经常把每天的一半时间用来练琴，露西的钢琴水平几乎就是他本人的水平。他把音乐和故事编织得相当紧密，很多片段，都要对音乐的背景有所了解，才谈得上领会作者要表达的意思乃至情绪，这也导致故事变得越发含蓄。

在《看得见风景的房间》中，福斯特主要从四个方面运用音乐元素进行写作。

其一是通过不同作曲家的作品来表现女主角露西的情绪。在小说中，体现为在佛罗伦萨跟乔治恋爱时弹热情的贝多芬，跟塞西尔订婚后在他家弹悲哀的舒曼，拒绝乔治又跟塞西尔解除婚约后弹莫扎特（其作品在当时被认为最是消极）。

其二是用一些著名的歌剧故事来暗示心理活动。以第十五章为例，午后露西弹了歌剧《阿尔米德》的音乐，塞西尔建议她改弹歌剧《帕西法尔》，然后露西就生气了。

这个情节乍看起来莫名其妙，如果对《阿尔米德》和《帕西法尔》有所了解，就可以大致理解露西的想法。《阿尔米德》中的那段音乐表现的是男主角雷诺对阿尔米德爱到生了相思病，而露西此时正希望乔治爱上自己，爱到生相思病那是最好。塞西尔的建议却打断了她心中的绮念。

《帕西法尔》那一段则是巫师让孔德丽去勾引傻小子帕西法尔。塞西尔已经把乔治父子哄骗到夏日大街来，他—露西—乔治三人的关系，和这一幕中的巫师—孔德丽—帕西法尔三人的关系形成了两组镜像，他此时要求弹这一段，会让露西联想到，他简直是在让自己去勾引乔治。而且她自己也心中有鬼，当天上午她与乔治的见面最起码要算一次无意的招惹，当时她穿得还那么艳丽，就像专门为乔治换上的一样。

所以塞西尔这个要求给露西带来了两种不快，她因此愤然合上钢琴。

类似的例子小说中并不鲜见，正文译注中还有许多对音乐的注释。不过重点在于，它们显示出福斯特运用音乐元素的一个鲜明特色：不直接呈现人物内心，只展示一些含糊暧昧、意味不明的行动，复杂的弦外之音却是通过提及音乐作品来传达，女主角绕来绕去的心理活动深藏在重重叠叠的隐喻之后。

福斯特在本书中运用音乐写作的另外两个重要方面，是他对瓦格纳和贝多芬的双重学习，而且这两方面结合得非常紧密。

理查德·瓦格纳歌剧影响极大，20世纪初，有一批作家根据其创作理论来丰富小说写作技法。福斯特是最早采用瓦氏歌剧的“主导动机”来设计小说结构的作家，首度运用于长篇小说就是在本书。在这部作品中，福斯特以“主导动机”为写作手段，把贝多芬的钢琴奏鸣曲作为素材，设计出了贯串整部小说的“阿诺河动机”。

小说开篇，露西就想看到阿诺河，由此跟爱默生父子换房间，然后看见阿诺河的夜景。第二章她和拉维西小姐从河边走过，看见阿诺河早上的风光。从第三章开始，露西现身弹钢琴，毕比先生的回忆不只点出她心中蕴藏着激情，还把涨水的阿诺河与贝多芬的《作品第111号》（《C小调第三十二号钢琴奏鸣曲》）挂钩。至此本书的主导动机得到确立，阿诺河象征她心中的激情和欲望，贯串了整部作品。

第四章，露西经过领主广场凶杀事件，心中爱欲觉醒，对乔治产生感情，她听见阿诺河水是“意想不到的动人旋律”。第五章，她发现“从奔腾的气势、咆哮的水声和发黄的颜色看来，这天早上的阿诺河简直就是一头雄狮”。

经过第六章在紫罗兰花海与乔治拥吻，受到巴莱特小姐干预，露西的感情陷入混乱，在第七章“断然拒绝”了为艾伦小姐弹琴，她觉得演奏是小孩才干的事。

小说第二部分，情节进一步展开。贝多芬暂时不出场，露西弹奏音乐的场景主要是舒曼、莫扎特之类，这两种音乐都对应了她心中低迷的情绪。

等到小说收尾之际，露西跟乔治结婚，回到佛罗伦萨，在浪漫的爱欲场景中，阿诺河动机再次出现：“他们听见了阿诺河的咆哮，它冲破冬雪的阻碍，一头扎进了地中海”。

这个以“阿诺河 / 贝多芬 / 爱欲”为动机的故事，不光像贝多芬的《作品第111号》一样蓬勃热烈，充满张力，在叙事结构上也戏仿了乐曲第一乐章的结构形式，可以分为呈示部、展开部和再现部，几乎就是一首以小说形式写出来的奏鸣曲。

福斯特的戏仿连音乐的速度都考虑在内。备受一些研究者诟病的结尾看起来十分仓促，但是《作品第111号》第一乐章本身就是以急板作结，模仿其形式的小说，必须戛然而止。本书结束时充满激情的爱欲场景节奏极快，正是对原作的完美戏仿。

关注《看得见风景的房间》这部作品中音乐元素的研究者不算多，其中文学评论家兼音乐学家米歇尔·菲利安堪称作者的知己。基于深厚的音乐知识，她详细考察了作品中贝多芬和瓦格纳的影响之后认为，福斯特在书中表现出来的写作手段极为超前[1]。

由于忽略了镜像影响，菲利安富有启发的分析令人遗憾地停留在这里，我们可以沿着她的思路继续下去。

实际上，本书不光拥有以贝多芬的《作品第111号》与阿诺河为主导动机的内部结构，对应第一乐章；它还有一个戏仿《作品第111号》的外部结构，对应乐曲的所有乐章。

贝多芬的钢琴奏鸣曲《作品第111号》比较独特，一共只有两个乐章。在小说第三章，作为露西镜像的毕比先生记得她只弹了该奏鸣曲第一个乐章。这个篇幅不短的片段并非闲笔，他其实是在暗示，小说存在一个更为宏大的外部结构。

露西和乔治的爱情故事，是对贝多芬《作品第111号》第一乐章的再现，也是她人生中充满激情的第一乐章，跟着全书一起结束。然而，小说中的露西没有演奏《作品第111号》的第二乐章“如歌的柔板”，作者也不必去写露西婚后相对来说更平静舒缓的第二乐章。

这种写法更令人回味的一点在于：露西喜欢贝多芬这首奏鸣曲，她的爱情经历对应该乐曲第一乐章；作者喜欢贝多芬的作品，又根据她的爱情经历来写出这部小说。露西的生命是一部更宏大的书，在她的全部人生与《作品第111号》的全部乐章之间，存在精确的镜像关系。而贝多芬乐曲、露西的爱情和小说作品，可以互相映射，在虚虚实实之间，现实与虚构的边界变得模糊，给整部作品增加了一种形而上的色彩。

---

1 Michelle Fillion, “Edwardian Perspectives on Nineteenth-Century Music in E. M. Forster’s A Room with a View”, *19th-Century Music*, Vol. 25, No. 2-3 (Fall/Spring 2001-02), pp.266-295.

从内外两个结构来看，《看得见风景的房间》精巧新颖，逻辑严密，光是这一个特色，就足以支撑它成为一部出色的作品。

在菲利安看来，《看得见风景的房间》的叙事比福斯特的其他小说更精密，也更富于原创性，对音乐的运用达到他作品中的最高成就；然而音乐元素在小说中的这些关键性作用，却长期被很多人直接忽略，因此它实际上也是福斯特小说中最难懂的一部。

福斯特在本书中的音乐写作，对读者来说，其实也提供了一项福利。同名电影的感染力，在很大程度上与影片对贝多芬音乐的运用分不开。有可能最适合本书的阅读方式之一，就是提到某部音乐作品时，找出它来边看书边听：从方法上来说，这就是追求“跨文本”与“互文性”的阅读；从阅读体验上来说，这样或许会激活乃至引爆潜藏在文字后面那些澎湃到堪称壮丽的激情。

七、一部小说，五大戏仿

对音乐的讨论，已经涉及了本书的戏仿因素，限于篇幅，这里只简单概说几句。

《看得见风景的房间》中包含了丰富的戏仿，单是贯串全书、具有结构意义的整体戏仿，就有至少五处。其一是外层的奥斯汀式爱情故事，戏仿到形神兼备；其二是神话爱情，这是福斯特的创作也是戏仿；其三是音乐创作，本书对贝多芬同一首乐曲戏仿了两遍；其四是圣书开悟，这是源自圣奥古斯丁《忏悔录》

的一种写作模式，故事中浪荡子受到圣书（多为《圣经》）感召，最终皈依宗教，经过《鲁滨孙漂流记》等名著效仿传承之后成为写作传统。

然而福斯特对该模式的戏仿固然贯串全书，也进行了彻底的颠覆。首章即露面的女作者拉维西小姐是露西讨厌的对象，她一直忙着要写一本书，她和露西、乔治、夏洛特等人的互动一直断断续续地维持下去，她的影响力也一直持续到小说结束。

在第十五章，让露西和乔治开悟的那部圣书不是《圣经》，而是拉维西撰写、露西极为鄙视的那本言情小说《凉廊下》，直到结尾两人都在谈论此事。这一戏仿与颠覆，反讽之意不能更明显，对宗教的讽刺也不可谓不厉害。

还有一个贯串全书的大规模戏仿是乔治与龙。实际上，第一章老爱默生先生开口叫出儿子那个喜剧性的名字“乔治”时，本书对这个中世纪传说的复杂戏仿就已经开始了，可能因为它太过明显，反而遭到忽视，因此竟然一直不见有人讨论。

圣乔治与恶龙的故事原型很简单：少年屠龙，救了少女；有的版本还编排说，他俩恋爱了。总之就是三个主要角色：少年、少女和恶龙。恶龙“dragon”这个英文还有“难对付的人，尤其是女人”这一层意思，所以“圣乔治与龙”的故事，可以完美投射到本书男主角乔治、女主角露西和监护人巴莱特小姐身上，建立起镜像。

这部小说中对“乔治与龙”戏仿出了三种变体，来回颠覆故事原型。第一次戏仿：少年救了少女，他们相爱，被恶龙拆散（第一至七章）。第二次戏仿：少女和少年情感发生冲突，恶龙左右摇摆，有时候支持少女，有时候支持少年（第八至十七章）。第三次戏仿：少年沉沦，少女决定拯救少年和爱情，恶龙犹豫之下，竟然跑来帮忙了（第十八至二十章）。

对“圣乔治与龙”的三段戏仿次第衔接拼合，囊括了整部小说的内容，使得这个戏仿不仅成为叙事线索，也凸显全书结构。它在少年—少女—恶龙的关系上，构成形式上的多重反讽，增加了丰富的喜剧效果。这一组戏仿也提供了意义上的反讽：“圣乔治与龙”本质上是宗教故事，宣扬宗教精神，而本书戏仿演化出来的这一切变体，始终都紧扣着激情和欲望，实际上还是反宗教的。

八、《看得见风景的房间》vs.《洛丽塔》：当镜像小说互为镜像

很多读者对《看得见风景的房间》的误解在于，认为它讲述的只是一个浪漫爱情故事，有些读者甚至连作品中的喜剧性都未必能领略多少。这是我们推出新译本的首要原因。

与此同时，我们也很有必要重新发现这部艺术性被长期遮蔽的作品，分析和理解它的杰出之处。

根据前述分析，《看得见风景的房间》在镜像写作和多重戏仿等方面均有极为出色的表现。限于篇幅，作品中对过往经典的多重指涉／影射，以及大量精彩的文字游戏，本文都没有专门讨论。总而言之，这部小说当得起“伟大作品”的称号。

这里不妨将它与另一部经典名著进行简单对比。

由于同样继承了刘易斯·卡罗尔《爱丽丝漫游奇境记》表现的文学传统，福斯特这部《看得见风景的房间》和纳博科夫小说《洛丽塔》存在重要的相似因素。

镜像写作：两部作品都隐含了对镜像的巧妙运用，前者极为隐蔽，连设置镜像的意图都试图隐瞒，通篇不提“镜子”一词，似乎不希望被轻易发现；后者直接点出镜子的多处存在，并让主角与其镜像角色一起面对人生的悲剧结局。

多重戏仿：都充满了令人眼花缭乱的戏仿，前者至少包含五个贯串全书的整体戏仿，后者整体戏仿维多利亚色情小说并故意模仿该类作品的口吻（“O, reader!”）。此外，也都有不计其数的局部性戏仿。

驱使前人和文字游戏：两部作品都充满了对前人作品的各种影射、指涉和暗示，用典极多，而且都包含了繁复的文字游戏。[1]后者在这方面受到了比较充分的关注，但前者的这个特性较少受到注意。

隐蔽情色：两部作品还都存在极具艺术性的隐蔽情色场景／情节。后者虽然因为题材、戏仿情色小说而产生的暧昧氛围和一些肆无忌惮的议论本身就让人警觉，但真正尺度较大又直白坦率的描写却跟前者一样隐藏极深，而且都放在容易忽略之处，形成了同样的“灯下黑”。两部作品在这方面似乎都没怎么引人注意。《洛丽塔》中的个别场景，不排除连该书注释者小阿尔弗雷德·阿佩尔也给瞒过去了，否则以他的注释风格，相关注释按理

1 杰弗里·希思在研究中列举了书中涉及镜像、用典和文字游戏的部分细节，不过其重心在于论证小说的预言性主题和高质量文本，因此没发现本书是从故事这个宏观层面就开始设置的极为复杂的镜像系统。

说得有一页以上的篇幅。

当然，这两部作品也存在明显区别。

不同维度：前者不只在镜像写作和戏仿运用等方面表现得更优异，还开创性地把绘画和音乐技法运用到小说创作中，极具先锋性，加上现实与神话的交织、不同爱欲的对比，在作品中营造出重重叠叠的镜像世界，给人一种读之不尽的感觉。而后者是著名文体家的惊世之作，文风独树一帜且文字圆熟美妙，相对于前者，其语言更具有鲜明的辨识度和冲击力。这是广度与深度的差异。

接受过程：两部作品的际遇存在天壤之别。前者出版于1908年，其开创性过于超前，连同行都未必能看懂，受到普遍的轻视，还屡遭负面评价。以小说家曼斯菲尔德为例，她对该书的看法是“里面啥也没有”，该观点至今仍有影响。后者晚出将近50年，读者已经受过种种现代的、新潮的、前卫的文学思想、流派和作品的轮番洗礼，该书又被当时最流行的英国作家格雷厄姆·格林盛赞为年度最佳小说之一并为之展开激烈论战，再加上情色元素是热点话题，很快引起欧美各国的广泛关注和评论，随即成为现象级畅销书，在研究者纷纷跟进后被经典化。

实际上，如果我们从更宏观的角度，以时间轴为中点来看待这个问题，几乎可以认为：《看得见风景的房间》和《洛丽塔》这两部作品之间，本身就存在奇妙的镜像式关系。

前者是一名剑桥毕业生在20世纪上半叶初期写成的镜像小说，后者是一名剑桥毕业生在20世纪下半叶初期写成的镜像小说。如前所述，这两名校友写出的两部作品，杰出程度可谓势均力敌，这样的相同几乎带有宿命意味。

两部作品的区别从作者就开始了。专业的影响非常明确，古典学训练把福斯特变成神话大王，《看得见风景的房间》是现实爱情也是浪漫神话；生物学教育把纳博科夫变成了蝴蝶迷，《洛丽塔》是一名蝴蝶般的少女的《变形记》。

似乎连在剑桥就读的两个带有极端烙印的学院都影响了他们的个人气质：性格柔弱的福斯特出身于国王学院，那是隐忍明智的亨利六世创建的（这位国王被杀，宣告了红玫瑰家族统治的终结）；犀利外向的纳博科夫出身于三一学院，学院创建者是攻击性很强的亨利八世（这位国王带领英国脱离天主教会，几乎是对罗马教廷的反杀）。两部作品的命运差异也大抵如此：前者百余年来一直低调隐忍；后者问世不久即高歌猛进。

《看得见风景的房间》在福斯特自己的著作中也非常独特，不妨进行一番内部比较。结合完成时间，以及主题、形式等方面的特点，他的长篇作品可以有以下分类。

意大利小说：《天使不敢驻足之地》（首部出版）、《看得见风景的房间》。两者均有较长篇幅以意大利为背景。

自传性小说：《最漫长的旅程》《看得见风景的房间》。前者的自传性偏重于事实，即主角和作者本人的一些经历高度雷同或相似；后者虽包含一些相似经历，自传性因素更偏重于情感和心理，他借露西的故事宣泄个人情感，在研究者中已算是普遍看法。

音乐和神话小说：《看得见风景的房间》《霍华德庄园》。前者首次实现以音乐写作和神话写作贯串全篇，后者继续这一趋势。前者正如菲利安所说，在福斯特的音乐写作中成就最高，很可能迄今都是音乐小说中名列前茅的；后者则代表福斯特神话写作的巅峰，他试图在其中写出“英国的神话”。

三分式结构小说：《看得见风景的房间》《印度之行》。前者是作者首次尝试围绕三个独立的核心场景（第四、第六、第十二章）来架构小说，在后者中发展成为清真寺、石窟、神庙这样独立的三卷。

可以看出，《看得见风景的房间》在福斯特总共六部长篇小说中，居于绝对中心地位。

那么，福斯特自己如何评价他这部作品呢？

“它差不多是我作品中可读性最强的。”1958年，福斯特在本书的后记中遮遮掩掩地写道。这是他长期以来的语言习惯，把真正想说的话隐藏在似是而非的词语里，乃至刻意误导别人，还在剑桥上学时他就这样了。

里顿·斯特拉奇给他取的外号叫“灰灰”（鼹鼠），强调的就是他这种吞吞吐吐、有时候甚至显得鬼鬼祟祟的说话方式。这种腔调其实也很像他小说中那些老小姐，比如本书中那位号称最会说话、拐弯抹角本事第一的艾伦小姐。他的一位朋友推测认为，他这种“老处女性格”是被寡居的母亲和几名老处女亲戚一起养大的结果。

这个“可读性最强”，原文用的是nicest。根据我们前面的分析，它显然还藏有另一层意思：最有技巧。福斯特真正想说的其实是：“它差不多是我写得最有技巧的作品。”换句话说，他是在兜着圈子表明，这部小说是他作品中艺术成就最高的，是他的代表作。

一位成名作家，为什么对自己的代表作不肯直截了当地承认？

原因正是书中没有标题的第四章和第十二章，其中的两个大场景是他的软肋：两处都写到情色事件，第十二章更藏着大尺度的直白画面。这些内容非常挑战英国当时的社会道德与法律，足以让作品成为禁书，给他带来严厉惩罚，包括但不限于名声永久受损。最直观的例子就是劳伦斯因为《查泰莱夫人的情人》而受到的迫害。

此外，福斯特比较胆小，又重视文坛地位（相关竞争影响到他跟弗吉尼亚·伍尔夫的关系），当然不希望被主流社会攻击乃至唾弃。若是他敢直接宣称《看得见风景的房间》是他的代表作，以他1958年在世界英语文坛的影响力，不排除会惹得全世界研究者手持放大镜，追着这部作品的一切文本细节翻来覆去地考证，可能出现的种种后果足以让他颤抖。

他追求想要的艺术效果，也虑及自我保护，同时又担心终究没有任何人能看懂而浪费他的惨淡经营，所以还要像许多艺术家一样忍不住在得意之处留下秘密的个人印记。

或许就是在这种像女主角露西一样复杂矛盾的心思影响下，他一方面不惜把真实内容隐藏到旁人几乎看不出的地步，另一方面又专门用标题缺损的法子加以暗示。在写第十二章的时候，他更是反复催促读者“照镜子”（reflect），甚至两次点到柳兰的重要性。

他一共这样催了四回，似乎正好对应他的四种隐秘心思。大约这就是本书第四章和第十二章特意不设置标题的一些理由。

而且他也忍不住会对这本书进行另一种躲躲闪闪的夸奖。

“我最喜欢的女主角是露西。”指出自己的最佳小说是《最漫长的旅程》之后，他立刻补充道；然而熟悉他作品的人会发现，《最漫长的旅程》和《天使禁足之地》只是他创作本书期间的练笔之作。

《洛丽塔》在《纽约时报》“20世纪百佳英文小说”榜上实至名归地高居第4位之际，作为与它旗鼓相当的伟大作品，《看得见风景的房间》远远落在第79位——排名本身是小事，但这反映了作品接受过程中的巨大差异，也足以说明它遭受的遮蔽一直在持续。

确实，这部杰作之所以迄今都没受到应有的重视，除了他人的误读、误解与误导，作者本人的刻意隐瞒，至少要负一半责任。

解　读

姓名隐喻揭秘

就像狄更斯小说或中国的《金瓶梅》《红楼梦》一样，这部作品中的人名往往有所寓意，经常会反映人物的一些性格侧面。在这里，我们把书中主角以及较有影响的配角都汇集起来，基于姓名略作分析。[1]

1 以下名字的含义解释，主要依据为英文名字研究专家大卫·皮克林所著《企鹅版宝宝取名手册》。

露西·汉尼却奇（Lucy Honeychurch）：小说女主角

露西意为“光明”。书中有多处光明与黑暗对比的情形，女主角处在负面情绪或不利状态时，也经常用黑暗来表述。比如第七章，露西处在巴莱特小姐的掌控中，“五斗橱上，离巴莱特小姐的无檐帽不远，一点烛火瑟瑟缩缩，在插严的门上投下恐怖怪诞的黑影”。

更具有深意的是她的姓氏（Honeychurch），分别是蜜糖（快乐）和教堂（束缚），隐喻性格中的两个方面。一方面是甜蜜和自由，这种性情来自她的天性和家庭，尤其是母亲豁达性格的影响。另一方面，露西也受到夏日大街的邻居的影响，那些没落贵族遵守的社会习俗也被她学到了，她还受到监护她的巴莱特小姐的约束，那些老小姐代表的社会舆论和代表宗教的两名牧师也在监督她。

姓氏本身蕴含的分裂感造成了她自身不同性格侧面的冲突，本书的主体就是在讲述她遭遇的这种冲突和她的抉择过程。遇到爱默生父子后，这种冲突表现得越发明显。她既受到乔治的吸引，渐渐产生情意，又受到习俗的束缚，想要否认这种情感。她就在这种期望和退缩中犹豫不决。尤其是当她的欲望觉醒之后，在激情中与乔治拥吻，随即又落入表姐代表的习俗的掌控，迅速离开，全书的第一部分就在非常激烈的转折中结束。

放到佛罗伦萨这个大背景下，露西性格中的冲突既有现实感，又有象征性。佛罗伦萨是花都，这座城和它提供的爱情、欲望和自由，就是蜜糖。露西在这里生出的情意，是她的蜜糖。露西情不自禁爱上的乔治，也是她的蜜糖（爱人）。

然而，她被表姐带去的罗马，却是宗教势力极为强大的地方。当地还有世界上最大的教堂——圣伯多禄大教堂。表姐妹俩赶到罗马之后，去找的就是一个令人联想到教堂的、带有中世纪气质的男人塞西尔，而且要求他带她们去参观的地方就是圣伯多禄大教堂。

因此，全书的第一部分结尾虽只是简单一句话，“第二天一早她们动身去了罗马”，却体现了蜜糖与教堂之间的至少三重对比和冲突。这个简约的结尾，一方面体现了福斯特的含蓄，另一方面也反证了我们在前面对佛罗伦萨的讨论。为了与塞西尔所在的最保守城市罗马形成最强烈的对比，遇到乔治的地方只能是最自由浪漫的佛罗伦萨。

然而逃往罗马的行为又构成另一个反讽。极度保守的表姐监护着表妹，到最保守的城市去接近一个特别保守的男人，真的保得了、守得住吗？乔治沉默寡言，却像一团火，热情起来连全书第一部分结束时的雷雨都浇不熄，他的一吻，让半年之后已经回到英国的露西做梦时都念念不忘。

乔治·爱默生（George Emerson）：小说男主角

乔治这个名字本意是“农夫”，从正面的角度看，是亲近自然和充满健康活力的人；从势利者的负面视角看，是低下到不堪的阶层，由此受到巴莱特小姐等中产阶级老小姐们的鄙视。不过这个名字更重要的作用在于戏仿基督教的“圣乔治传说”，它赋予了整部作品非常强烈的喜剧效果。

老爱默生先生（Mr. Emerson）：乔治的父亲

爱默生这个姓氏影射美国哲学家爱默生，代表作为《论自然》，强调亲近自然，声称“自然是精神之象征”。老爱默生先生的一些观点明显受到这种思想的影响。

夏洛特·巴莱特（Charlotte Bartlett）：露西的表姐

夏洛特意为“自由人”。作为露西的表姐和旅行监护人，在意大利旅游期间，她是监护者，露西是被监护者，相对而言，当时她是更自由的。

巴莱特是巴尔多禄茂（Bartholomew）的变体，该姓氏来源于耶稣十二门徒之一的巴尔多禄茂，他致力于劝化异教徒归正。这个名字影射巴莱特小姐对女主角露西的种种劝诫。

对夏洛特·巴莱特小姐名字含义的讨论并不常见，不过杰弗里·希思认为，巴莱特（Bartlett）这个姓氏在英文里包含“禁止”（bar）和“放任”（let）两个元素，隐含了她本人对露西时而阻止时而容许的态度，连她坐着时前后晃动脑袋的动作也似乎与此有关：似是阻止，实则赞同。根据作品本身的内容来看，这是一个颇为站得住脚的解释，她的确是一个手段巧妙的人。

亚瑟·毕比（Arthur Beebe）：露西的教区牧师

亚瑟带有领袖的意味，令人联想到亚瑟王和他的影响力，牧师亚瑟·毕比在书中确实展示出了一定的影响力。亚瑟还令人联想到亚瑟王传说中阿瓦隆的迷雾，因为这名牧师不光有时候说话别具深意，令人捉摸不透，他的性情、为人和心思也非常复杂，不是等闲就能看清楚的。

毕比（Beebe）的寓意比较多，正如牧师本人的性格一样复杂。首先是“作为蜜蜂”（Be a bee）。在古典时代和中世纪，蜜蜂都跟勤劳和独身联系在一起。这也符合毕比先生的状态。他是一位勤勉的牧师，没有结婚，跟他的母亲一起居住。此外，毕比先生如同采蜜的蜜蜂一样嘴甜（言语动听），却又像小说末尾呈现的那样，如同蜜蜂一样暗中带刺，算是一个口蜜腹剑的人物。

不过，毕比先生的名字寓意远不止这些，对他名字中的更多寓意，需要在阅读中结合他内心深处的情感和欲望来看。

塞西尔·韦斯（Cecil Vyse）：露西的未婚夫

塞西尔意为“盲人”，既指塞西尔看不见露西的真正优点，也讽刺他对露西和乔治之间发生在他眼皮底下的激情视而不见。在幻想故事的层面，这也表示他的身份象征神话里的冥王，因为“盲人”跟黑暗紧紧相依。

韦斯的本意是“带柱子的回旋楼梯”，在卡尔·弗里德曼看来，这代表一种“僵化”的感觉。奈杰尔·梅珊洁认为，韦斯（vyse）这个词同时影射“反常的、不自然的力量”（vice），也影射他和乔治对露西的“争夺”（vie）。

埃莉诺·拉维西（Eleanor Lavish）：言情小说作者，夏洛特的好友

埃莉诺是海伦的变体，意思是“光彩夺目”，这是拉维西小姐性格的一个侧面。她自称爱打破常规，相信波西米亚生活方式，在普遍比较保守的中产阶级老小姐当中确实比较引人注目。

拉维西有“慷慨、无节制”等意思，隐喻拉维西小姐作为言情小说作者的一个侧面：言语行为过于奔放，无节制地到处寻找浪漫。

依托这个角色，作者也制造了一个重要的反讽：风风火火的拉维西小姐让露西非常讨厌，偏偏她的行为对露西起到了莫大的帮助。

在小说的第一部分，去圣十字大教堂那天她撇下露西，还拿走观光指南，使得露西跟乔治有了真正的交流；大家一起郊游的时候，她想方设法把露西挤兑走，结果露西被意大利车夫法厄同领到了乔治身边，两人拥抱亲吻。在小说的第二部分，拉维西小姐化名出版的小说引发了乔治和露西的第二个吻，让露西被迫面对自己心中的激情。

拉维西小姐的话有时候带着预言意味。她嘲笑在铁路公司工作的乔治肯定是个行李员（搬运工）。于是乔治在书里至少抱着（搬运）露西走动了两次：在第四章和小说结尾。这当然也是个喜剧性的反讽。不排除这种无意中直指真相的话，正是她招人恨的原因之一。

和塑造得极为成功的巴莱特小姐一样，拉维西小姐也不是一个扁平人物。她日常的言语做派往往矫饰浮夸，对个人生活却又讳莫如深。在本书中，她和同为老小姐的夏洛特是一组精彩的镜像人物：围绕男女主角的恋情，两人一个搬弄是非说故事，一个添油加醋写故事。

卡斯伯特·伊戈（Cuthbert Eager）：佛罗伦萨的英国侨民牧师

卡斯伯特意为“著名”，这反映了他的身份，作为英国侨民在佛罗伦萨的侨民牧师，他在当地有一定的名望，他对此也颇为自负。

伊戈意为“急切”，暗示这位牧师性格中有急于卖弄的成分。不过他总是卖弄得太着急，在显示自己学问如何渊博时，容易犯一些知识性错误。

凯瑟琳·艾伦（Catherine Alan）：老小姐，特蕾莎的妹妹

凯瑟琳意为“纯真”，符合一位老小姐的童贞特质。

艾伦意为“和谐，和睦”。喻指两位艾伦小姐绕来绕去把话说得四平八稳的本事。

特蕾莎·艾伦（Tcroca Alan）：老小姐，凯瑟琳的姐姐

特蕾莎意为“谨慎”，根据小说，她比妹妹凯瑟琳更警觉，不如妹妹待人亲切。艾伦姐妹是一组同中有异的镜像。

玛丽安·汉尼却奇（Marian Honeychurch）：露西的妈妈

这个名字是玛丽和安的组合，玛丽是圣母的名字，安是“喜爱”的意思。暗示露西的母亲玛丽安是一个性格讨人喜欢的人。福斯特本人表示，这个角色是借鉴他外婆露易丝的形象塑造出来的。

弗雷迪·汉尼却奇（Freddy Honeychurch）：露西的弟弟

露西的弟弟弗雷迪天性简单，容易交朋友，他也是汉尼却奇家的继承人。因此，他这个名字恰如其分地带有“性情平和的当家人”的意思。

明妮·毕比（Minnie Beebe）：毕比先生的侄女

来自罗马神话智慧女神密涅瓦（希腊神话中的雅典娜），意为“聪明人”。在小说中，巴莱特小姐为车费如何找零晕头转向，塞西尔等人糊弄她，明妮却看得很清楚。

鲍威尔（Powell）：露西家的外国园丁兼车夫

鲍威尔意为“准备，愿意”。一个兼任园丁和车夫的人经常要准备好提供服务，这是个贴切的名字。

图文解读

佛罗伦萨导览

小说中露西等人游览的佛罗伦萨地处意大利中部，是托斯卡纳区的首府。作为欧洲文艺复兴的发祥地，佛罗伦萨历史悠久，有着众多卓越艺术家的绘画、建筑、雕塑作品。市区至今仍保持着古罗马时期的格局，处处弥漫着古典文化醇厚而迷人的气息，是世界各国游客向往的文化旅游胜地之一。

阿诺河（Fiume Arno）

阿诺河是意大利中部最重要的河流之一，它从佛罗伦萨城区蜿蜒流过，河上矗立着四座古老的桥梁，连接着城区南北两岸。阿诺河蔚蓝静谧，在阳光的照耀下波光粼粼，两岸分布着众多著名而古老的建筑。沿着河滨一路前行，便能感受到这座古城的魅力所在。

在小说中，露西和表姐夏洛特初到佛罗伦萨，旅馆老板娘给她们安排了朝向中庭的北屋，看不见风景，这让她们十分气愤。在爱默生父子的帮助下，露西和表姐住进了可以看见阿诺河风景的房间。之后在阿诺河的河边，露西第一次对乔治心动。

圣母领报广场（Piazza della Santissima Annunziata）

圣母领报广场是佛罗伦萨最美丽的广场之一，保留着众多文艺复兴时期的建筑。圣母领报广场中矗立着费迪南德一世骑马青铜像。其周边分别是圣母领报教堂、学院美术馆和欧洲最古老的儿童福利院。福利院的门廊由布鲁内莱斯基设计，拱门之间镶有蓝底白布裹儿童像的浮雕。

在小说中，露西和表姐夏洛特、表姐好友拉维西小姐在前往圣十字大教堂的途中迷路，误打误撞来到了佛罗伦萨东部区域的圣母领报广场，露西被广场上的圣婴像所吸引。

圣十字大教堂（Basilica di Santa Croce）

圣十字大教堂是世界上最大的方济各会教堂，坐落于佛罗伦萨的圣十字广场。

教堂于1294年开始兴建，平面布置为T形十字架，长115米，拥有16个小圣堂。1842年兴建了教堂后面的哥特式钟楼，19世纪中后期增建教堂的新哥特式大理石立面。整个教堂庄严圣洁，保存着众多艺术珍品和许多广受尊敬的佛罗伦萨名人的陵墓与纪念碑，如但丁、米开朗琪罗、伽利略、马基雅维利等。

在小说中，露西在游览圣十字大教堂时再次和爱默生父子相遇，露西跟乔治有了真正的交流。父子两人向露西介绍乔托的壁画，对露西的思想造成了一定的冲击。

感恩桥（Ponte alle Grazie）

感恩桥是佛罗伦萨的第三座石桥，始建于1237年。它位于阿诺河的最宽处，是佛罗伦萨最长的桥梁。1345年被重建为九孔拱桥，其中两个桥拱在1347年被堵上，以扩建莫伊广场。桥上的建筑因铺设铁路而在1876年被拆除。第二次世界大战期间，为阻挡盟军前进，感恩桥被纳粹军队炸毁。如今的感恩桥是于1953年重建而成的。

在小说中，露西同表姐夏洛特、表姐好友拉维西小姐一同前往圣十字大教堂的途中，路过了感恩桥。

圣米尼亚托大殿（Basilica di San Miniato al Monte）

圣米尼亚托大殿是一座罗马天主教的宗座圣殿，坐落于佛罗伦萨最高的山丘上，在此可将佛罗伦萨全城美景尽收眼底。它被称为“托斯卡纳最好的罗马式建筑”，入选“意大利最美丽的教堂”。圣米尼亚托大殿始建于1018年，以纪念被迫害的米尼亚托烈士。传说他提着自己被斩首的头颅，渡过阿诺河，回到了自己的隐居处。教堂正面的几何图案由白、绿二色大理石砌成，内部有三廊式大殿，大殿中心道上有一幅圆形马赛克十二宫图案。地下室是教堂最古老的部分，安葬着许多名人。

在小说中，露西同表姐夏洛特、表姐好友拉维西小姐一同前往圣十字大教堂的途中，路过了圣米尼亚托大殿。

领主广场（Piazza della Signoria）

领主广场位于佛罗伦萨的中心地带，因周围有众多精美的建筑和雕塑被认为是意大利最美的广场之一。这个壮丽的露天博物馆见证了千百年的伟大与权力，其所在地在古罗马时期已经是一个中心广场，周围是剧院、浴室和染坊等，而真正成型是在14世纪前后。广场中心是建于14世纪的锯齿形塔楼旧宫（佛罗伦萨现在的市政厅），广场上著名的雕塑有米开朗琪罗的大卫（复制品）、海神喷泉、帕尔修斯和美杜莎等。

在小说中，露西出门散心闲逛时到了领主广场，见到了海神尼普顿塑像，还怅然凝视旧宫的钟塔良久。

佣兵凉廊（Loggia dei Lanzi）

佣兵凉廊坐落于领主广场，毗邻乌菲齐美术馆，修建于1376年到1382年。它由面向街道敞开的宽拱组成，宽三个分隔间，深一间。最初用以容纳集会的人群，并举行公共仪式。在科西莫一世大公统治时期，此处曾驻扎外国雇佣兵，因此得名。现今为露天美术馆，陈设有切利尼的珀尔修斯青铜像等众多名家名作。

在小说中，露西游览领主广场时，来到了佣兵凉廊。看着廊中影影绰绰的许多不死的神祇，露西恍若进入了非现实世界。随后，她在此处目睹了两名意大利人的争吵、斗殴。

乌菲齐美术馆（Galleria degli Uffizi）

乌菲齐美术馆是佛罗伦萨最有名的一座艺术博物馆。兴建于1560年，曾是受美第奇家族之托所建市政司法机构办公室，意大利语中Uffizi意为“办公室”。该馆以收藏大量的文艺复兴时期的绘画名作而蜚声国际，有“文艺复兴艺术宝库”之称。乌菲齐美术馆共有46个画廊，分为三层，收藏着约10万件艺术品，其中包括名画、雕塑、陶瓷等。

镇馆之宝有：博尼塞纳的《圣母子》、马尔蒂尼的《圣告》、波提切利的《维纳斯的诞生》和《春》、达·芬奇的《三王礼拜》、拉斐尔的《金丝雀的圣母》、米开朗琪罗的《圣家族》、提香的《花神》等。

在小说中，露西在领主广场目睹凶案后晕倒，乔治把她抱到了乌菲齐拱廊的台阶上休息，两人有了进一步交流。

菲耶索莱（Fiesole）

菲耶索莱位于佛罗伦萨东北9公里处的山丘上，是一个风景秀丽的小镇。菲耶索莱历史悠久，可以追溯到罗马时代，至今城中还有非常多的遗迹，比如罗马时期的浴场、圆形露天剧场以及城墙的遗址。菲耶索莱大教堂是小镇中心最突出的建筑，建于1028年。自14世纪以来，这座城市一直被认为是佛罗伦萨上流社会的度假胜地。

在小说第六章，毕比牧师、伊戈牧师、爱默生父子、拉维西小姐、巴莱特小姐和露西一行人出门前往菲耶索莱郊游，路过了菲耶索莱的广场。

读客三个圈经典文库

精神成长树

你想成为什么样的人？
对你来说什么是重要的？
这个世界应该是什么样子？

我们在生命中遇到的问题，每个时空的人都经历过，一些伟大的人留下一些伟大作品，流传下来，就成了经典。正是这些经典，共同塑造并丰富着人类的精神世界。

我们重新梳理了浩若烟海的文学经典，为您制作了精神成长树。跟随读客三个圈经典文库，汲取大师与巨匠淬炼的精神力量，完成你自己的精神成长！

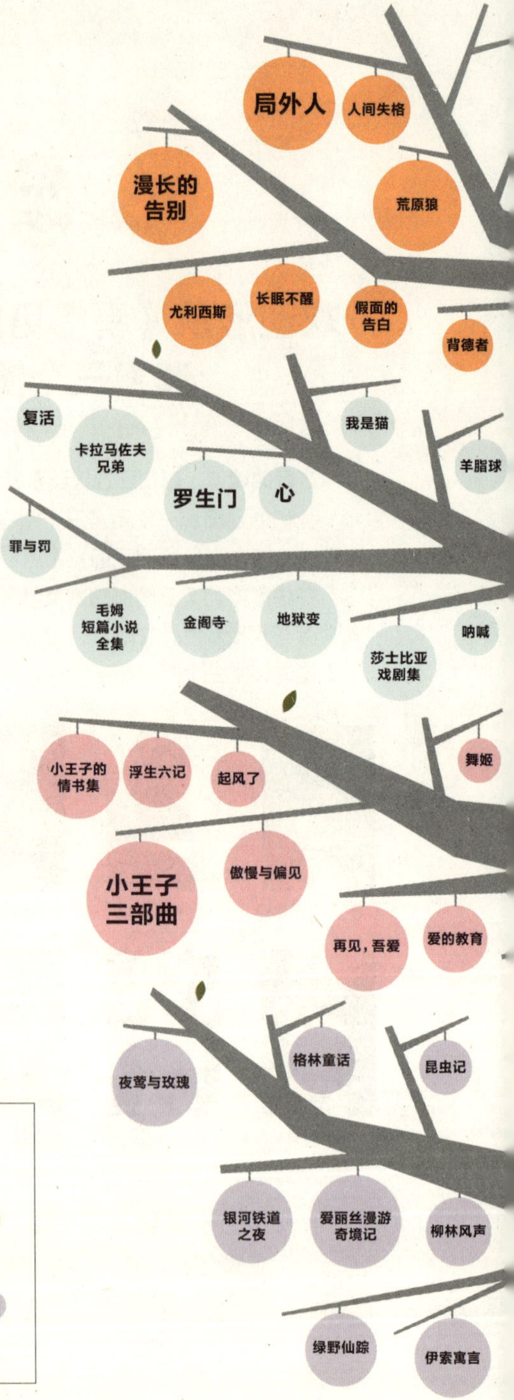

树干：

不同的精神成长主题，您可以挑选任意感兴趣的主题进行深入阅读

例如：
寻找人生意义
探索自己的内心
拥有强大意志力
理解复杂的人性
…………

枝丫上的果实：

我们为您精选的经典文学作品

精神成长树示意图

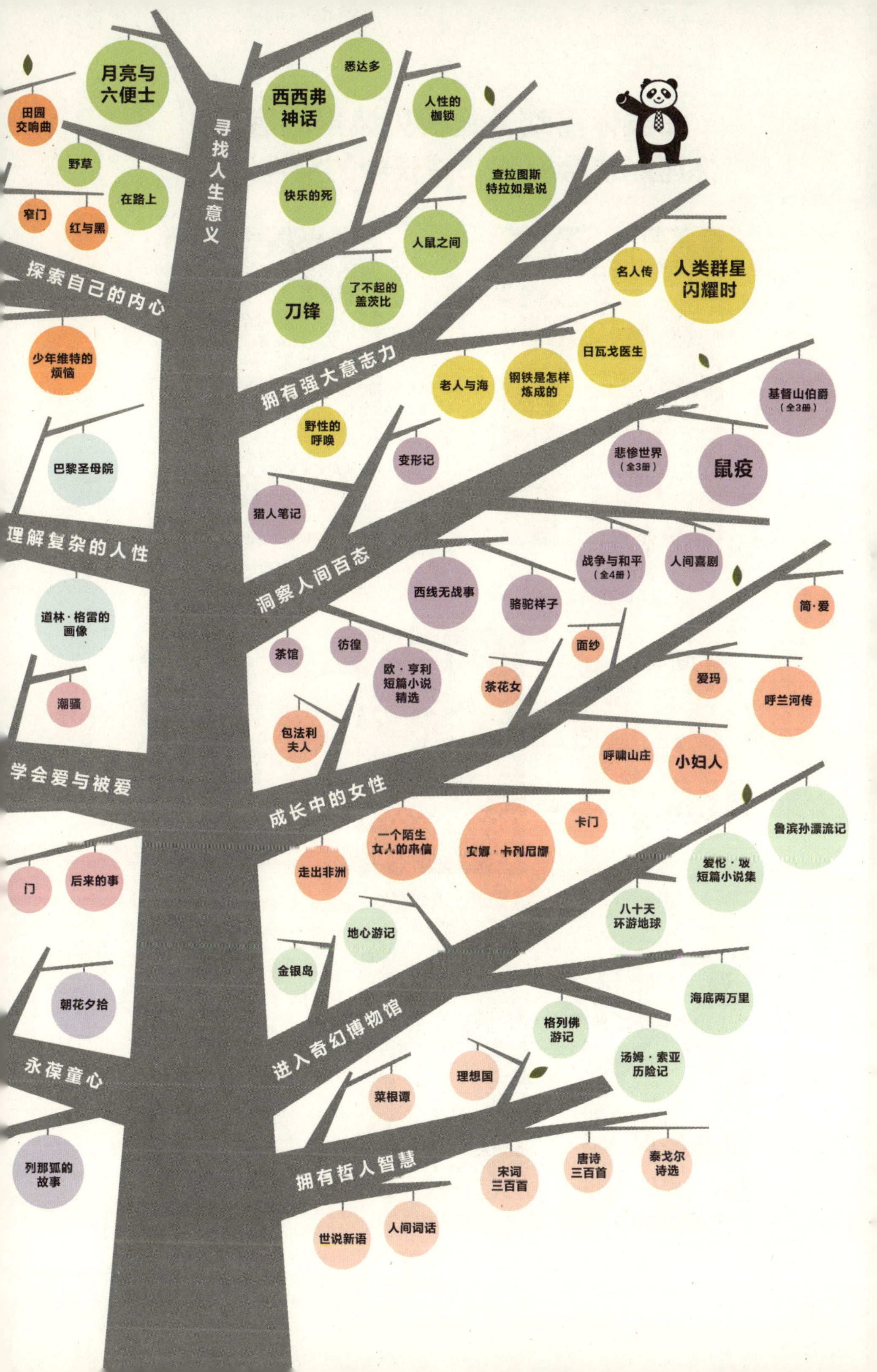

寻找人生意义
月亮与六便士
西西弗神话
悉达多
人性的枷锁
快乐的死
查拉图斯特拉如是说
人鼠之间
田园交响曲
野草
在路上
窄门
红与黑
探索自己的内心
少年维特的烦恼
名人传
人类群星闪耀时
刀锋
了不起的盖茨比
拥有强大意志力
日瓦戈医生
老人与海
钢铁是怎样炼成的
野性的呼唤
基督山伯爵（全3册）
变形记
悲惨世界（全3册）
鼠疫
巴黎圣母院
猎人笔记
理解复杂的人性
洞察人间百态
战争与和平（全4册）
人间喜剧
西线无战事
骆驼祥子
简·爱
道林·格雷的画像
茶馆
彷徨
欧·亨利短篇小说精选
面纱
茶花女
爱玛
呼兰河传
潮骚
包法利夫人
学会爱与被爱
呼啸山庄
小妇人
成长中的女性
卡门
一个陌生女人的来信
安娜·卡列尼娜
鲁滨孙漂流记
门
后来的事
走出非洲
爱伦·坡短篇小说集
八十天环游地球
地心游记
金银岛
海底两万里
朝花夕拾
格列佛游记
进入奇幻博物馆
永葆童心
理想国
汤姆·索亚历险记
菜根谭
列那狐的故事
宋词三百首
唐诗三百首
泰戈尔诗选
拥有哲人智慧
世说新语
人间词话

如果你喜欢《看得见风景的房间》
你可能也会喜欢“成长中的女性”书单

《小妇人》
文库编号：005

《包法利夫人》
文库编号：013

《面纱》
文库编号：096

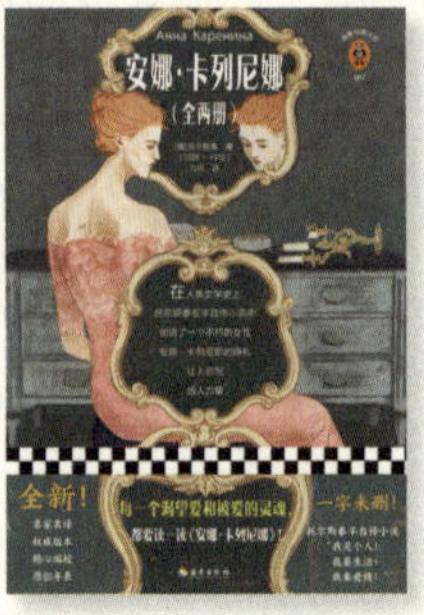

《安娜·卡列尼娜》
文库编号：062

《爱玛》
文库编号：166

《呼兰河传》
文库编号：129

《简·爱》
文库编号：086

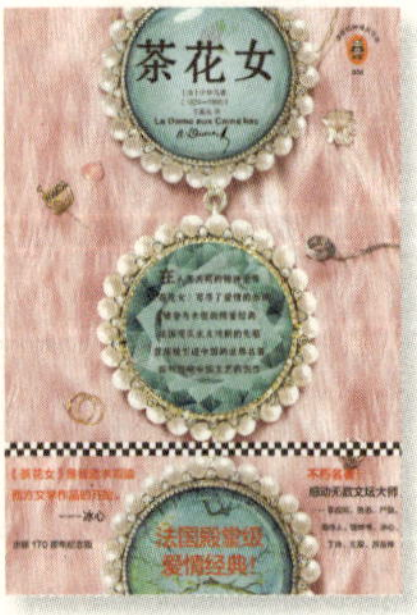

《茶花女》
文库编号：008

读客®

激发个人成长

多年以来，千千万万有经验的读者，都会定期查看熊猫君家的最新书日，挑选满足自己成长需求的新书。

读客图书以“激发个人成长”为使命，在以下三个方面为您精选优质图书：

1. 精神成长

熊猫君家精彩绝伦的小说文库和人文类图书，帮助你成为永远充满梦想、勇气和爱的人！

2. 知识结构成长

熊猫君家的历史类、社科类图书，帮助你了解从宇宙诞生、文明演变直至今日世界之形成的方方面面。

3. 工作技能成长

熊猫君家的经管类、家教类图书，指引你更好地工作、更有效率地生活，减少人生中的烦恼。

每一本读客图书都轻松好读，精彩绝伦，充满无穷阅读乐趣！